小川未明新収童話集

3

昭和3－10年

小埜裕二 編

日外アソシエーツ

装 丁：赤田 麻衣子

小川未明新収童話集　3　目次

昭和6(一九三一)年

昭和7(一九三二)年

昭和8(一九三三)年

昭和10（一九三五）年

目　次

凡　例

一、この童話集には、小川未明の童話作品のうち『定本小川未明童話全集』（全16巻、講談社、昭和51～53刊、七二三作品収録）に未収録の四五四作品を収録した。

二、作品の配列は、最初に発表された誌紙、または単行本童話集の発行年月順とし、全六巻に収録している。

1　明治39・大正12年（55作品）
2　大正13・昭和2年（52作品）
3　昭和3・10年（103作品）
4　昭和11・13年（84作品）
5　昭和14・16年（97作品）
6　昭和17・32年（63作品）

三、作品の本文は、底本に従っている。各作品の底本は「初出・底本一覧」に示した。

四、本文の表記は、底本どおりを原則としたが、以下の原則により調整した。

(1)漢字は新字を使用。
(2)歴史的かなづかい・拗促音・送りがなは底本どおり。変体がなは通常のかなに直した。
(3)明らかな誤植、句読点の不備は正した。
(4)かぎかっこは原則として「　」を用いた。
(5)ふりがな（ルビ）は、複数の読み方ができる漢字、特別な読み方をする漢字を対象に、作品の最初に出てくる箇所に添えた。

小川未明新収童話集　3

昭和3—10年

冬のない国へ

昭和3（一九二八）年

森や、林の木々が色づきました。秋も次第にふけたのであります。一夜、烈しい西風が吹きました。美しく色づいた柿の葉は、空に舞ひ、口を開けた栗の実は落ち、そして、黄金色の銀杏の樹からは、葉といつしよに実も下に落ちたのでした。

村の子供等は、それを拾ひに、林の中や、大きな木の沢山立つてゐる寺の境内へ走つて行きました。英吉は、独り、線路を越して、あちらの杉の森へはいつて行つたのです。

「大きな枝が、落ちてゐるぞ」

彼は、昨夜のあらしで、きつと大きな枯枝が、吹き落されてゐるにちがひないと思つた。それを拾つて来やう。それにしても、もう自分より、誰かさきにはいつて、拾つたのでないか？、と、案じながらやつて来ました。

あらしの後の空の色は、すが〱しかつた。冷々した、空気は気持がよかつた。草を分けてはいると、そこには、赤い枯枝がこゝにも、あすこにも、大きなのが落ちてゐました。彼は、こをどりをせんばかりに喜んで、それを拾つて、一処に集めると、持つて来た縄で縛つて、引ずるやうにして森を出ました。

「これだけあれば、ずいぶん焚けやう」

英吉は、二たび、線路を越して、自分の村へ帰らうとすると、この時、あちらで、汽車の笛の音がしました。

「汽車が来るだ。見て行かう」

かういつて、彼は、線路から、ずつとこちらに離れて、枯枝を下に置いて、汽車の来るのを待つてゐました。

あたりの景色は、せうでうとしてゐました。遠く見える国境の連山には、雪が来てゐました。風は、野原を吹いて、木の頭をうごかしてゐます。烏が啼いて、あたりには、誰も人影を見せませんでした。

彼は、こんな日には、たゞさびしくて、泣きたくなることもあります。しかし、それはかうして、一人でゐる時だけでした。家に帰れば、父母の手助けをしなければならない。そんな時には、さびしいといふことなどは考へません。誰でも、働く者には、他のことは頭に浮かばないものです。

ホッ、ホッといつて、汽車は、怪物のやうな姿を前にあらはしました。それについてゐる幾つかの窓は、その怪物の眼のやうでありました。まだ遠方にゐる時分は、のろいやうに見えても、すぐ近くに来ると、全く怖しい、すさまじい勢ひをもつて突進したのです。

汽車の窓からは、いくつも頭が出て乗つてゐる人々には、始めての景色らしく珍らしさうに眺めてゐました。この汽車は、地鳴をも立てゝ考へる間もなく前を過ぎてしまひましたが、窓からのぞいてゐた子供が、手に持つてゐる枝についた蜜柑を英吉の立つてゐる方へ投げて行きました。

その子供は、何か投げる時分にいつたやうであつたが、汽車の走る響き音でよく聞きとれなかつた。汽車が過ぎると、彼は鳥のやうに、その蜜柑の落ちたところへ走つて行きました。そして、拾ふとかぎりないうれしさに、胸がわく〳〵しました。

「あの子は、何んていつたのだらうな。これを君にあげやうといつたにちがひない。この知らない俺に、こんないゝ香ひのする蜜柑を汽車の窓から投げてくれるなんて、なんといふ親切な子供だらう……」

彼は、過ぎ去つた汽車を見送りました。その姿は、小さく、小さく、なつてしまひました。いつしか、一すぢの黒い煙だけが空に残つて見えたのです。

彼は、いままでになかつたなつかしさを、知らぬ、他国の少年について感じました。枯枝を引ずり、小さな枝についてゐる蜜柑を大事さうに持つて、彼は、我が家へ帰りました。北国の雪の降る地方には、蜜柑の木がなかつた。だから、柿や林檎はあつたけれど、この南国にだけ実る果実はとりわけ輝いて見えました。彼はそれを壜にさしたり、また戸外へ持つて出て、友達に見せたりしました。子供等は、みんな彼のまはりに集つて来た、そして、知らぬ子供が、汽車の窓から投げてくれたといふ話をするのを眼を光らせて聞いてゐました。

その日から、南国は、英吉にとつて慕はしいものでありました。

二三年経つた、ある冬のことです。この地方は、大雪でした。幾尺となく線路の上に雪が降り積もりました。ラッセル汽缶車は、絶えず雪をはねのけて、僅かに、汽車が運転したのでありました。

ある日のこと、暴狂《あれくる》ふ吹雪のために、客車が、この付近の野原の中で立往生をしたのであります。乗り合せた人達は、寒さと空腹のために、救ひを求めた。村からは、人々が、握り飯や、薪木などを運んで火を焚いて、彼等をいたはつたのでしたが、英吉も、大人にまじつて木を運んだ一人であります。

彼は、いつか、汽車に乗つた、少年から蜜柑をもらつてから、汽車を見るたびに、言ひ知れぬなつかしさを感じたのであるが、自分と同じ年頃の少年を見ると、分けてなつかしみを覚えたのでした。

雪の上で火を焚きながら、その汽車に乗つてゐた少年と話をしました。東京から来たといふ少年は、

「君、東京は、砂ぼこりが立つてゐるのだよ。そして、電車や、自動車が通つてゐるのに、こちらは、こんなに大雪なのだもの全く不思議に思ふよ」

と、いひました。

「私達は、半年雪の中にゐるのだよ」と、英吉は答へた。

「その間みんなは、何をしてゐるのだい。家の中にばかりゐるのかい」

「家の中で、仕事をしてゐるだ」

「それから見ると、僕達は、幸福だな」と、少年は、しみ〴〵雪の降らない、明るい国に生れたのを喜んでゐる風に見えました。

見渡すかぎり、白い雪の野原であります。吹雪が起ると、ちやうど海嘯《つなみ》の押し寄せたやうに、林がごうごうと鳴つて、たちまちの間に一寸先が見えなくなりました。東京から来た少年は、驚いて汽車の中に飛び込んでしまひました。

翌日、英吉は、昨日の少年に遇はうと思つて野原へ行きました。すると汽車は、少し前に出発してしまつた後で、つひに、二たび少年と語り合ふことができなかつたのであります。

彼は、帰り路をたどりながら思ひました。

「冬になつても雪が降らなかつたら、どんなにいゝだらう……この村の人達が、貧乏するのは、雪の降らない国の人達のやうに、冬は働けないからだ。俺は、大きくなつたら、東京へ行かう。そして、うんと働かう」

その後、都会の方の空を眺めて、あこがれてゐました。やがて、彼は独り旅のできる年頃になりました。他の友達は、村にゐて百姓をしたり、桶屋になつたり、また鍛冶屋をしたりしましたが、

英吉は、故郷に別れを告げて、とう〳〵東京へ出たのであります。

それから、すでに幾月か過ぎました。

労働者になつた彼は、木枯の吹く、寒い日のこと、日が暮れてから、電車路の傍にあつた、飯屋に入つて食事をしてゐました。

この時、入口のドアを開けて、十ばかりになる女の子が、手に何かにぎつてはいつて来ました。寒い風にあたつて、急に、内部のあたたかな空気にふれたので、両方の頰は林檎のやうに赤くなつてゐました。

「小父さん、辻占を買つて下さいな」と、みんなを見て、いひました。

しかし、誰も振向くものはありません。少女の声が耳にはいらないやうな顔付をして、盃を口にあてゝゐたり、また話したりしてゐました。

「辻占を買つて下さいな」と、少女は、こんど、一人の客の傍へ行きました。その男は、手を左右に振つて「いらないよ」と、いふ意味を身振りで示しました。

「ねえ、どうぞ一枚買つて下さいな」と、少女は、次の客のところへ行つて頼みますと、

「いらない！」と、その客は、邪慳な声を出して、うるさがりました。

哀れな少女は、かうして願つても、誰も耳にいれてくれず、自分達は食つたり、飲んだりしてゐる、その顔をいぢらしさうに、立つて見てゐるより仕方がなかつたのです。

英吉は、可哀さうになつて、少女の方を振り向くと、彼女は、すぐに、英吉の傍へやつて来て、

「小父さん、辻占を買つて下さいな」と、頼みました。

「いくらだい」

「十銭です」

「ほら、十銭」と、いつて、彼は、がまくちから、白銅をつまみ出して渡しました。

　少女は、喜んで、頭を下げました。多くの労働者で、他にこの哀れな少女に対して同情するものがないのかと、彼は、見廻したのでした。少女は、一枚でも売れたことに満足して、はや、そこから、姿を消してしまつたのです。そのあとで、英吉は、辻占を開けて見ると、

「大吉、志すこと、なし遂げらる」と、いふ文句がありました。

　少年のころ、雪の降らない国へさへ行けば、夜でも働くことができる。働いて貧乏をする訳はないと思つたのでしたが、東京へ来て見ると、田舎にゐる時よりも、一層生存競争のはげしいのが目につきました。そして、たとへ自分が働かうと思つても、仕事がない時には、どうすることもできない。それであるから、気候もよく、仕事も沢山にある処でなければ、十分に、自分の力をふるふことができないと感じたのです。しかし、さういふやうな理想の天地は、この世界のどこに行つたら、見出されるだらうかと人にもたづねたり、雑誌も見たりしますと、海を越して、南米に行つて、開拓するのだといふことでした。それ以来、そのことは彼の頭に残りました。

「俺は、これからだ。決心して、南米へでも出かけやうか」と考へたのでした。

　かつて、東京をあこがれたやうに、いま彼は、まだ見ない、遠い南の国にあこがれたのです。そして、そこへ行けば、冬も、貧乏もなく、幸福が待つてゐるやうにさへ思ひました。飯屋を出ると、木枯の吹く街を歩きましたが、いつになく大地を踏む足には、力がはいつてゐたのです。

　あくる日、また仕事の帰りに、電車の停留場の処で昨夜、飯屋へ辻占を売りに来た少女が、夕刊

を売つてゐるのを見ました。英吉は、微笑みながらその方へ歩み寄つて、

「君は、昼間新聞を売つて、夜は辻占を売るのかい。小さいのに、感心なもんだな。お父さんや、お母さんは、どうしたのだい？」と、親切に、新聞を買ひながらたづねました。

少女は、昨夜、辻占を買つてくれた人だと知ると、にこ〳〵して、澄んだ瞳で彼を見上げながら、

「お父さんは、ないのです。お母さんは病気で、何にもできないから、妾が、働くんですの……」

と、答へました。

「さうかい。感心だな。よく働きなよ」と、いつて、立去つたが、彼は、目に熱い涙が湧いてゐました。

この明るい、華やかな都会に、しかも贅沢さうに見える人々が往来する中に、かうしたいぢらしい子供のあるといふことは、何たる矛盾だらうと思ひました。しかし、この少女のやうな、また不幸な家庭は、この世の中において、決して少なくないばかりか、まだいろ〳〵の憐れな家庭のあることは、新聞などにも見られたのです。

英吉は、自分の子供の時分を思ひ出しました。やはり、家が貧しかつたために小さい時から親の手助けをして働いた。それは、自分ばかりでなかつたらう、この北国の寒村には、さういふ子供が多かつたと思ひました。

「成功したら、かういふ哀れな人達のためにつくさなければならない」

さうだ。俺は、人の怖しがる冒険もやつて見よう。また、遠くへも出かけよう。俺は、小さい時分から、野山をかけめぐつた。吹雪の中を怖れずに、大人といつしよになつて働いた。そして、都会に来てからも、重いシヤベルを握つて、降る日も、照る日も、仕事をした。そして、いつもこの通り元気なんだ。これから、どこへ行つても、人

に負けるやうなことはない……と考へました。

彼の眼は、新しい希望に燃えたのでした。人通りのはげしい晩方の街を、あのお伽噺に書いてあるやうな、綺麗な鳥が鳴き、美しい花の咲く南の国を空想に描いて歩いたのです。

西の空には、都会の建物の上をかすめて、花のやうな雲が飛び、永久に幸福の国が、彼方にあることを知らせてゐました。

――一九二八、十――

橋の雞《にはとり》

昭和4（一九二九）年

都会のまん中に大きな河が、流れてゐました。それには、立派な橋がかゝつてゐます。この街の文明は、ちやうどこの橋のあたりを中心にして、いろいろ建物が、河の両岸にたち並んでゐました。

その中の、一番大きな、橋に近い、宏壮なビルヂングには名の知られた金持が住んでゐました。

彼は、勤勉家で、夜おそくまで起きてゐましたが、真夜中の、思はぬ時刻に、雞の鳴声を聞いたのであります。一度はどこかの鳥屋で飼つてゐるのが、月の明るさを夜明と間違へて鳴いたのだと思ひました。また、一度は、自分の耳のせいだと思ひました。なぜなら、どう考へたつて、今時分、雞が、しかもこのあたりで鳴く筈がないと思はれたからです。けれど、彼は、毎夜のやうに、同じ時刻に、どこかで雛の鳴くのを聞きました。

「俺の耳のせいでは、ないと見えるな」

金持は、たち上つて、窓を開けて外をながめました。ほの白く明るい空の下に、美しい都会は平和に眠つてゐるやうに見えました。彼は、あちらに聳える円形の塔を見たり、ゆつたりとして流れる河の姿を見ますと、急に胸の中が、はればれしくなるのを感じました。

「なんといふい丶心持だ。明日の活動がたのしみでならない」と、拳を固めて、自分の胸を打ちました。

ちやうど、この時、すぐ近くで、雛が鳴きました。眼の下で、橋のあたりで、鳴いたのであります。

「はてな、不思議なことがあるものだ」と、思つて、ぢつと、其方をすかして見つめてゐると、橋の欄干の上に、飾りとなつて付いてゐる、銀めつきの雛が、眠しづまつた都会の空を仰いで、三声……四声……と鳴くのが分りました。

金持は、これを見て思ひました。

「まだ、橋の欄干の飾りになつてゐる雛が、夜鳴くといふことは、この街の問題になつてゐないところを見ると、これは、何か、自分にだけの前知らせであるかも知れない。たとへば、二声鳴いた時は、明日は、二万円儲かるとか、三声鳴いた時は、三万円儲かるとか……」

彼は、それについて、この橋の出来た、当時のことなどをしらべる気になりました。そして、思はぬ、奇怪な風説を耳にしたのでした。

——この橋をかけるのは、難工事であつて、そのために、どれ程、多くの労働者が犠牲となつたか知れなかつた。そして、この先き、まだ幾人の死傷者を出すか分らなかつた時に、一人の青年が、もし、それ等の人達の身がはりになるなら、人柱に立たうと申出ました。その青年は、痩せた、青白い顔の青年であつたが、迷信と決議は、生きながら青年を、その侭《まま》地中、幾十尺の下に埋めてしまつた。その上に、橋の基礎は置かれたのです――

「その青年と、俺とは、何の関係もなかつたやうだな」と金持は考へました。

少しの恩恵をも施さなかつたものが、なんで地中から、自分の幸福を祈つて、吉兆を知らせるやうなことがあらうと思はれたから。

翌日になると、橋の上には、いつものごとく、着飾つた女や、男が、往来してゐました。電車や、自動車は通り、日の光りが長閑《のどか》に照らして、すべては、平和に見えたのであります。それ等の人達は、もとより橋の下の人柱などについて、考へるものは、なかつたのでした。

さう見えることは、何となく、金持に安心を与へたのです。彼は、ビルヂングの窓から、この様子を見て、ほゝ笑みながら、また、自分の椅子に戻りました。

「あの雞は、なんのために鳴くのかな?」

ふと、そこにあつた労働者のために発行される新聞を手に取りあげて見るうちに、それに毎日、この都会の工場や、もしくは仕事場で、下敷になつたり、歯車に巻き込まれたり、その他の奇禍のために、犠牲となるレコードがつけてありました。雞の鳴声が、ちやうど翌日命を取られる労働者の人数だけ鳴くのが分つた時に、金持は、どんなに驚き、気味悪く思つたでせう。

「これを、世間に知らせては、よくないことだ。早く、あの雞をなんとかしなければならない」と、彼は考へました。

程なく、橋の上の銀めつきの雞は、白い大理石の豊満な女神の裸像と換へられました。それは、一層都会の美観を添へるためにと、金持が市へ寄附したのは言ふまでもありません。

それから、雞は、鳴くにも、もはや、そこになかつたから鳴ける筈がなかつた。街に住む、似非《えせ》美術家や、遊蕩児等は誰も見てゐない時は、この橋へ来て、美しい女神の足へ接吻しました。

この後、女神が、たとへ、雞のかはりに泣くやうなことがあらうと、恐らく、馬鹿者共は気味悪がるどころか、却つてこれをうれしがつたでありませう。


—一九二八、十一—

冬から春へ

昭和4（一九二九）年

寒い冬も、一日、一日に深くなつていけば、いつしか春に近づいて行くのでありました。この冬の間に、寒さに凍えて、ついに枯れてしまつた、草木もありましたけれど、忍耐づよく、雪や、霜にひしがれながら、春のまはつて来るのを待つてゐる草木もあつたのです。そして、彼等は、太陽が、はてしなく遠い、広い空から洩れると、僅かに頭をあげて、うすい光りをなつかしさうにながめてゐました。

「私は、もう一度、真赤な花を咲いて見たいのです。そして、あの蜜蜂や、蝶と話をしたいのです……」と、か細い若木は、太陽に訴へました。

けれど、太陽は、それに対して、何とも答へませんでした。なぜなら、すべての生命あるものは、このやうに、明日の幸福を願つたでありませう。しかし、すべてが、その幸福を得られたのでなかつたから。かうして、短い冬の日は、暮れかゝり、太陽は、紫色に煙つて、靄のかゝつた彼方へと沈んで行きました。

＊　＊　＊

お嬢さんは、もう長い間、病院にはいつてゐました。自分では、どこも悪くないと思ふやうな、気分のいゝ日もありましたが、また、不意に熱が出たりして、いつまでも、こゝから出ることができなかつたのです。

「もう一度、妾は、あのにぎやかな街の中を歩いてみたいものだが、できるか知らん」と、思ひました。

さう考へることさへ、さびしかつたので、つい口に出して、看護婦に、問うて見たのでありました。

看護婦は、やはり、お嬢さんの年ごろの、若い娘でありました。病気のお嬢さんは、どことなしに、弱々しさうに見えるのに、ひきかへて、健康さうに、頬のあたりは、林檎のごとく、いつ見ても活々としてゐました。そして、愉快さうでありました。

「そんなことをお考へなさるものでありません。あたゝかくなれば、だん〳〵お体の方もおよろしくなります。さうしたら、海岸へでもお出になつて、ご保養なさいませば、きつと昔のやうな、お体におなりなさいますわ」と、答へました。

「ほんたうに、早くさうなりたいこと。妾、海が、大好きなのよ」

お嬢さんの眼には、深緑色の海が、おどつて見えました。潮の音が、きこえるやうな気がしました。しばらく、ぢつと耳をすましてゐると、波が、いろ〳〵な面白い唄をうたつてゐるやうです。

さうかと思ふと、見事に桜の花が咲いて、はら〳〵と白い花びらのちりかゝる下の路をゆつたりと、人々の間にまぢつて歩いてゐる自分の姿が空想に浮んで来ました。

かうして、静かな、たそがれ方を、お嬢さんは、だまつて、ベッドの上でぢつと過してゐました。

そのうちに、ぱつちりと眼をあけて、

「街へも、ひさしく行つて見ないが、相変らず、にぎやかでせうね」と、お嬢さんは、たづねました。看護婦は、その日の昼間、外へ用達しに出て来たからです。

「場処によつては、大分変りましたわ」

「達者の人を見ると、うらやましいこと」

「もう、少しのご辛棒でございます」

お嬢さんは、眼の中に、涙をためて、考へてゐましたが、

「お熱をはかりませう」と、傍へ寄つた、看護婦をぢつと見つめて、

「妾、臥てゐる間に考へたの、こんど、もし達者になつて、働けるやうになつたら、あなた方のやうに、世の中の人のためにつくしたいと思ふの……」

「私なんか、だめでございますわ」と、看護婦は、けんそんして言ひました。

＊　＊　＊

お嬢さんは、はやく癒りたいと思つてゐました。未来のことなどを空想に描いて、白いベッドの上に横たはつてゐますと、毎日のやうに、たそがれ方になると、あちらの街の方から、さま〴〵な音が流れて来るのです。

お嬢さんは、ぢつとその音に耳をすましてゐました。すると、その音の一つ一つに魂といふものがあつて、互に、思ひ、思ひに物を言つたり、笑

つたり、またおどつたりしてゐるやうでした。

「あの音のする方に、お母さんも、お兄さんも、親しいお友達も、その他のいろ〳〵な人達が、生活してゐなされるのだ……」と、なつかしくなりました。

そのうちに、その音の中から、一つの音が、こちらへ近づいて来るやうでした。この時、ちやうど、立派な自動車が、病院の前にとまりました。そして、白いショールをかけた、美しい若い女が降りて、病院の中へはいつたかと思ふと、お嬢さんの室のドアーをたゝく音がしたのです。

はいつて来たのは、お友達でありました。

「花を持つて来たのよ」

お友達は、さう言つて、空色のヒヤシンスの花と、百合の花をお嬢さんの枕許に置きました。これ等の花には、もう早くも春が来てゐたのです。

「たいへんに、妾気持がいゝことよ。もうぢきに起きられるわ」と、お嬢さんは、お友達を見てにつこりしました。

翌日には、お兄さんが、人形を持つて見舞ひにきて下さいました。そして、晩方まで、話をして帰つて行かれました。その後、お嬢さんは、また、昨日のごとく枕に頭をつけて、遠方から、聞えてくる音に耳をすましてゐました。

それは、お母さんでもない。お兄さんでもない。また、親しいお友達でもない。自分にもはつきり分らないやうな人で、誰か、自分を迎ひに来るやうな気がしてならなかつたのです。

その人は、力の強い人だつた。その太い腕に自分を抱えてくれます。自分は、その腕にすがつていつしょにさへ行けば、山を越えて、遠い国でも、また、海を渡つても、そして、どこの町へ行つても、安心なばかりでなく、その時から新しい生活がはじまるやうな気がしました。しかし、その人は、曾て見たことのない人のやうでした。考へてゐるうちに、イプセンの戯曲の中に出てくる見知らない男を思ひ出したのです。

「妾は、行くわ、妾は生れ変つたのだ。これから、ほんたうの生活をするのよ」

お嬢さんは、床から、起き上らうとしました。すると、看護婦は、あわて丶押へて、

「ぢつとして、おいでなさらなければいけません。今夜は、大へんに熱がお高いのです」と、言ひました。

誰か、しきりに自分を呼ぶやうな気がして、お嬢さんは、そのたびに、胸苦しさうに、もだえました。それは、春になる前に、まだ、しば〲起る野や、都会を襲う夜嵐だつたのです。

月を掠めて、夜嵐は、すさびました。霜がすべての物の上に白く降りて、いつになく寒気が募りました。そして、病院では、春の来るのを待たずに、利巧で、やさしいお嬢さんが、ついに、病ひに勝てずに死んでしまつたのでした。

――一九二八、十二――

波と赤い椿の花

昭和4（一九二九）年

　お婆さんと、お爺さんは、南の国の海岸に住んでゐました。その家は、丘の上にあつて、海がよく見渡されたのであります。

　冬になると、家のまはりのオレンヂの実が、黄色く色づき春も、そこへは、はやくやつて来ました。そして、その時分には、また真赤な椿の花が、崖に咲いたのであります。

　ある日のこと、遠く、沖の方から、流れ、流れてやつて来た、銀色の波が、やつと、椿の花の咲いてゐる下の、岩にたどりつきました。すると、これを見た、椿の花は、

「波さん、波さん、あなたは、沖の方の、どこから、おいでなさいました?」と、声をかけました。

　これを聞いて、波は、びつくりしたやうに頭をあげて、

「私は、珊瑚のお城からやつて来ました。南の、もつと遠い、海の中に、そのお城はあるのですよ。けれど、天気のいゝ日には半分海の上へ、美しいお城が浮んでゐます。私が、お城の門を出たときは、もう、ずつと前でした。それから、昼となく、夜となく、長い旅をつゞけて来たのであります。夜になると、こちらの岸から、ちやうど青い蠟燭の火のやうに、あかりが見えたのを、私だちは見つめて、それを目あてに、慕つてまゐつたものです」と、答へました。赤い椿の花は、耳を傾けてゐましたが、

「あ、それなら、この山の家からもれる、ランプのあかりですよ」と、花は言ひました。

　それは、お婆さんと、お爺さんの住んでゐる、家の窓からもれた、青いランプの灯火でありまし

た。

このランプは、お爺さんが、西の国の港でオランダの商人から買つた、古い、不思議なランプであります。ホヤも、笠も、なにもかもが青いガラスで造られてゐました。だから、火の光りも、深い海の色のやうに、やはらかな青い色に見えたのであります。

海の上を飛んで来る渡り鳥が、たび〳〵路に迷つて、このランプの光りを見て夜中に、窓のガラスにつきあたることもありました。

お爺さんと、お婆さんは、それを大さう可哀さうに思ひました。もし、このランプの火さへなかつたら、鳥が、飛んで来て、つきあたることもあるまいと考へたのでした。

「明日の晩から、ランプを消すことにしよう」と、お爺さんは言ひました。

「それが、ようございます」とやさしい、お婆さんも同意しました。

それから、青いランプのあかりは、海の上へもれなくなりました。ある朝のことであります。顔の色の黒い船頭が、お爺さんと、お婆さんの住んでゐる丘の家へやつて来ました。

二人は、この見なれない、海から来た人を見て、珍しい人が来たと思つたのでありませう。

「お前さんは、誰ですか？」と、お爺さんは、だまつて立つてゐる男を見て、自分の方から声をかけました。

男は、また、不思議さうに、二人の顔をながめてゐましたが、

「お願があつてまゐりました。私は、船頭でございます。小さな船に乗つて、毎夜のやうに、この荒海の上を遠くまで乗り廻してゐる者でございます。月のいゝ晩も、またあらしの吹く、暗い晩も、私だちの生活には、休みといふものがありません。

そして、いつ、お天気が変るか、分らないのです……」

かう言つて、船頭は、口をつぐみました。

「お言ひなさることは、よく分りました。なる程、さうでありませう。それで、願ひといふのは、どんなことですか？」と、こんどは、お婆さんが、たづねました。

男は、もぢ〳〵してゐましたが、

「他でもありません。私達は、このお家の窓からもれる、青い光りを目あてに、方角を知ります。それによつて、どこに岩があるか、また、どこに自分達の船を着ける場処があるか、覚えてゐるのでございます。それが、どうしたことか、この二三日、青い火が消えて見えないので、まことに困つてゐるのですが、どうか、いまゝでのやうに、毎晩つけていたゞきたいと思つて、まゐつたものでございます……」と、言ひました。

これを聞いてゐた、お爺さんと、お婆さんは、

「それは、気の毒なことをしました。私の家の窓からもれるランプの光りが、さういふやうに、人様のお役に立つてゐるとは、少しも知らなかつたのです。もしさうと知つたらなんで消すものですか。たゞ、時々海を渡る小鳥が、迷つて飛んできて、窓につき当るのを可哀さうに思つたので消しました。今晩から、やはり、ランプをつけます」

と、言ひました。

船頭はこれを聞くと、たいさう喜びました。なぜなら、いまでは、この南国のさびしい海岸には、灯台が立つてゐるといふ話ですが、その頃は、まだ灯台がなかつたからです。そしてお婆さんと、お爺さんは、船頭をもてなして、

「何か、海の上でごらんになつた、不思議な話があつたら、聞かせてくださいませんか」と頼みました。船頭は、考へてゐましたが、

「ずつと南の沖に不思議な島があります。その島は、赤い珊瑚で、できてゐて、いゝ月夜の晩には、人魚がその島にあがつてゐるといひます。どうかして、その人魚を見たいといつて、若者が、船を漕ぎ寄せて行きますが、だん〳〵その島に近づくと、どんなによく晴れた晩でも、たちまち雲が出て、波が高くなり、どうしても船がその島に近寄ることが出来ません。そのうちに、島が全く波間に消えて、見えなくなつてしまひます……」と、ちやうど、銀色の波が、赤い椿の花に話した島の物語りをしました。お爺さんも、お婆さんも、青いランプの光りが、いままでこれ程、みんなを喜ばせたり、悲しませたりしたことを知りませんでした。寝てから、お婆さんは、また小鳥が窓にぶツつかりはしないかと思ふと心配でならなかつたのです。

「もし、もし、お婆さん、鳥のことは心配ありません。私たちが、毎晩、こゝで見守つてゐます。そして、あちらから飛んで来たら、知らせてやりますから……」と、言つたものがあります。お婆さんは誰だらうと思つて見ますと、それは、オレンヂと、椿の木とでありました。

「まあ、さうでした。お前さん達は、小鳥の親切なお友達でしたものね」と、言つて、お婆さんは、喜ぶと同時に、夢からさめたのでした。

窓から、見ると、丘には、オレンヂの実が黄色くなつてゐます。崖には、赤い椿の花がさいてゐます。そして、銀色の波が、太陽の明るくてらす、南の沖の方から、こちらの岸へとつゞいてゐました。

正月のある晩の話

昭和4（一九二九）年

鉄砲を打つことの名人で、絵を上手に描く男がありました。

正月のある晩のことであります。知つた人の家《うち》を年始に歩いて、方々で酒を飲み、いゝきげんになつて、家へ帰らうとしました。

雨気をふくんだ空には、星の光りがかすんでゐました。吹く風は、いさゝか寒かつたけれど、ほてつたほゝにあたるのは、かへつて、いゝ心地がしました。

彼は、小声で唄などをうたひながら、この冬はどこへ遊びに行つたら、面白からうなどと、頭の中で、空想したのであります。

「北の方へでも、鉄砲を持つて出かけようかな。」

さう思ふと、眼の前に、白い、白い、雪の野や丘や、村が浮びました。また、半分雪の中に埋れた町などが見えました。小さな子供までが、スキイに乗つて、顔をえりまきにくるんで、滑つてゐます。男の子もゐれば、女の子もゐます。いつしか、自分までが、仲間いりをして、はてしも知れない広い野原を滑つてゐました。

さうかと思ふと、こんどは、たゞ自分独りとなつて、わらで造つた雪ぐつをはいて肩に銃をかけて、狩猟に出かけました。けさ新しく降つた雪が、林や、木立の梢にやはらかに積つてゐます。そこへ、太陽の光りがさしますと、あたりは、急に明るくなつて、さんごで造られた世界か、水晶の宮殿のやうに、はなばなしく輝いて見られました。なほも、木の間を分けて行くと美しい鳥が、あちらの枝に止つてゐます。人が行くと驚いて、木の枝にたまつた雪をちらして飛び立ちました。そのこな雪は、ぎんぷんをまいたやうに綺麗であります。そして、鳥は、あちらの木立のいたゞきに止りました。

彼は、肩から銃を下して、ねらひをつけました。ドン！　と一発放つと、鳥は、枝をぬつて、雪の上に落ちました。あたりは、しんとして静かでした。遠くにあたつて、北海の波音が聞えてゐます。彼は、この愉快を忘れることができません。そして、温泉宿に帰つて、湯にひたつて一日の疲れを休めたのでした。

「しかし、この寒い時分は、南の海岸へ行くのもわるくないな。」と、彼は、また空想しました。すると、紫色の美しい海が、眼の前にかゞやくのであります。足許の岩は、たえず寄せ来る潮のしぶきにぬれてゐます。そればかりでありません。無数の赤、白、黄、いろ〳〵の貝がらもぬれて、それにうら〻かな日が照らして、花を見るやうでありました。また、名を知らない小さな魚が、そばへ寄つて来て、岩をつゝいてゐるのが、水をすかして、手に取るやうに見えたのでした。

ある年彼は、この南の海岸へ来て遊び、帰る時分に岩に向つて、

「また、やつて来るから。」と、別れを告げたのでありました。その約束したことなどが思ひ出されると、南の方へも行つて見たいやうな気がしました。

夜は、すでに更けてゐました。それでなくてさへ、正月は、たいていの店は早く戸を閉めてしまひます。いつになく、街の中は、暗く、さびしくありました。彼は、煙草をすひたくなりましたが、あいにく起きてゐるやうな煙草屋はなかつたのです。

「どこか、起きてゐないものかな。」

両がはの店に眼をくばつて来ましたが、たいて

い戸をしめてしまつて、一軒も見つかりません。こんな時は、かへつてすひたくなるものです。困つたと思つて、ぶら〱歩いて来ると、一軒まだ起きてゐる家がありました。見ると、射的屋でありました。

ひるまでも、あまりにぎやかでない、裏通りにある小さな射的屋ですから、こんなにおそくなつては、客のあらう筈がありません。がらんとしてゐました。正面の台の上に、いくつかおもちやが並べてあります。その一つを落せば、ゴルデンバツトや、敷島かゞ取れるのでした。

「これは、いゝところが見つかつた。」

彼は、さつそく射的屋へはいりました。そして、皿にいれた四つばかりのたまを前に引きよせて、銃の引金に手をかけました。

「見てゐろ、片端から、打ち落してやるぞ。」と、いつて、彼は、一羽の鶏のおもちやに的《ねら》ひをつけました。すると、不思議なことに、その鶏は、たちまち小さな雀に変つてしまつた。そして、いつか、彼が、空気銃を持つて、庭さきに、チユ〱鳴いてゐる雀を打つた時のことが、あり〱と思ひおこされたのです。それは、雀の母親と子供でありましたでせう。睦まじく、枝にとまつて、並んで顔を見合つて鳴いてゐました。その一羽に的ひをつけたのです。パチンといつたかと思ふと、親雀は、血を流して土の上にころがり落ちたのでした。そして、子雀は、飛び去つたが、あちらの家根にとまつて悲しさうに鳴いてゐました。この時、彼は可哀さうなことをしたと、いつになく思つたのであるが、いま、鶏が、その時の雀になつて眼にうつると、引金を落す気になれなかつたのであります。

彼は、鶏をやめて、次に置いてあつた、お爺さんの人形をねらひました。すると、そのお爺さんは、生きてゐるやうに胸のあたりで、動悸を打つてゐるのを感じました。

「これは、いけない、何うしたといふのだらう……。」

おもちやといふことを忘れて、そのお爺さんを、打つてはいけない気がして、次に、並んでゐる馬のおもちやを的ひました。

すると、この馬は、たちまち、重い荷車を引いて、汗を流して、喘ぎ、喘ぎ行く、やせ馬の姿となりました。肋骨が、一本、一本算へられたのです。

「いくらなんでも、おれはかういふあはれな馬を打つことはできない。」と、銃を下してあきらめたのでした。

いまゝで、こんなに迷つたことはありません。雉でも、山鳥でも、兎でも、ねらひをつければ、すぐに火ぶたを切つたものです。それを今夜に限つて、こんなおもちやに対してすら何うしたことか、彼は、狐にでもばかされたやうなかんじがしました。

気を入れ直して、彼は、鶏を的ひました。パチと打つと、たまは、それてしまひました。

それは、鶏がやはり雀に見えたからです。

「お爺さんだ！」

彼は、的ひをつけました。これにも、たまはあたりませんでした。

次に、馬を的ひました。みんなたまはそれてしまひました。もう、あとには、一つしか残つてゐません。

いつしか、酒の酔もさめてしまつて、真面目になりました。そして、きつとお爺さんの人形を見つめますと、お爺さんは、悲しさうな顔をしました。

「何、かまふものか、おもちやの人形だ。」と、言つて、お爺さんの胸のあたりを的つて打つと、命中して、人形は、見事に台のうしろへころげ落ちたのです。

「どうだ、敷島二つだ！」と、彼は、大きな声で叫びました。

この時、青い顔をした少年が、瘦せた手に煙草をにぎつて、さびしさうに笑ひながら、彼の前へ差出しました。

彼は、さつそく、一つの袋を破つて、一本取り出すと、それに火をつけて、吸ひながら、少年に言葉をかはしたのでした。

いろ〳〵話をするうちに、少年は、父親がなく、母親と二人で、生活をしてゐるのであるが、この頃、母親は風を引いて床についてゐて、仕事ができないから、かうして、少年は、おそくまで起きてゐて、少しでも生活の助けをしようと思つてゐるのだといふことが、その話によつて分りました。

「あゝ、そんなことゝは知らず、わるいことをした。」と、彼は、心の中で後悔しました。

「どうして、この煙草を懸賞とはいひながら、このまゝ持つて帰ることができよう……。」

かう感じたので、

「お正月だといふのに、お母さんが病気ではお気の毒ですね。このお金で、何か好きなものを買つてあげて下さい。」と、言つて、幾何《いくら》かの金を少年に、無理に与へて、彼は、店の外へ出ました。

そして、ふたゝび暗い道を歩きながら、

「世間には、ほんたうに、気の毒な人もある」と、思ひ、自分は、今夜、ひつきよう、いゝことをしたと喜んだのであります。

その冬、彼は、北国へ狩猟に出かけることをやめました。そして、南の海岸へ行きました。鉄砲で、無益に、鳥や、獣物の命をとることよりも、あたゝかい平和な村で、紫色の海を見たり、赤い椿の花をながめたり、また、オレンヂの実る景色を絵に描く方が、どれ程い丶か知れぬと考へたからであります。

街の時計

昭和4（一九二九）年

十字街のにぎやかな畔りに、時計台がありました。その上にあつた、大きな時計は、正確な標準時計となつてゐました。

時計は、夜が明けると人間が、下の往来を急しさうに、蟻のつながるやうに、歩くのを見ました。たま〳〵立どまつて自分を仰ぐものがあると、「あの男は、おれを見て、自分の時計の時間を直すのだな」と思ひました。

時計が、さう思つた通りに、その男は、時計の時間を合せたのです。また、なかには、たゞ見たばかりで安心して行く者もありました。

「あの人は、約束の時間に、まだ間があるので、安心して行くのだな」と、時計は、その様子で悟ることができました。

自分が、この街の人達に、役に立つてゐると考へると、なんとなく誇らしい気持になりました。そして、一層、はれぐ〵しく朝の日の光りに、冴えた顔をしたのであります。

おしやべりの雀は、よく、その頭の上にとまつて、

「時計さん、もう春ですよ。ごらんなさい。あんなに街の中が、美しく、陽気になつて見えるぢやありませんか」と、話かけました。

「おれには、春も、冬も、ない。いつもおなじことだ」と、時計はぶあいさうに答へました。すると、雀は、口やかましく、

「さうではありません。人達は、冬になるとあなたの顔を見て、こんなに日が短くなつたといひます。そして、春になると、また、あなたの顔を見て、あゝ日が長くなつたことゝ言ひます。ちやうど、あなたが、日を長くしたり、短くしたりするやうにでも思つてゐるやうに」

時計は、さう聞くと、馬鹿々々しくなりました。それに、自分が、忠実に働いてゐることを誰もあたりまへのやうに思つてゐる。下の街を見ると、草花屋の店さきに、女も、男も立止つて、花をながめたり、手に取りあげて香をかいだりしてゐる。あの花が、この街の人達に、どんな役に立つかと思ふと、ほんたうに、馬鹿々々しくなりました。

「あゝ、つまらないな」と、時計は、ため息をしたやうに、二時を打ちました。

「あまり正直にすると損ですよ。ちつとは、狂つて、有がたみを教へておやんなさい」と、雀は、言つて、時計をおだてました。

「よし、おれは、おくれてやらう」と、時計は怠けはじめました。

相変わらず街の中は雑沓しました。人々は、時

計を仰いで、往つたり来たりしました。しかし、正確な、標準時計が狂つたので、其日は、汽車におくれたり、取引に差支を生じたりして、大変なことが生じました。時計は、復讐をしましたが、同時に、とり下されて、明日から、廃物となつてしまつたのです。

紅い花

昭和4（一九二九）年

ある男が、素焼の黒い鉢に、球根を植ゑて芽の出るのを待つてゐました。

遠い、南アメリカにゐる人が、わざ〳〵その植物の根を送つてよこしたのです。あついその地方の高原には、真紅《まつか》の花が、炎のやうに咲いて、空の色もあつさのために、どんよりとうるんだ下で、はてしなく野を吹く風に、ひら〳〵と揺らいでゐるといふことであリました。その花の咲く草の根を掘つて、彼に送つてよこしたのでした。

男は、遠い、南アメリカの景色にあこがれてゐます。そして、自分も、ことによつたらあちらへ行きたいと空想したのであります。

「どんな花が咲くだらう…」

毎日、水をやつて、日のあたるところへ、素焼の鉢を出してやりました。そして、晩方になると、室《へや》の中へいれてやりました。

男は、英語がよくできました。近所にゐる娘さんで、教はりに来てゐた人がありますが、いつも、黒い素焼の鉢を、男が、窓の外に出したり、いれたり、大事にしてゐるので、

「なにが、植つてゐるのですか」と、ある日のこ とたづねたのです。

「これにですか、南アメリカから、送つて来た紅い花の咲く根がはひつてゐます、もう芽を出す時分と思つて、毎日、かうして楽しみに待つてゐるのです」

それから、幾日か経つたけれど、やはり芽の出る様子はなかつたのでした。娘はをかしくなりました。

「どんな、花が咲くんでせう…」

アマリリーか、アネモネの球根で、もないかと思ひました。彼女は、さうした草花について、多少知識を持つてゐました。

「どんな花だか、私も知りません。真紅な花だと手紙に書いて来ました」

「なんといふ、名前?」

「長たらしい名前で、手紙を見れば分るんですが…むかうの野原に、沢山あるといふことです」

「早く芽を出して、咲けばいゝに…」

男は、ひとり臥ころんで、煙草を喫ひながら、空を見上げて、広い圃《はたけ》で耕してゐる知人の姿を眼に描きました。そして、いつしか、あてない憧がれと、淡い哀しみにとらへられたのでした。

黒い鉢からは、芽らしい影も見えなかつた。日の光に、土の上は、堅さうに乾いてゐました。

「もう、芽を出さない位なら、花も咲かないと思ひますわ」と、娘は言ひました。

「ほんたうに、さうですね」

男は、火箸のさきで土を穿《ほ》つて、球根を掘出して見ると、水が過ぎたと見えて、黒くなつて、腐つてゐました。

「これなら、花の咲きやうがない」と、男は、がつかりしました。娘は、顔に袂をあてゝ、をかしさをこらへてゐましたが、頭にさした赤い花を抜いて、その黒い鉢に植ゑました。

「かうして置きませう。これなら、枯れつこはないわ」

「造花ですか?」

「えゝ、だけど、太平洋の波のしぶきもかゝつてゐますし、高原の霧にも、晒されたんですもの…」

娘は、長い間、その赤い花を持つてゐました。その花には、いろいろの思ひ出がありました。月の白い、春の晩に、それは、彼女の十三の年でした。死んだ従兄が買つてくれたものです。

男が、紅い花が好きだといふので、頭にさして来たのでした。

「ありがたう」と、男は、別に言ひもしなければ、また、気にもとめませんでした。

その晩のこと、男は、平常《ふだん》行きなれてゐるカフエーへまゐりました。乳色の茶碗から、立ち上る紅茶の香りは、彼をのんびりとさせました。外は、しつとりとして、物音もあまりしませんでした。林には、こんもりとして若葉が、ため息をついてさゝやいてゐるでありませう。そして、どこかの牡丹畑には、このなまあたゝかな晩に、うす闇の中に花は浮き出て咽んでゐたでありませう。

更けるまで、そこで話をして、男は、自分の室へ帰りました。娘が、素焼きの鉢に植ゑていつた、紅い花は、電灯の下に黒ずんでゐました。

彼は、なんの気なしに、その花の上へ鼻を持つていきました。すると、鈴蘭の匂ひのやうな、なつかしい香りがしたのです。急に、うつとりして、明るくなつたやうな気持がしました。

　海を越えて、遠い南アメリカの空でなくても、こちらの街でも、まだ経験しない幸福が沢山あるやうな気がしたのです。一夜明けると、日の光は見ちがへるやうに、強く、輝いて、動いてゐる琥珀色の雲は、すつかり夏になつたことを知らせました。

別れて誠を知つた話

昭和4（一九二九）年

　こゝに、二人の少年がありました。学校へ行つても、家に帰つても、いつしよに本を読んだり、遊んだりしました。しかし、この二人の少年は、同じ村に生れて、幼年の頃から、かうしたお友達であつたのではありません。

　吉雄は、他国の生れでした。お父さんが、勤めの身であつたから、転勤するたびに、家族といつしよに移り歩いたのです。そして、正夫の村へ来るやうになつてから、二人は、知り合つて、仲のいゝお友達になりました。

　正夫は、ものに熱しやすい感情家でした。吉雄は、それと反対に、知つたことも、あまり口に出して言はない、それで、どこかやさしい、さびしいところのある少年でした。

「ほんたうに、二人は、いゝお友達だこと」

と、どちらの両親も、二人の仲よく遊んでゐる様子を見て、言つたのであります。

　あの南から、北へ、北から、南へ、季節の変るたびに、旅をする渡鳥には、普通の鳥に見られない、利巧さうな、悲しさうな姿があるのであるが、吉雄に対すると、どことなく、それに似たやうな感じが、正夫にはされたのでした。

　かうした、楽しい日は、二年ばかりつゞきました。あと、もう半年もたつと、二人は、小学校を卒業するのであります。ちやうど、その時分になつて、吉雄のお父さんは、こゝから、南の方のある都会へ、転勤さるゝやうになりました。そして、家族も、いつしよについて行かなければなりませんでした。

「君に遇ひたくつても、もう、遇はれないね」と、正夫が言ふと、

「僕も、別れるのは、悲しいんだよ」と、吉雄は、答へました。そして、二人は、まもなく別れなければならぬ日が近づいた時に、前のやうに、楽しく笑つて、遊ぶことすらできませんでした。

　正夫は、感情家だけに、学校へ行つても、家に帰つても、やがて吉雄と別れなければならぬことを思ふと、胸がいつぱいになつて、眼に熱い涙が湧いたのでした。吉雄だつて、さうなつたことにかはりはありません。

「吉雄さん、もうぢきに卒業をするのだから、なんなら、私の家に、ゐなされてはいけませんか」

と、言れました。正夫はもし、さうだつたなら、どんなに愉快だらうと思ひましたから、

「吉雄君、さうしたまへよ」と、無理にもすゝめました。けれど、吉雄は、たゞ淋しさうに、笑つて、答へませんでした。

あとになつてから、吉雄は、正夫に向つて、

「僕は、君と別れるのは悲しいけれど、またお母さんや、お父さんと離れるのも悲しい。それに、知らぬ遠方へ、一人で、帰るのは心細いもの」と、言ひました。

「なあんだ。君は、弱虫だね。僕が、君の帰る時に、送つて行つてあげるよ」

「さうすれば、君の帰る時に、僕は、また、送らなければならんもの……」

こんなことを話してゐるうちに、二人は、どうしても、別れなければならぬことを知りました。

「しかし、君は、あちらの学校へはいるやうになれば、ぢきに、いゝお友達ができるよ」と、正夫は、言ひました。

「できても、君のやうに、親友になれないと思ふ」

「なぜ?」

「そんな気がするのだ」

「こんど、いつ、君に遇はれるか、分らないね」

「きつと、遇へるよ。もう、そんなことを言ふのは止さう。それよりも、二人で、このあたりを散歩しよう。僕は、いつでも、君といつしよに散歩したことを忘れないから……」と、吉雄は、答へました。

二人は、近傍の森や、野原を散歩しました。そのうちに、吉雄の出発する日は迫つたのです。

「君、手紙をくれたまへ」

「君からも……ね」

「四五年して、君が東京へ出て、僕も出るやうになるとい、な」

「あゝ、それを楽しみに、お互に、勉強をしよう……」

かう言つて、二人は、最後の握手をしました。吉雄は、家族と共に、汽車に乗つて、南の空をさして旅立ちました。その日から、正夫は、毎日、

去つてしまつた、友のことを思ひ出してゐました。

しばらくすると、吉雄から、こんど行つた街の絵はがきがまゐりました。海岸の小さな都会で、白い西洋館が、緑の茂る丘の上に建つてゐます。そして、往来を電車が通り、歩道には、あちら、こちら人が往来してゐました。これを見たゞけでも、北国のさびしい村とは、大分ちがつてゐました。雪も降らないであらうし、また、都会だけに、いつも賑かなこと、思はれたのです。

正夫は、友の身の上が、羨まれました。だから、彼から、出した手紙にも、「君は、奇麗な、にぎやかな、都会の生活ができて、どんなにうれしいでせう。君の学校には、さだめし、秀才が多いこと、思ひます。僕は、何となく、君が羨ましい」と、書いてやりました。

その後、一日、一日と日は、流れて行きました。北国の自然は、季節のうつると共に、あはたゞしい変化を見せました。正夫からは、いつも、長い手紙を書いて、吉雄に送りましたが、これに対して、吉雄からは、極めて簡短な手紙しかとゞかなかつたのです。

「吉雄君は、はなやかな都会に行つたので、もう、さびしい、こちらの生活のことなど忘れてしまつたのだらう……」と、正夫は、思ひました。

かう思ふと、正夫は、いつといふことなく、吉雄のことを忘れて行きました。その後、また吉雄からも、別にたよりがなかつたから、手紙の往来も絶えて、久しくなつた時分のことです。ある日、吉雄から手紙がまゐりました。正夫は、思ひがけない気持がして、それを受取つて、開かないうちに、あゝ自分もご無沙汰をして、悪かつたと思ひました。

「正夫君、お変りありませんか。よくお手紙を下さつた君が、この頃、さつぱりおたよりがないのは、もしや、ご病気ではないかと心配してゐます。さういふ僕も、平常、心にありながら、筆不精のもので、ご無沙汰をして申訳けありません。僕の悪い癖です。さびしい時は、いつも君から来たお手紙を出して、読んでゐます。こちらへ来てから、友人はできましたけれど、君と遊んだ時分が、一番楽しかつたと思つてゐます。かうして、遠く別れてから、却つて、共に遊んだ時より、もつと親しい感じがして、また、君のいゝところが分るやうな気持がします。君の熱情は、君の美しい、いゝところです。いつまでも、それを失はずにゐて下さい。僕は、何かにつけ、消極的で、意気地がなくて困ります。どうか時々、僕を鞭打つて下さい。こちらは、いつも暖かです。そのかはり、北国のやうに、四時の変化がありません。僕には、変化のはげしい、北国の自然の方が、どれ程、好きか知れない。君と散歩した時分のことを思ひ出して、あの頃の愉快さを味つてゐます……」

正夫は、急に、顔が熱くなりました。これ程、自分を信じてくれる友達を、もう少しのことで忘れてしまはうとした。みんな自分の考へが間違つてゐたのだと思ひました。そして、いま、自分も、はつきりと、吉雄の落付いた性格や、いゝところを知つたやうな気持がして、一層の親しさを加へたのです。

かうして、二人は、北と南に別れたけれど、互に敬愛し合つて、いつまでも親しい、変らぬ友達でありました。

―一九二九・五―

彼等の悲哀と自負

昭和４（一九二九）年

彼は、父親の顔を覚えてゐませんでした。彼の小さな時分に家族を村に残して海を渡つて、出稼ぎに行つた父親は、それぎり幾年経つても、故郷へ帰つて来ることはなかつたからです。

彼は、だんだん物心がつくやうになつて、父親を恋ふる情がいよいよ募りました。北風が破れた窓をたたく晩など、ランプの下で、祖母に向つて、「おばあさん、うちのお父さんは、いつ帰つて来るの？」と、たづねました。

日頃から、無口で、いつも下を向いて考へ込んでゐるやうな白髪のおばあさんには、なんでもこの世の中のことが分つてゐて、訊けば、教へてくれるものと、彼は思つてゐたからでした。すると、祖母は、彼の頭をなでて、「遠くて、遠くて、なかなか帰つて来られない。海の上は、いつも、真黒で雲が渦巻いて、雨が降り風が吹き荒れてゐる。そんな所を無事で、渡れるやうな船は一つもないから、行くことも出来なければ、また帰ることもできない。」

いつも、同じい話をおばあさんは、言つて聞かせたのでした。彼は、この話を聞くと、父親に遇ふのは、及びもないことだと思ひました。そして、いつしか、父のことよりも、物凄い、海の光景を茫然として、空想に描いたのです。

「おばあさん、いま頃も、その海の上は、真暗で風が荒れてゐるのだね。」

「ああ、風が吹いて、波がどたり、どたりと打つてゐる。」

「それぎりかい？」

おばあさんは、頭を動かしました。そのたびに銀色の白髪がランプの光りにきらめいた。

「暗い海の上を鬼火が飛んでゐるのだ。」

彼は、未知の世界を空想することに疲れて、そのうちに、眠つてしまふのを常としました。

ある時、青い空を燕が飛んでゐるのを見て、もし、あの鳥で、自分があつたら、北を指して、飛んで行くであらうと思つたのです。すると、いつしか、自分は、燕になつてゐました。そして、晩方のうす明りを透して、下の大海原を見下ろすと、どこの船か、難破して、長い帆布は、波にただよひ、壊れた船は赤い腹を出して、浮きつ沈みつしてゐるのでありました。

彼は、覚えず、往来に立つて、大声を出して叫びました。そして、駈けて家にはいるとおばあさんの袂にすがつたのです。

「俺も、大きくなると、海のあつちへ出稼ぎにいくんだ。」

「いいや、お前は、どつこへもやれない。いくら貧乏しても、三人はこの村で暮すのだ。」と、祖母は言ひました。

しかし、彼が、大きくなると、自分の父親は、鉱山に行つたといふことが分つた。そこに、いまも達者で働いてゐるとは考へられなかつた。全くたよりのないのを見れば死んだにちがひない。ただ、いつ、どうして死んだかを知らなかつた。坑の内で、瓦斯《ガス》が発火して、焼け死んだものか、或は、幾千尺の下で、鶴嘴《つるはし》を振《ふる》つて、壁に対つてゐる時に、岩が落下して、圧殺されたものか、そのいづれであらうと想像されたのでした。なぜなら、かうした運命にあつたのは、彼の父親ばかりでなく、この寒村に生れたばかりに、出稼ぎに出なければならぬものが、他にも沢山あつたからでした。

「いくら、金になつても、一人息子を鉱山へはやれない。」と、気の小さな、物言ひのせかせかした母親は、言つてゐたが、彼は海を渡つて、北にこそ行かなかつたが、そして、父親の行つたであらう、同じ道を通らなかつたが、やはり、村を出て、所さだめぬ、自由労働者になつてしまつたのでした。

彼の生活は、都会のアスファルトの上からはじまりました。

身のまはりを自動車が走り、電車が通りました。ある時は、頭の上を汽車が、熱い息を吹きながら、過ぎました。そして、鉄管工事の時には、暗い穴の中で働きました。どこかの炭坑で、火を失《しつ》して内部に働いてゐる者が、四五十人もあつたが、その坑の扉を閉めて他の坑に火を移らせなかつたために、それらの人達を見殺しにしてしまつたと、新聞に書かれたのを見た時、彼は、手に握つてゐた鶴嘴を投げ出して、あちらの青い雲切れのした、ビルヂングの頂きの空を、深い溜息とともに仰ぎました。

顔を知らない、不幸な父親のことを思ひ出したからです。そして、恐らく、同じやうな運命であつたらうと考へられたのでした。すると、同時に、人の好い、白髪の祖母の顔が浮びました。

「黒雲が渦巻いて、真暗な海の上には、雨が降り、風が吹き荒れてゐる。行くこともできなければ、また帰ることもできない。」

かう話して、父を知らうとする孫の心をあきらめさせようとした、真情を悟ることが出来るやうな気がしました。

「あの、工場の、高い煙突から出る煙……その下には、石炭を焚いて、機械が動いてゐるのだ。何人が、命がけで、その石炭を掘り、鉄を掘り出したか？　それだのに、誰が、俺の死んだ父親のことを思ひ出してくれるだらう……。」

彼は、しばらく、黙然《もくねん》として、涙にくれてゐました。しかし、すぐに、気を取り直して自分の仕事に向つて、せつせと、働き出したのでした。

父親と……彼……この二代の忠実な労働者の上にも、いつか週期的の不景気は、見舞つて来るやうになりました。彼は、失業して、はや、幾日目かになります。

その日も、街をうろついて、空しく戻るところでした。途の上に立ち止つて、目まぐるしい光景を見ると、自動車に、電車に、坦々《たんたん》たる道路の上を面白さうに、車は滑つてゐました。

「この途は、ひとりでに平らでないのだ。俺の鶴嘴がはいつてゐる所だけでも、十ケ所や、二十ケ所ぢやない。みんな労働者の汗と脂で、固めたやうなものだ……。」

こんなことを追想しながら、公園へはいつて池の辺《ほと》りで休みました。晩方には、E停車場のガードの下で、同郷の男Fに遇ふ約束がしてあつたのです。Fと彼は、殆んど同時代に生れました。そして、ちやうど、前後して、村を出たのであります。Fは、いまはトラックの運転手となつて、働いてゐました。

「何か、俺のできさうな仕事が見付かつたのかな。きつと、倉庫の荷揚げかも知れない。なんだつていい。あの男も、貧乏な家に生れて、子供の頃から、苦労をしたものだ……。」

彼は、Fと少年時代に、石を投げたり、独楽を廻したりして遊んだ、かすかな記憶を喚び起しながら、藤棚の蔭から、陽ざしのする池の面に、真赤に浮き上つて、無心に泳いでゐる鯉をぼんやりとながめてゐました。

それらの金魚や、鯉たちは、さうして生きてゐることについて、少しの不安も感じてゐないやうに見えました。水は、いつも涸れることなく、人間は、いつも、餌をくれるものと思つてゐるやうです。これにくらべて、自分達の生活は、なんと不安であり、みじめであらうか? かうした、魚の生活よりも、自分達の生活が、不安であつて、それで、果していいものだらうかと考へられた時に、彼は、毅然《きぜん》として、立ち上りました。すると、電車が動き、煙の上つてゐる都会が眼に映つたのです。

「さうだ。俺達、労働者が、十日と手を休めたら、この都会は、火の消えたやうになつてしまふのだ。なんで、自分から意気地《いくぢ》ねえ考へを起すんだ。」

労働者は、都会の世界に没した、記憶を呼び醒ます役目をつとめるのでした。

「お里さんは、どうしたらう……。」

田舎の工場にゐる時分、仲よしであつた、苦労をしつづけたお里は、彼が、こちらで家を持つた頃、頼つて来てある所へ奉公したのであるが、一日、荷物を抱いて勝手口からはいつて来ました。顔の色が悪かつた。

「心臓病なもんだから、暇をもらつて来たの。」

「これから、どうするつもり……。」

「叔母さんの所へ行きます。」

それぎり、音沙汰がない。どうしたらうと思ひ出したのです。

音は、近くから、また遠くから来て、この窓を叩くのもあつた。

その遠くから来るのは、子供や、夫が、その下で眠つてゐる、寺の墓場の上を越えて来るやうな気がした。

偶然、お近さんの白い幻が眼さきに浮ぶ。彼女は、覚えず、針を動かす指を止めて、顔を上げました。

あまりに、はつきりと白い顔が、笑ふのを見たからだ……。しかし、ただ晩方になりつつあつた、日の力を窓の上に感じたばかりでした。

彼女が、小料理屋に、下働きをしてゐた時分、お近さんは女中をしてゐた。芸者上りのもういい年増だつたが、後で聞くと肺を患つて、慈善病院で死んだといふことです。

昨日も、今日も、かうして坐つて、巷で起る音を、すべて過ぎ去つた者が、自分に話しかけてくれる唯一の楽しみとして、項垂《うなだ》れて聞いてゐました。

そして、かく半生を虐げられた、彼女の望みは何んであつたらう！　たまたま少しの暇を見はからつて、子供等と夫の墓にお詣りすることだつた。稀には寺の境内へはいらずに垣の外から拝んで去ることもある。

帰りに、白い道を見詰めて歩みながら、僅か一坪の地でも、安定の床として、眠られる日の幸福を希つたのでした。

少年が、人群の中で、夕刊を売つてゐます。がうがうといふ音に振り向くと、先刻、佇んでゐたガードの上を、客を満載して、電車がつながつて通るのでした。

野鼠から起つた話

昭和４（一九二九）年

地主の息子が、都会へ出て、学問をするといふことについては、古参の番頭が、反対したばかりでなく、これを聞いた百姓等もあまり面白いことに思つてゐませんでした。番頭は、それが決して、まい、結果を持ち来たさないと思ひ、百姓等は、また法律などを研究したりして帰つて来たら、この上にも圧迫を加へられるであらうといふやうに考へたからです。

しかし、知識と名誉と都会に憧憬《あこがれ》てゐる青年の心を翻へすことはできなかつた。つひに、彼は上京したのでありました。七年の月日は、農村にあつても、都会にあつてもさう短かつたやうには思はれませんでした。彼は、学士号を得て、二たび村に帰つて来たのです。息子の父親は、喜びました。

「やはり、これからの若い者には、学問をさせなくちや駄目だ。同じことを言ふにも学問があると思ひや、聞く方で、少し無理があつても黙つてしまふ。僅かばかし見ない間に、悴は、見違へるやうに立派になつてきてくれた」と、言ひました。

かう聞くと、番頭は、半白の頭をかいて、老地主の前に、面目なかつたのです。

＊　＊　＊

収穫の秋を控へて、あるうらゝかな日でありました。百姓の兵蔵は、野良に出て、鍬を下して働いてゐました。唐辛《たうがらし》の実が大分色づいて来た。芋畑に足を踏入れて、新しく、土のむくれ上つたあたりを何の気なしに、一鍬いれると小さな野鼠が、土といつしよに掘り返されたのでした。

「この野郎め」と、兵蔵は、軽く鍬で、野鼠を押へました。

　真暗な世界から、急に、明るいところへ出されたので、小さな動物は、盲目となつて、びろうどのやうな黒い体をおの丶かせながら、真赤な四肢で、無意識に、軟かい土を蹴返したのです。

「逃げようたつて、逃げられるもんでねえぞ!」

と、かう、人の好い兵蔵は、大きな声で、言つたが、それが、小さな、全く無抵抗な動物に対して、放たれた言葉であると思ふと、自分ながら、をかしくなりました。

「だが、ほんたうに、悪い奴かな?　人間の作つたものと、自然のものと、差別を知るめえ……自分達の棲んでゐる野原へ来て、人間が野菜を作る。小さな奴は、腹が空くから食べる。食べるといふことは、あたり前のことだ。それに、どこだつて、人間が耕してゐるぢやねえか」

　こう思ふと、とつさに、野鼠を悪む人間の仕打の方が、いくら残酷だか知れないやうに思はれました。しかも、哀れな動物は、鍬の刃尖で押へられて、秋の光りの中でふるへてゐるのです。

　兵蔵は、長い百姓生活の間、曾て、田畑を荒す動物等について、こんな憐れみの心を抱いたことがありません。この日は、空の色があくまで、澄んで青かつた故為《ため》でありませうか。それとも、この野鼠の姿が、小さく、いぢらしく見えたからでありませうか。また、飢ゑるといふことは、動物にとつて、一番辛いことであり、それには、自分達の生活も、この小さな動物の生活も、かはりがなく共通のものと思はれたがためでありませうか?……恐らく、そのいづれでもあつたでせう。人間といふものは、偶然、ほんたうの真理について、考へるものです。

　ちやうど、この時、すぐうしろで足音がしました。兵蔵は、振返へると、驚いて、手拭を取つて、丁寧に頭を下げました。

「若旦那様でございますか？　どちらへおでかけでございます」

「あまり、天気がいゝから、散歩に出たんだ。なんだい、鼠ぢやないか？」

髪を分けて、眼鏡をかけた、地主の息子はステツキを握りながら、前かゞみになつて覗きました。

兵蔵は、正直に、今、自分の考へたことを話したのです。

「殺さうとしやしたが、よく、考へて見れやこんなものだつて人間と同じ命がありやす。生きてゐる者は、食はなけれやならない。殺すのは、無理なこつた……と、かう思つてゐたところです」

地主の息子は、反身になつて、青い空を仰いで、大きな呼吸をしました。

「やあ、お前は、なか〳〵詩人だよ」と、言ひました。

「若旦那様、その詩人ては、なんのことです？」と、兵蔵は、日に焼けた顔を手拭でなでて、汗をふきました。

「お前の言ふことは、正しいのさ。この地上に生きてゐる者は、どんなものでも、生きる権利を持つてゐるといふのだよ。そして、野鼠に対してさう考へた者も、お前ばかりでなかつた。外国の名高い人だつて、人間の方が無理だといつて、書物に書いてあるよ」

「へえー、そんなら、私と同じやうなことを偉い人も、お考へになつたのでございますか？」

「あゝ、さうだ」

「そんなら、この鼠を逃がしてやりますべえ」

年とつた、百姓は、小さな野鼠を逃がしてやりました。そして、地主の息子の後姿を見送つて、

「やはり、人間は、学問をせなけれやならん。物が分らないと、やさしくもならない」と、しばら

く、考へてゐたのです。

兵蔵が、村の者に、地主の息子を褒めて吹聴しました。

「どんなものでも、生きる権利を持つてゐるのだ！」

この言葉は、地主の息子の口から出たといふので、村の若い者は、はじめて、自分達の夜明けが近づいたやうな、何となく明るい、力強い感じがしたのでした。

「若旦那様の時代になつたら、俺達は、浮ぶべえ。早くさうなつてくれゝばいゝ」

かういふ噂の立つてゐることが、番頭の耳にはいりました。すると、彼は、胡麻塩頭をいつもの如く振つたのであります。

「大旦那様、私の言はぬことではありませんか。今の学問は、人間平等なんでも平等といふことを教へるのです。若旦那様も、すつかりその思想になつて、お帰りになりました。いつしか、村では、みんな噂をしてゐます。はやく、若旦那様の時代になればいゝと言つてゐます。この御身代も、あなた様御一代ぎりと存じます。まことに惜しいことでなりません」と言ひました。

頭の禿げた、きかぬ気の地主は、だまつて聞いてゐましたが、いまさら、息子に学問をさしたことを後悔しても、取返しがつかなかつたのです。

「どうしたらこの苦心をして築き上げた、財産を安全に守つて行けるだろうかな？」

と、歎息をしながら相談しました。

「それは、容易なことではありません。御家のために大御決心が必要です」

「どんな決心でもしよう、財産さへ安全なれば……」

「若旦那様を気狂ひになさるのです。気狂ひの言つたことは、すべて信じてはならないことになさるのです」

「たしかに、悴は気狂ひだ、ものゝ差別が分らぬ位だから……してどうすれば、悴の気狂ひだといふことを、みんなに信じさせよう……」

「それは、座敷牢を造つて、入れておしまひなさるのですな」

いよ〱其年が不作と分り、そして、小作人等が、何か言寄るであらうと予想された間際に、突如として、村中は、地主の若旦那が、気が狂つて、牢にいれられたといふ噂でいつぱいでした。

「あまり学問をさしたから、気が狂つたのだ！」

彼等は、日頃呪つてゐる学問のためと聞いて、二たび、それを当然と思ひ、誰も、息子を憐れむ者がなかつたのでした。

M少年の回想

昭和4（一九二九）年

一、ほめられたこと

ある日、隣のお姉さんが、垣根のところで、コスモスの苗を分けて、いゝのから一本、一本、土におろしてゐました。

Mは、そこを通りかゝりますと、育ちのよくない苗が、あはれにも往来の上へ投げ捨てられてゐました。すべての生物に、やさしい太陽ではありましたけれど、捨てられた苗には、苦痛となつて、見るもいたましく凋れかけてゐたのであります。

「僕が、拾つていつて、植えてやらう」と、少年は、言ひました。同じやうに種子から芽を出して、他の仲間は、幸福に、これから長い、夏、秋、の間を咲き誇るであらうものを、捨てられた苗は、このまゝ、枯れて行くのだと考へると、折角与へられた、この草の生命に対して、もつたいない気がしたからであります。

「Mちやん、もつと、こちらに、いゝ苗がありますから、いくらでもあげますよ」と、お姉さんは、手をせはしさうに、動かしながら言はれました。

「いゝえ、僕、これを植えて置くのです。お姉さん、よく育つて、奇麗な花を咲かして見せませうか」

「だめよ。そんなんでは……」

Mは、家に帰ると、土をやはらかに掘つて、凋れかけたコスモスの苗を、四五本、順序よく植えました。そして、それに、水を充分やつたのです。

お姉さんの方のコスモスは、ぐん〳〵伸びて行きました。また、日あたりがよかつたから、茎も太く丈夫に出来、葉の光りも、つや〳〵してゐます。Mは、まだ、かうした草花に対して、あまり経験がなかつたから、気をつけてやつたにかゝはらず、五本のうち二本は、ついに枯れてしまひました。

「やはり、駄目なのかな」

Mは、はじめから発達の不良なものは、やはり、それだけのことしかないのかと、子供心にも考へられましたが、自分が、小さな時分、人なみはづれて病弱だつたのを、祖母や、両親の丹誠で丈夫になつたと知ると、一つは、丹誠のいかんにもあらうと思ひました。

ある晩のこと、大きなあらしが来ました。M少年は、ふと眼をさまして、コスモスのことを念頭に浮べました。

「かうした際に、助けてやらなければ、何の役に立つものでない。折角大きくなつたのが折れてしまふであらう……」と、思ひましたから、彼は、床から起き上つて、あらしの中へ出てコスモスに棒を立て、支へてやりました。

果して、隣のお姉さんは、夜のことで、どうすることもできなかつたゝめに、翌日になつて見ると、すつかり、根元から折れて、コスモスは地の上に倒されてゐました。

秋の静かな日和日となつたのです。Mの育てたコスモスには、美しい、いろ〳〵の花が咲きました。そして、垣根の傍を通る人々は、みんな花を眺めて行きました。蝶や、蜻蛉が、花を慕つて、終日、そこを去らうとしません。隣のお姉さんの家のコスモスは、一度折れたゝめに、茎は、曲つて、地の上を這ふ姿が、乱れてゐました。

「ほんたうに、よく咲いた。かうならなければ見事とはいへない。これは、Mちやんの丹誠だ」と隣のお爺さんは、庭さきに遊びに来て、Mをほめられたのです。彼は、このことを、いまだに忘れずにゐます。

二、いまだに分らないこと

ある授業時間の際でありました。

「一番綺麗と思つた花を三つと、鳥の名を同じく三つ、紙に書いてごらんなさい」と、先生は、みんなに向つて、言はれました。これが、小さな子供達に、課せられた、試験問題だつたのです。みんなは、思ひ、思ひに、すぐに紙に答を書きましたけれど、Mには、考へれば、考へる程、分らなくなる問題でありました。なぜなら、どの花も、よく見る時には、その花特有の美しさを有してゐたからでした。そして、美しくないものは、一つもなかつたからです。また、鳥にしても、どの鳥を見ても、その鳥の美しさがありました。これを考ふるに、自然は、公平に、一つとして、みだりに、これ等の生物を造らなかつたやうです。この中から、どれが、一番美しいかと、問はれても、答へられなければ、また、どれが、美しくないとも、言ふことはできなかつたのです。

彼は、花壇に咲いてゐる花を一つ、一つ、念頭に呼び起しました。赤い花、黄色な花、紫の花、いづれも奇麗でありました。次に道端に咲いてゐるやうな、うす青い、可憐な花を念頭に、思ひ浮べました。それにもかぎりない、自然の美しさは、たゝえられてゐました。

小鳥にしても、自分の知れるかぎり、すべてが、さうでした。彼は、ついに、いづれを奇麗であり、いづれを奇麗でないと、言ひ切ることができなくなりました。

「先生、僕には、分りません」と叫びました。

「分らなければ、○を書いて出しなさい」と、先生は、急に、不機嫌な、むづかしい顔付をしました。そして、生徒達は、どつと笑つて、Mの顔を、さげすむやうに見ました。

しかし、彼は、いまだに、この問題について、答へることができないのです。

三、間違つてゐると思つたこと

何が正しいか、正しくないかといふことも、容易に、判断されないものでありますが、M少年は、このことだけは、Hのお母さんが、悪いと信じてゐます。

彼とHとは、親友でありました。性格は、異つてゐたけれど、そしてよく言ひ争ひをしたけれど、互に、その善良を認めてゐましたから、いつしか、仲直りをして、過去のことは忘れてしまつて、いまゝでのやうに遊んだのでした。

ある時、Hの方が、どちらかといへば、言つたことが道理に合つてゐたのだけれど、Mはあく迄、自分の意地を通さうとしました。二人は、互に言ひ争つて譲らなかつたので、ついに罵り合ふまでになりました。

HとMのかうした争ひを、二人は、もとより他に知る者はないと思つたのでした。それだのに、Hのお母さんが、このことを物蔭にゐて、すつかり聞いてゐました。

「うちの子は、本当のことを言つてゐるのだ、弱いからと思つて、あんまり無理を言ふにも程のあるものだ、どれ、私が、相手を叱つてやらう……」

不意に、そこへHのお母さんが出て、Mの顔を睨み付けました。

「私は、さつきから、二人の言ひ合つてゐるのを聞いてゐました。Mさん、お前さんが善くないのですよ」

かう怒鳴られると、Mは、顔を赤くして、下を向き、ついに居たゝまらなくなつて、逃げて帰りました。Hは、また母のしたことをうれしいとは思はなかつた。何となく、気恥しい感じがして、自分が、悪くもないのに、急に声を立て、しく〳〵と泣いたのです。

このことがあつてから、二人の少年は、もはや、いまゝでのやうにならなかつたのでした。そして、だん〳〵間が離れて行きました。Mは、二たび、Hの家へたづねて行くこともなかつたから、Hも、同じやうに来なくなりました。

いつしか、顔を見ても、互に、知らない人のごとくなつてしまつた。何が、二人をこんなにさせたか？　これについては、Mは、たび〳〵思つたのであります。

「Hのお母さんさへ、あの時、二人の間へ出なかつたら、すぐに、二人は、争つたことなど忘れて、仲よくなつたであらう。お母さんは、何のために、余計な口を出して、私を睨んだのだらうか？」

子供には、子供の世界がある。大人には、ちよつとその世界が分らない。生なか、干渉した、めに、子供の気分を損し、取返しのつかないことにする。その罪は、子供の世界を理解しなかつた者に、あることは、言ふまでもありません。

Mは、Hと仲よく遊んだ、当時を思ひ返すと、なつかしさに堪えられませんでした。そして、もう、一度、あの時分の生活に立返へりたいと、心に願ひましたけれど、それは、畢竟、空しい望みに過ぎませんでした。

このことを思ふたびに、Hのお母さんの行為を間違つてゐたと考へずにはゐられません。何といつても、――たとへ、Hのお母さんの言はれたことに道理があらうとも、たしかに、その行為は、間違つたと信じてゐます。

霙《みぞれ》の降る頃

昭和4（一九二九）年

町に近い、村はづれに、一軒のブリキ屋がありました。主人は、兵作といつて、変り者で、四十にならうとするのに、いまだに独身でありました。その方が、一層気楽だといつて、さまで、さびしいとも思はなく、ひとりで飯を焚いて食べると、きちんと仕事場に坐り、筧《かけひ》を造つたり、破れた鍋をつくろつたりすることに、余念ありませんでした。

もとより、しがない生活でありましたから、余計の金のあらう筈がなかつたけれど、無慾の彼はまた、富を造らうとも考へませんでした。どうにかして、その日を暮らしさへすればい、としてゐた。そして、人に、ものを与へることを、唯一の喜びとしたのであります。

さうした気持でゐましたから、いつも、彼は、にこ〳〵としてゐました。そして、めつたに怒ることはなかつたのです。

もう、山に雪の降る時分になると、日ごろ見なれない、珍らしい小鳥が、里に下りて来て、枯枝に残る木の実などをつゝいて囀ります。彼は、仕事の手を休めて、小鳥に見とれて、口笛などを吹いて、短い日を消すやうなこともありました。

いつであつたか、女乞食が、橋の上で、寒さと飢のために倒れてゐた。しかし、子供は、可愛らしい手に、芋を握つて、母親の死を知らなかつたといふ、哀れな出来事が村の中へ伝はつた時に、いたく、兵作の心を感動さしました。

「どんな乞食だつたらうな？　この家の前を通つたこともあらうに……」と、しばらく、だまつて、暗い顔付をして、仕事にも手を付けなかつた。その時、彼の眼の前には、霙の降つた、ぬかる路を、足の指を赤くしながら、はいつてきて、頭を下げる、ぼろ〳〵の着物をまとつた、いろ〳〵の形相をした乞食の影が、明滅したのであります。

いつ時分からともなく、彼は、其日、其日、彼等に与へるだけの銭を別にして置きました。そして、一人づつ、来る乞食に、それを与へたのでした。なぜなら、さうあとから、後から来るものに、悉く施すことはできなかつたからです。仕事場の隅に別にしてある、その銭がなくなつた時は、たとへ、幾人やつて来ても、

「今日は、もう銭がなくなつたから、明日、早く来なさい」と、言ひました。

もらへなかつた乞食等は、さびしさうにして立去つたが、よく、そのことを理解してゐました。そして、明る日は、おくれないやうにやつて来ました。

兵作は、自分は、慈善を施してゐると思つてゐました。全く、それにちがひなかつた。ありがたさうにして行く、哀れな人達の姿を見ると、たとへ、銭の額は少なかつたが、無意義なことをしてゐるとは、どうしても考へられなかつた。妻もなく、子供もなく、自分は、全く孤独ではあるが、その自分を頼みに、慕ひ寄る者があると思ふだけで、気持が明るくなりました。

「あなたは、感心な方です」と、村の人は、ほんたうに、心からさう言つた。

「いえ、人を救ふなどといふことが？　ほんの志だけです。あの、女乞食のやうなのがありますから、可哀さうですよ」と、彼は、考へた。

「それが、誰にもできないのです」

×　×　×

いつも、一人、おくれて、晩方になつて、前に立つ、みすぼらしい托鉢僧がありました。彼は、まだ、この人に、一度も、銭をやつたことがなかつたのです。もう、その日の銭は与へつくした後だつたから。彼は、気の毒に思ひました。

「今日は、もうなくなりました。いつも、あなたは、お出《いで》がおそいから、上げられない」と、言つた。僧は、それには、何とも答へず、錫杖《しやくじやう》を鳴らして、経を読んで立去りました。

翌日も、朝のうちから、物もらひは、店の前に立ちました。彼は、きめただけの、銭をつまんでやりました。

「また、あの坊さんには、やるのがない。なぜ、早く、来ればもらへるものを来ないのかな？」と、彼は、多少腹立しささへ感じたのでした。

さらばといつて、坊さんのために、怨みなしに、先から来た者にやるといふ自分の心のうちの掟は曲げられないもの丶ごとく感じました。

また坊さんは、自分の毎日歩く路を、そのために、早くこゝへ来ることは、できないことであるといふやうに、何となく、態度に解せられました。

「また、今日も、あなたに上げる銭はありません。もう、毎日、お出なさらない方がいゝです」と、兵作は、ある日のこと言ひました。

しかし、その後も、僧は、同じ時刻に、ここへ来て、経を読んで去りました。そして、そのうち、つひに来なくなつてしまつたのです。

「とう〳〵根気負《こんきまけ》したかな」と、彼は思ひました。きけば、僧は、病んで、この世を去つたといふことでした。

「おう、申訳のないことをした。本当の坊さんの心といふものが分らなかつた！」


――一九二九・九――

木と少年の愛

昭和5（一九三〇）年

学校の先生に上げたり、また、友達に見せるために、雪が消えて、春となり、いろ〳〵な花が咲くと、思ひ〳〵に、野や、圃から折つて、教室へ持つて来ました。

「もう、僕の家の梅が咲いたぜ」と、一人が言ひますと、

「僕の家の、椿の蕾が、大きく赤くなつて、咲きかゝつてゐるよ」と、一人が、にこ〳〵して、もう、すつかり、春のやつて来たことを知らせたのです。

「いゝな、春が来たんだ。はやく、運動場へ出て遊ばれるやうになると、いゝな」

一人は、おどり上らんばかりに、はしやいで、

輝く眼で、窓から、雲切れのした、空を眺めてゐました。

北国は、やうやく冬が去つたのみで、まだ、あたり一面に、白く雪が残つてゐます。

「あした、僕に、椿の花を持つて来てくれない？」と、二郎は、友達に、頼みました。

「あゝ、小さいのなら、折つても、叱られやしないから、持つてきてあげよう」と、友達は、こゝろよく承知しました。

二郎の家と隣り合つて、しげ子の家がありました。二人は、毎朝、さそひあつて学校へ行きました。

「しげちやん、僕、今日、椿の花をもらふ約束したんだよ。ほんたうに、忘れずに持つてきてくれるかな」

二郎は、思ひ出して、遠くに、うなつてゐる凧の影を見ながら言ひました。

「はやいのね。もう、椿の花が、咲いたかしらん」と、しげ子も話を聞いたばかりで、顔の色を明るくしました。

昨日、二郎と約束した、友達は忘れませんでした。かなり遠方から来るので、二郎が学校へ行つた時は、まだ来てゐなかつたが、そのうちに、林檎のやうな赤い頬をして、手に椿の枝を握つてはいつて来ました。生徒達は、まだ、彼が、マントも脱がないうちから、みんな、そのまはりに集つてきて、

「奇麗な、椿の花だな」と、口々に言ひました。

つやつやした緑色の葉は、さつきまで、外の寒い風に吹きさらされてゐたので、みづみづしてゐました。そして、八重咲きの花は、まだ、枝を折られたといふことを知らなさうに、外に咲いてゐたまゝの姿でありました。

「あんまり、赤くないね」

「あんまり、赤くない方が奇麗だね」

生徒等は、めい〳〵に、花に対して、批評してゐました。

「これで、い丶かい?」と、友達は、二郎に、椿の枝を渡しました。

「ありがたう」と、二郎は、いくたびもお礼を言つて、みんなが、去つてしまつてから、あとで一人、しみ〴〵とその花に見入つたのでありました。

全く、その花片は、海岸にある、うす紅色の貝殻を思はせたのであります。

あの、さびしい波打際に、寄せてくる波にぬれて、人知れず、ほんのりと紅をさしてゐる、爪形の小さな貝がらに似てゐるのでありました。

「今年も、海へ行かうよ」と、花を見てゐるうちに、二郎は、他のことを空想してゐたのです。

机の抽斗の中にいれて、帰るまでに、凋れてしまひはせぬかと心配しましたが、その時分になつても、葉や花は、まだ、生々としてゐました。帰つてから、しげ子に見せると、

「まあ、奇麗なのね。これ、どつかへさして置いたら、根がつかないでせうか?」と言ひました。

「さうだね。さして置かうか……」

二郎は、どこがい丶だらうかと考へました。

「家の前の日蔭には、まだ、去年からの雪が積つてゐる」さすなら、裏の日当のい丶、そして、水気のある処でなければならぬと思ひました。

「しげちやん、いま、土にさすのは、もつたいないぢやないか」と、二郎は、いよ〳〵さすとなると惜しがりました。

「い丶わ、根がつくかも知れないから、家から見えるやうに、お境の垣根のところへさして置きませうよ」と、しげ子は、言ひました。

二人は、まだ、片隅に、ところ〴〵雪のある、裏の庭さきに出て、二軒の垣根のところに、椿の枝をさしました。そこは、土が柔らかで、湿つて

ゐました。ちやうど、脊の低い椿の木が生えて、自然に咲いた花のやうに、見えたのであります。

「水気がなくなつたら、誰でも、気がついたものがやることにしようね」

かう、二人は、言ひかはしました。

たまに、霜の降るやうな、寒い晩もありました。こんな時には、花も傷むだらうと思ひましたが、翌日見ると、花は、生き〳〵としてゐました。そして、太陽が、花を照らすと赤い色が、燃えるやうに金色をふくんで見えたのです。

「椿の花は、枯れないね」

二人は、学校へ行く時分に、顔を見合つて語りました。

いろ〳〵の小鳥が、庭の桜の木や、海棠の小枝に来て鳴くやうになりました。さうすると、長い間、眠つてゐた、いろ〳〵の木が、一時に、眠りからさめたやうに、梢の色が赤みを帯んで、蕾が日に日に大きくなりました。

「なんだか、変な色になつたな」と、二郎が、思ひながら、庭へ出て、椿の傍へ行つて見ますと、美しい花弁は、端の方から、だん〳〵黒く朽ちかゝつて来たのでした。しかし、花の下から、芽は延びて、新しい緑が、枝全体に萌してゐました。

「しげちやん……」と、二郎は、お隣の家に向つて呼びました。

「はあい」と、言つて、しげ子が庭さきへ下りて来ました。そして、二人は、お互に、くゞり抜けることのできるやうな、粗末な、竹の垣根のところで、椿を間にして、うづくまつて話しました。

「もう、花は、終つたんだけれど、こんなに芽が出てきたから枯れないのだね」と、しげ子が言ひました。

「きつと、根がつくと思ふよ」と、二郎は、言ひました。

あつい夏もすぎて、秋になつたけれど、椿の枝は、青々としてゐました。

「二郎さん、椿は、根がついたんですわね」としげ子は、庭さきに出て、二郎と遊んでゐる時に言ひました。他の木の葉は、だん〳〵と黄色く色づいて枯れて行くのに、独り、垣根の際に、椿の葉は、黒ずんで見えたのであります。

「蕾を持たないから、来年は、咲かないよ」と二郎も、その木のところに来て、眺めたのです。

やがて、冬が来ました。そして、雪が降ると、すべての背の低い木は、雪の下になつてしまひました。雪が消えて、いろ〳〵の小鳥が飛んで来る時分になると、それ等の木々は、生々とした姿を見せて、新しい緑の芽を萌いて、伸びて行きました。

それから、三年ばかりたつて、二郎も、しげ子も、大きくなりました。しかし、椿の木は、まだ、花を咲くやうにならなかつた。

「妾《わたし》、花が咲くやうに、いつだつたか、お魚の骨をいけてやつたのよ」

「こゝは、場処がいけないのかも知れない。もつと日当りに出してやらうか」

「いゝえ、こゝがいゝのよ。花が咲くと、両方のお家から見えるんですもの……」

二人は、膝頭に達する程になつた、椿の木を間にして話しました。

ちやうど、その年の秋、二郎の家は、そこから、他へ引越すことになりました。その時、二郎は、しげ子に同意してもらつて、椿の木を持つて行くことにしました。

「花が咲いたら、二郎さん、見に行つてよ」と、しげ子は、木とも別れる名残りを惜しみました。

二郎は、しげ子の見てゐる前で、鍬の刃をいれて椿を掘りますと、三年の間に、驚くばかり細かい根を張つてゐました。

「えらいもんだね。こんなに、さしたのが、根を張つたぢやないか?」

　二人は、さすがに、木の生きる力の偉いのを感じたのでした。

　その木は、いろ〳〵な道具といつしよに、二郎の越して行く家の方へはこばれました。そして、人足は、あたりを片附けてから、最後に、

「坊ちやん、この椿の木を、どこへ植ゑて置きませうか」と、聞きました。

　二郎は、どこにしたら、いゝだらうかと、あたりを見まはしました。そして、家の横手の日あたりの好さうな、人の歩るくのに邪魔にならない処を撰んで、

「こゝらが、いゝかな。いつになつたら、花が咲くかしらん……」と、問ひました。

　男は、笑つて、

「成程、こゝがいゝ。まだ、二年や、三年では、坊ちやん、この木は、花が咲きませんよ」と、土を掘りながら答へました。

　月日は、水の流る、やうにたちました。二郎は、都会へ出て勉強するやうになりました。ある年の晩春、田舎へ帰りますと、

「今年の冬は、大雪で、木が、みんな傷んだのだよ」と、お母さんが言はれた。

　二郎は、大雪だつたことは、新聞で見ました。しかし、もう、その雪は消えてしまつて、遠い山に、いくらか残つてゐる程でした。彼は、なつかしさうに、家のまはりを歩きました。遅咲の桜も、散つた後で、赤い蘂《しべ》が、若葉の間から見えてゐました。そんなのを仰ぎながら、足を運びますと、椿の木があつて、いくつか、淡紅色の美しい花をつけてゐました。

「あ、椿の木が?」と、彼は、思はず、眼を見張

つて、立止りました。

濃緑色のつや〳〵した葉は、こんもりと重なり合つて、木の高さは、いつしか、自分の脊よりも伸びて、雪にも、別に折れた痕がなく、そよ〳〵と朗らかな空を吹く風に揺れて、ちやうど、赤い貝殻細工のやうな、つゝましやかな花は、何か、遠い昔のことを語りたげに見えたのであります。

「花が、咲いたら、見に行つてよ」と、しげ子は言つたが、それも、遠い前のことで、二郎が、村にゐる間には、花は咲かなかつたのです。その後、聞くと、しげ子は、町へお嫁に行つたといふことでした。二郎は、なんとなく、悲しい気持になりました。

学校で、友達から、椿の枝をもらつて帰り、それを垣根の下の土にさし、しげ子と毎日のやうにそれをいたはつた、すぎ去つた日が、あり〳〵と眼に浮ぶと、

「自分も、もう少年でない」と、省みられて、何かしら、かへつて深く、椿の木に、教へられるところがあるのでありました。

―一九三〇、二―

今年ノ春ト去年ノ小鳥

昭和5（一九三〇）年

去年、小鳥ガミナミノハウカラ、トンデキテ、小松原ニオリテ、ヤスミマシタトキニ、アチラノハタケデ、オヂイサンガ、草花ノ苗ニ、コヤシヲヤツテ、キレイナハナガサクヤウニ、テヲイレテヰマシタ。

ソシテ、コドモタチハ、広場デ、タコヲアゲテアソンデヰマシタ。小鳥等ハ、松ノ枝カラ、枝ヲトビマハツテ、イイ声デナキマシタ。コレヲキイタコドモタチハ「モウ、春ガキタノダネ」ト、空ヲ、アフイデイヒマシタ。

イツノマニカ、マタイチネンハ、タチマシタ。小鳥等ハ、フタタビ、ミナミカラ、キタヘ旅ヲスルコトニナリマシタ。カレラハ、ワスレズニ、キヨネンキタ、小松原ヲ、タヅネマシタ。スルト、ハタケノナカニ、キレイナ家ガ、タクサンデキテ、ピアノノオトガシテヰマシタ。小鳥等ハ、ビックリシテ、

「オヂイサンノ、テイレヲシテヰタ、草花ハドウナツタラウカ」ト、一羽ノ、小鳥ガ、イヒマシタ。「タコヲアゲテヰタ、コドモタチハ、イマドコデ、アソンデヰルデセウ」ト、他ノ小鳥ガ、イヒマシタ。

カレラハ、キヨネンノコトヲ、オモヒダシテヰマシタ。ソシテ、トクワイノ、カハリヤウノハヤイノニ、オドロイテヰマシタ。

見事な贈物

昭和5（一九三〇）年

おかよは、よくお母さんのお手伝をして、お母さんの仕事を助けました。家が貧乏でありましたから、お母さんは、寒い晩も、おそくまで、針仕事をしてゐました。

お母さんは、風を引いて、二三日何となく気分が重うございました。おかよは、心配して、自分の力で、できることはなんでもして少しでも、お母さんの体を休めやうといたしました。

お母さんは、出来上つた仕事を、町へ持つて行つてとゞけなければなりません。しかし家の外には、雪が積もつてゐました。そして、風が寒かつたのであります。

「お母さん、私が、持つて、とゞけて来ます」と、おかよは、言ひました。

「この寒いのに、お前が、また風でも引くと大変だから…」と、お母さんは、まうされました。

しかし、おかよは、病気のお母さんをやれないと思つて、自分が風呂敷包みをかゝへて、その帰りに買つて来る、入用な品物などお母さんにうかゞつて、家を出ました。

ちやうど、その日は、クリスマスの日でありました。町の中は、ことに暮のことで、にぎやかでありました。一通り用事をすまして彼女は、帰る途にとつきました。

寒い、冬の日は、はや晩方となつてゐました。小さな足の指さきは冷えて、堅く凍つた雪道は、歩くのに、難儀であります。

町をはなれると、いつか、ひろ〴〵とした野原にさしかゝりました。おかよは、ふと立止つて、この美しい、たそがれの景色に見とれたのです。

ちやうど、雪は、氷砂糖の塊で、あちらの藁家は、チヨコレートで造られて、空に、きらめきそめた星は、真赤な、つり下げられた林檎のやうに見えました。

それは、今日、彼女が、町で見た、カフエーや、お菓子屋の飾られた、店頭を思ひ出したからです。

「この雪が、氷砂糖で、あのお家が、チヨコレートだつたら、まあ、どんなでせう……」

かう、彼女が、言ひますと、

雀が、頭の上へ飛んで来て、

「お前は、食ひしんぼうだな。これが、私達のクリスマスの飾りさ。よつぽど、町で見たよりは綺麗だらう」と、言ひました。

すると、鶫《つぐみ》が、またどこからか飛んできて、

「あの音楽をお聞き、なんとすばらしいぢやないか」と、言ひました。

それは、雨風が、林にあたる音でした。耳をすますと、いろ〳〵な音が、壮烈に、美妙に、そこからは沸き起つて来るのです。

見ると、空にかゞやいてゐた星が、一つ、一つ、羽の生えた天使となつて、この音楽に調子を合せて踊り出しました。

やがて、音楽がやむと、紅く、地平線を染めた、夕焼もうすれて、小鳥の影も見えなくなつてしまひました。

おかよは、お母さんが、待つておゐでなされることに気がつくと、急ぎ足になりました。家に着くと、お母さんは、あた、かなご飯をこしらへて、喜んで迎へてくださいました。

そして、「お留守に、学校のお友達が、こんな見事なお菓子をお前への贈物だといつて、持つてきて下されたのだよ」と、言つて、眼のさめるやうな包みを指さゝれました。

―一九二九、一一作―

汽車の中

昭和5（一九三〇）年

汽車の中で、知合いになつた人達は、これから先、まだ長い間乗つてゐなければならぬやうな人々でありましたから、その間を退屈しないやうに、めい〳〵が、いろいろ話をしたのであります。

「よく仕合せといふことを云ひますが、なにが仕合せになるか分らんものです」と、かう、頭のはげた白い襟巻をした老人が前置をして

「その男といふのは、乱暴者で、手がつけられませんでした。酒は飲むし、喧嘩はするし、そして、力が強いので、その男があばれだすと、誰も恐ろしがつて押へる者がありませんでした。

それだけの力を出して、真面目に働いたら、貧乏もしなからうし親兄弟がどんなに喜ぶか知れないのに、仕事の方はなまけて、悪いことをするのが商売のやうになつてゐましたから、相手にするものもなく、家は、困る一方でありました。

そこへ、ちやうど戦争がはじまつたのです。その男は、召集されて、戦争に行かなければならなくなりました。

「あんな男は、どこかへ行つてしまふか、病気で死んでくれゝばいい」と、平常から、口に出して言はなかつたけれど、みんな、思つてゐた時ですから

「あゝ、いゝあんばいだ。戦争にでも行つて国家のお役に立てば仕合せなことだ」と、村の人々は喜びました。

いよ〳〵行くとなると、送別会もしてやれば、見送つてもやりました。

「こんどは、天下晴れての喧嘩だ、うんと敵をとつちめてやれ」

「お前の力は、こんな時でもなけれや、出す時はないだらう」

みんなは、ほめるやらおだてるやらしますと、男は本気になつて

「あゝ、うんとやつて来る」と、元気を出して行きました。

それがどうでせう。右腕を一本無くして、勲章をもらつて帰つて来ました。

村の者は、二度びつくりした。あんなやつが、勲章をもらつて、帰つて来たら、どれ程威張つてあばれ廻るか知れん。ほんとうに困つたことだと云ひました。しかしあばれるにも、あばれやうがありません。大事な右腕がないんですからね。……」

汽車の中で、この話を聞いてゐる人達は、

「成る程、それにちげえねい。ハハゝゝ」と云つて、大きな声で笑ひました。

「村の者は、もう、あばれやうたつて、右腕がないんだから、何にも出来ないと知ると、安心しました。

だが、男は、全く、生れかはつたやうにおとなしくなりました。勲章の前に対しても、さう大酒は飲めないと云つて慎みますし、それに年金は下賜されるし、生活はいくらか好くなつたので、両親も悴のかたわになつたのを悲しむよりは、むしろ喜ぶといふ風でした。

また、村では、名誉の負傷者だといつて、今までとは、うつて変つて、何かの事があるたびに、その不具を見せるやうに、上座に坐らせたので、男は、いよ〳〵真面目になるといつた訳で、昔の噂はどこへやら消えて、全く信用されるやうになり、この頃では、村に消費組合が出来まして、その幹事をしてゐますが、この男などは、力が邪魔になつたんですね。力自慢が、男には悪かつたの

で、かうして、大事な右腕をなくしましてから、すつかり、好い人間になりました。何が、人間の仕合せになるか分るものではありません」――と、老人は、云ひ終りました。

「いや、力といふより、腕がいけなかつたんですよ」と、旅客の一人が口をいれると、

「それを見ましても、世界中の国が、軍艦なんかなくしてしまつた方が、ほんたうに、戦争がされなくなり平和になるか知れませんね」と、また他の旅客が笑ひながら、言ひました。

汽車は、桃の花の咲く、平野の中を走つてゐました。空はかすんであた丶かな風は眠気を誘ふやうに、窓の中へはいつて来ました。

こんどは、黒い眼鏡をかけてゐる男が、煙草をふかしながら、

「これから、北国《ほくこく》は、鯛の季節になりますが、昔のやうに値は安くありません。あの青い海から上る赤い色は、たまらなくい丶ものです。人によつては、南の海でとれる鯛の方が、うまいとも言ひますが、私達には、子供の時分からたべつけてゐるせゐか、やはり荒い波でもまれて、身のしまつたのがうまいやうに思ひます。鯛程、奇麗な魚はありませんね」と、云ひました。

「腐つても鯛の骨と云ひますからな」と、一人が口をいれました。黒眼鏡は、話をつゞけました。

「だが、こんなことがあります。――この間新聞に、どこか外国で鵞鳥を殺して、料理をすると、砂嚢《すなぶくろ》の中から大粒な砂金が、二つも三つも出て来たといふので、他の鳥にも、ありはしないかと云つて、いつしよに飼つてゐた鳥をみんな殺して見たが、なかつたといふやうな事が書いてありました」

「なんでそんなことをしたんでせう?」

「その家へ来る前に、どこかでその鳥がたべたと

見えます。もし、他の鳥にあつたら、飼ひ主は、砂金の出る場所を発見して、大金持にならうと思つたのでせう……」

「なる程、さうでせう。鳥から、思はぬ宝が近傍で発見される訳ですからね」

「しかし、他の鳥になかつたので飼い主は、大損したことになりますな」

人々は、口々にこんなことを云ひました。黒い眼がねは、自分はそのことを云はうとしてゐるのでない、これは、前置きだつたと思ひましたから、すぐに、自分の話の後をつゞけて、

「それがです。鵞鳥ばかりでありません。鯛にも、これに似たことがありました。それは砂金でないが、私の子供の時分のことです。桜の花が咲いてちやうど鯛の沢山とれる季節でして、浜の方から、女の魚売が、朝早くとれた鯛を籠にいれて、村々へ売りに来ました。

こんな時でもなければ、平常は食べられないと云ふので、どこの家でも、鯛を買つたものです。ある日、一軒で買つた鯛の腹から光つた物が出て来ました。見ると、女の指にはまつてゐた金の指輪であります。家の人はびつくりしました。多分、冬の暴れる時分、難船した者か、また、身を投げて死んだ者の指にはまつてゐたのを、ぴか〳〵光るので、鯛がぱくりとやつたと見えます」

「これは、砂金と異ふから、いゝ気持はしなかつたでせう」

「しかし、それも、其当座だけでした……」と、黒眼鏡は、語りました。白襟巻の老人は、居眠りをしてゐます。汽車はやはり、長閑な野を走つてゐました。田圃には菜の花が咲いて、ひつきりなしに春の風が吹いてゐます。

田舎と都会

昭和5（一九三〇）年

いまごろは、白い雲が、あの広々とした、平野の上をたゞよつて、河の水が、草深い間を、無心に悠々と流れてゐるであらうと、思うと、たまらなく、ふるさとが、なつかしくなりました。

「よく、釣の帰りに、急に、空が暗くなつて、雨にあつたが……」と、勇二は、思ひ出したのです。

「勇ちやん、その河では、大きいのが釣れた？」

と、勇二より、年下の正雄は、眼を光らして、聞いてゐました。

「雨が、ぽつり〱と落ちて来るやうな時に鮒でも、鯰でも、大きいのがかゝるのだよ」

勇二は、東京の叔父さんの家へ来てから、もう半年にもなります。田舎にゐたなら、いまでも、河へ行つて、好きな釣をしたであらうと思ひました。

東京に育つて、田舎の子供の生活を知らない、従弟の正雄は、それが自然で、美しくて、自由で、なんでも、絵のように想像されたのであります。

「どんなかね、僕も、そんな河へ行つて、大きいのを釣つて見たいものだな」

しきりに、手足を動かしながら、正雄は、話を面白がつてゐました。

「それは、大きいのがかゝる時は、ぐんぐん浮を持つて行くよ……」

勇二は、日の陰つた、水の面に、白い腹を出して、ぴち〱と跳る魚を眼に見たのであります。

そんな話をすると、正雄は、感心して喜びました。誰でも、見ないところの生活は不思議に空想されるのであります。

まだ、勇二が、田舎にゐる時分にはどんなに東京をなつかしがつたでありませう。ちやうど桑の葉が、黒々と圃いつぱいに繁つた頃でありました。

東京から来られた叔父さんは、長らく接しなかつた、田舎の景色に見とれて、勇二と毎日のやうに、散歩されました。

「田舎もいゝな。しかし、勉強をするには東京が便利だから、小学校を卒業したら、やつておいで」

かう言はれた時に、勇二は、うれしかつたのです。彼は、その日から、東京へ出る日をまちに待つたのでした。そして、いよ〳〵出発するとなると、うれしくもあり、また、みんなと別れるのが悲しかつたりして、その晩は、眠れなかつたのでした。

そんなことは、つい、昨日のやうな気がします。

「来年の夏休には、いつしよに行かうね」と、勇二は、今年は、帰らないが、来年は、正雄をつれて帰省することにきめてゐるのでした。

「僕、きつとだよ。そして、釣をしようね」と、正雄は、生々とした瞳で、空を仰いだのでした。

「東京見たいに、綺麗でないぜ。蛇もゐるし、いろんな虫がゐるぜ。君は、怖がらないか知らん?」

勇二は、正雄をからかふやうに言ひました。

「蛇なんか、怖がるもんかい。学校の運動場で、二度も、三度も、見たよ。僕、行つたら、昆虫を採収して来るかな」

正雄は、これから、まだ一年も先のことを明日のことのやうに言つて、うれしがつてゐました。勇二は、田舎の話をしてゐるうちに、次のやうな話を思ひ出して、正雄に、きかせたのです。

ある日、彼は、一疋の亀の子を捕へました。水の退いた、河の岸で、亀は、日光に甲良を乾してゐたのでした。

そこへ、勇二は、釣竿をかついでやつて来ましたが、見つけると竿を投り出して、どうかして、その亀を捕へられないものかと苦心しました。田舎では、亀を捕へることは、珍らしかつたからです。

「僕は、東京へ来て、不思議に思つた。金魚屋に、亀の子を売つてゐるのだもの」

「あんな、小さい亀の子かい?」

「いや、もつと、大きかつた」

「ぢや、親かもしれないね」

「さうかも、分らない」

勇二は、話のあとをつゞけて、正雄は、だまつて聞いてゐました。

足音がすれば、亀は、すぐに水の底にもぐつてしまひます。だから、勇二は忍び足をして、近づいたのでした。柔らかな土は、踏むたびに、ぶく〳〵といつて、落込んで、足を捕へました。亀はたぶん、安心して眠つてゐたと見えて、気付きませんでした。勇二は、不意に、飛び付くやうにして、亀を押へました。

亀は、しまつたと思つたのでせう。力いつぱい出して、手の下から、くゞり出さうとしました。けれど、彼は、抱へるやうにして、岸へをどり上りました。「もう大丈夫だ。逃げられはしない」と、言つて、びくの中へ押し込めました。

もう、釣を切り上げて、早く家へ帰り、みんなに亀を捕へたことを誇りたかつたのです。

村から、町へつゞく道に、橋がありました。勇二は、橋の上に来た時に、亀をのぞいて見てゐました。ちやうど、知らないお婆さんが、そこを通りかゝりました。

「亀の子だな。よく、つかまへられたな、かあいさうに。いゝ子だから、逃がしておやり」と、このお婆さんは、言ひました。

勇二は、折角、つかまへて、喜んでゐるのを、逃がしてやれと言はれたので、面白くありませんでした。彼は、だまつてゐました。他に、人通りもなく、道の上は、静かでした。河の水は、何事も知らぬ顔に、橋の下に流れて行きました。

「昔から、亀は万年生きるといふから、捕るもんぢやない。逃がしてやつたら、どんなにありがたく思ふか知れない。きつと、恩を返すからな」と、お婆さんは、言ひました。

勇二は、家へ持つて帰つて、友達に、亀を見せてやらうと思ひましたが、お婆さんの話を聞いてゐるうちに、亀が可哀さうになりました。

「ほんたうに、恩を返す？」と、お婆さんの顔を見上げました。

「亀は、精があるから、それは、きつと返すとも」と、お婆さんは、白髪の頭で、うなづきました。

「だつて、どうして、僕が逃してやつたといふことが分るだらう……」

勇二に、そのことが、不思議でなりませんでした。すると、お婆さんは、

「さうだな、お前が、逃してやつたといふことが分るには、墨で、所と名を書いてやるといい」と、言ひました。

「婆さん、僕が、お亀の脊中へ名を書いて、逃がすの？」と、勇二は、問いました。

お婆さんは、うなづきました。

「僕、家へ帰つて、墨で字を書いてから、きつと、逃してやるから……」

勇二は、亀を逃してやることを、お婆さんと約束しました。そして、誰にも、亀を見せずに、家へ帰ると、自分の処と名を書いて、ふたゝび橋のところへ引きかへして来ました。この時は、もうお婆さんは、ゐませんでした。彼は、河の中へ、亀を放してやつたのです。

その話を、正雄に、聞かせました。いまゝで、だまつて、聞いていた、正雄は、

「亀は遠くへ、逃げて行つてしまつたんだね」と、言ひました。

勇二は、その後、夕焼のする晩方など、この橋の上に立つて、水の面をのぞきながら、いろ〳〵の空想に耽りました。浦島太郎の昔噺など思ひ出して、何か、いゝことがありはしないかと思ひました。しかし、変つたこともなく、水は、音を立て流れて行き、亀の姿を二度と見ることはなかつたのです。

「誰か、あの亀をつかまへたら、僕のところへ手紙をよこすかと思つたが、どこからも手紙は来なかつたのさ」

「つかまらんのかも、知れないね」

「水で、字が消えてしまつたのかも分らないよ」

「お婆さんに、嘘をついたと言つてやればいゝんだ」と、正雄は、笑ひました。

「どこのお婆さんだか、それから、見ないんだもの……」

二人が、こんな、田舎の話をした、その日の午後のことでありました。

「勇ちやん、金魚を釣に行かう」と、正雄は、勇二を誘ひました。

「大きいのを釣つて来ようか」

「すぐ糸が切れちまふよ」

「僕は、うまいさ」

「僕の方が、うまいさ」

「釣りつこをしようか」と、勇二は言ひました。

「それは、僕が勝つさ。勇ちやんは、金魚を釣つたことがないだらう……」と、正雄は、自信あるらしく言ひました。

それから、程なく、勇二と正雄は、街へ出て、金魚や、鯉を釣る店の前に立ちました。浅い、大きな箱の中に、大きなのや、小さなのが、うよ〳〵として沢山はいつてゐるのです。それを、釣るといつても、魚が、自然にかゝるのでなく、弱い、細い、糸の先についてゐる鋭い鈎のやうな針に引つかけて上げるのです。魚がはねて、糸が切れゝばおしまひで、手に取ればその魚は自分のものとなるのでありました。

町の子供達が、その箱のまはりに集つて、金魚や、鯉を追ひまはしてゐました。その傍には、別の容器の中に、小さな亀の子や、蟹などが、はいつて、濡れた体を動かしてゐました。

広々とした野原で、ゆるやかに流れる河の岸で竿を出して、自然にかゝる魚を待つのと全く、面白味がちがつてゐました。しかし、都会の中では、仕方がないのです。かうした遊びに、なれてくれば、また、こゝにも面白味があるのかも知れない。そんなことを、勇二が考へてゐる間に、はや、正雄は、夢中になつて、大きな鯉を追つてゐました。その鯉は、速くて、それに、大きすぎると悟つたのか、それを追ふのをやめたかと思ふと、かなりの金魚を針にかけました。

「勇ちやん、僕、こんなのを釣つたよ。君もはやく、お釣よ」と、正雄は、次にどれを釣つてやらうかと箱の中を見つめてゐたのです。

「なに、負けるものか?」と、勇二は、笑ひました。そして、自分も、大きなのを目ざして、針にかけようとすると、もろくも、糸は、ぷつりと切れてしまひました。また、新しい竿でやり直したけれど、手加減が分らないばかりに、小さい金魚を一二疋しか釣ることができませんでした。その間に、正雄は、巧に弱い糸で、大きなのを、二疋も釣り上げました。

二人の釣つた金魚を家へ持つて帰つてから、鉢の中へ入れてやりました。もう、誰も、追ひ廻すものがなかつたので、金魚は、安心してゐましたが、金魚屋にゐた時に受けた傷のために、その中の二疋は、翌日の朝、起きて見ると死んでゐました。

それを見て、勇二は、考へました。「昼も、晩も、休む時なく、子供達に追ひ廻はされて、不意に、尖つた、怖しい鈎に、腹となく、脊となく、眼となく、口となくひつかけられる金魚や、鯉は、何といふ不幸な魚達だらう……」

「ものを言へない、抵抗する力のない生物をいぢめるな」と、釣の好きな自分でさへ、叫びたい気がしました。

勇二は、嘘を言つて、自分に、亀の子を逃がさした、お婆さんを、いまは怨む気が起らなかつたのです。そして、こせ〳〵しない、のんびりとした平和な、田舎の生活が、何となく、なつかしくなりました。

―三〇、五―

雲、雲、イロイロナ雲

昭和5（一九三〇）年

コレカラ、海辺ニ立チ、マタ、野原ニネコロンデ、オホゾラヲ見マスト、イロイロナ雲ガミラレルデアリマセウ。

魚ノ、ウロコノヤウナ、形ヲシタ雲ハ、カナリ高イトコロニ、ヂツトシテヰテ、ウゴキマセン。コノ雲ノ、アラハレタトキハ、アシタモ、オテンキノ、イイコトガワカリマス。

グン、グント、下ノハウカラ、ワキデテクル、黒雲ハ、雨雲デス。

ソノホカ、モノスゴイ雲。ハナビラノヤウニ、ウツクシイ雲。カアイラシイ雲。イロイロノ雲ガアリマス。

遠方デ、ユフダチノアルトキハ、アチラノ雲ノ中カラピカピカト、イナビカリガシテ、夏ノ晩方ニ、ソレヲ見ルノハ、ココチヨイモノデス。

私ハ、雲ヲ見ルノガ、ダイスキデス。ソシテ、ウツクシイバカリデナク、フシギナカンジガシマス。雲ハ、ナニモカンガヘナイデ、ウゴイテヰルノデセウ。

イマ見タトオモツタ雲ガ、モウ、アトカタモナクキエテヰマス。ナント、自然ハ、オホキイデハアリマセンカ。

海辺ヤ、野原ニ、ユカナクトモ、金魚鉢ノミヅノオモテニ、ウツツタ、ソラノスガタヲ見ルノモ、オナジヤウニ、オモシロイモノデアリマス。

ハナ ト ミヅグルマ

昭和6（一九三一）年

太陽ガ、アルマチノ小サナミセサキヲ、ノゾイタトキニ、真赤ナゼラニユムノ花ガ、スヤキノ鉢ニ、ウヱラレテ、マドサキニ、咲イテヰマシタ。ソシテ、ワカイ女ガ、カナシイコヱデ、ウタヲウタツテヰマシタ。

「ジブンノ、ムラノコトヲ、オモヒダシテヰルノダナ」ト、太陽ハ、オモヒマシタ。

ソノ、ムラハ、田植ノ、用意ヲシテ、ドノ田ヲミテモ、水ガヒカツテヰマス。

水車ハ、イチニチ、セハシサウニ、ウタヲウタヒナガラ、タユマズニ、メグツテヰマス。ダレガ、ミテヰテモ、ヰナクテモ、ハタラキニ、カハリガアリマセン。

「ヨク、セイガデル、カンシンナコトダ」ト、太陽ガ、アチラノ、モリノウヘカラ、イヒマシタ。
イマ、一年ノウチデ、イチバン、日ノナガイサカリデス。マチノ子モ、ムラノ子モ、アソビツカレテ、オウチヘイソギマシタ。
「サヤウナラ」ト、太陽モ、平和ニ、シヅカニ西ノ空ニ、シヅンデイキマシタ。

田舎のおぢいさんへ

昭和6（一九三一）年

武ちやんの、祖父さんや、祖母さんは、田舎に住んでゐられました。小さな町から、二里も、山の方にはいつたところに、お家がありました。

去年の春、お母さんといつしよに行きました。はじめて、田舎の景色を見た、武ちやんには、眼にふれるものが、どんなに新しく、珍らしかつたでせう。赤い木瓜の花が咲いてゐました。白い綿を頭からかぶつた、ぜんまいが出てゐました。遠い山には、まだ雪があつて、おそ咲の桜が、咲いてゐるのに、吹く風が寒かつたのです。

「東京から来ると、さびしいだらうな」と、おぢいさんが、言はれました。

「ほんたうに静かで、夢のやうな気がいたしますわ」と、お母さんは、うつとりと景色に見とれてゐられました。

　この時、あちらの山道を子供が、小さな罎を下げて上つて来ました。子供は、田の中のおたまじやくしに、石を投げこんだり、たんぽゝの花を摘《つま》んだり、道草をとつてやつて来たのです。

「あ、ご苦労、ご苦労」と、言つて、おぢいさんは、その少年の手から牛乳の罎を受取りました。

少年は、かはりに、空の罎をさげて、山を下つて行きました。

「何しろ、いまごろ朝の牛乳を配達するんだから……」とおぢいさんは、笑はれました。

　そこへ、おばあさんも、見えられて、

「こゝでは、夏と冬は、牛乳が、飲めないんですよ」と言はれました。

　町から、とゞけるのに、夏は、あつさで腐り、冬は、雪が積つて、上るに容易でないからです。

「景色のいゝところは、不便にきまつてゐる。両方いゝことはないさ」と、おぢいさんは、流石に、それをあきらめてゐられたやうです。

　はや、その時から、一年経ちました。

「ねえ、お母さん、おぢいさんや、おばあさんの山には、まだ雪があるでせうか」と、武ちやんは、たづねました。

「このあいだのお手紙では、まだ少しあるさうだよ」と、お母さんは、答へられたのです。

「おぢいさんに、何か送つてあげませうよ」

「なにが、いゝだらうね？」

「牛乳が、お好きなんだもの、明治のミルククリームか、メリーミルクがいゝや」

「ぢや、さつそく、武ちやんからといつて、送つてあげませう……」

　お母さんは、それは、たいへんいゝことだと思はれたので、すぐに支度をして、品物を求めに家を出られました。気のついた時に、送らなければ、畢竟《つまり》送れないからです。そして、二三日の後でした。

「着いたといふ、返事が来た？」と、武ちゃんがきゝますと、

「明日あたり来ますよ、きつと、おぢいさんから、喜んできますよ」と、お母さんは、朗かに言はれました。

もう、日が、ほこ〳〵として、都は春であります。

―一九三一、二―

りんどうの咲くころ

昭和6（一九三一）年

一昨年の夏のことです。勇雄さんは、お母さんにつれられて、田舎へ行きました。晩方になると、あたりが暗く、さびしくて、都が恋しくなりました。

「お母さん、いつお家へ帰るの？」

と、問ひました。

「お前、来たばかりでないの、い、空気を吸つて、花や、虫や、珍しい標本でも造つてから帰りませうね」と、お母さんは、答へられました。

さびしかつたのは、その日だけで、明る日はもう、同じ年頃のお友達が、二三人もできたのであります。

「君、あつちに、大きな池があるよ。そこへ行く

と、奇麗な蝶がゐるから」と、田舎の少年は、彼をつれて、みんなで、青々とした田圃の中の道を歩いて行きました。

二三日前に、大きな夕立があつたので、道の上には、石ころの頭が、洗はれて出てゐました。少年だちは、話ながら、足許を見て歩いてゐましたが、

「矢根石《やねいし》を見つけたぞ！」と、一人が、言つて、土の中から、指さきで小さなものを掘り出しました。

「僕も、この間、橋のところで見つけた。学校へ持つて行つて、先生にあげたら、標本室へ収めたよ」と、他の少年が、言ひました。

勇雄さんは、いま、少年が拾つた、矢根石を見せてもらつて、蝶や、花よりも、この方に、多くの興味を感じたのです。

「こゝらに、こんなものが落ちてゐるのかい？」

と、不思議がつてたづねました。

「杉林の中を探すと、土器の破片が落ちてゐるよ、このあたりにも、石器時代の人間が、住んでゐたのだね」

「それが、幾千年も、残つてゐるなんて、不思議だなあ」と、勇雄さんは、ため息をつきました。

池の畔へ行つて見ると、まはりを囲んだ、山々の、木が被しかゝつてゐました。そして、水は、青黒く、しんとしてゐて、ぢつと見てゐると、太古の人達の生活の有様が、そこに浮び上つて見えるやうな気がしました。

それから、勇雄さんは、少年達の家へも遊びに行きました。一人の少年の家の軒下には、松葉牡丹の花が、それは、見事に、色とりどりに咲いてゐました。

「綺麗だなあ」と、勇雄さんが言ふと、

「今年も、種子《たね》が、沢山出来たから、君に分けて

上げよう。来年の春、家のまはりに蒔いて見給へ。東京は、こゝよりか、暖かだから、きつとよく咲くだらう」と、少年は、言つて、種子をとつてくれました。

夏休みも終りに近づいたので、勇雄さんはお母さんと東京へ帰らなければなりませんでした。こんどは、却て、田舎の少年達と、お別れするのが悲しかつたのです。

「また、来年、来たまへね」と、少年達も勇雄さんの帰るのを惜しみました。

翌年の春になつて、勇雄さんは、松葉牡丹の種子を庭先に蒔きました。けれど、どうしたことか芽が出ませんでした。彼は、お父さんに向つて、どうして、芽を出さないのかとたづねました。すると、お父さんは、

「松葉牡丹は、あたゝかな国の植物だから、お前の旅行した、北の田舎より、東京の方が、よく咲く筈だけれど、芽が出ないのは、石炭殻や、石があつて、土がわるいからだ。それに、この家の庭では、日の光りが充分であるまい。来年は、鉢にいゝ土をいれて、それへ種子を蒔き、日のよく当る所に出して置きなさい。きつとよく咲くだらうから」と、言はれました。

「成程、さうかな。田舎は、土がいゝし、それに天地が広々として、日の光りも充分だから」と、勇雄さんは、思ひました。

彼が、毎日、学校へ行く時分に、お母さんは、きつと、忘れずに、

「電車と、自動車に、気をつけなさいよ」と、言はれるのでした。そして、彼は、瓦斯や水道や、下水工事の人夫によつて、幾度、掘りかへされたか知れない道路を、前後左右に気をくばりながら歩いたのでした。

「太古の矢根石や、土器の破片の落ちてゐる、田

舎道がなつかしいな」と、彼は思つたのです。

今年も、夏休みがまゐりました。田舎へ、つれて行つてもらへると思つたのが、都合で行けなくなりました。けれど、いつか、お父さんの言はれた事を記憶してゐて、春の時分、大きな鉢に、いゝ土を持つてきて、松葉牡丹の種子を蒔きました。そして、注意して、日当りに出し、水をやつたのが、いまは、見事に花をつけて、紅、黄、白、一つ一つの花が、かあいらしく頭を上げて、まぶしさうに太陽をながめてゐたのでした。そして、日が傾く時分になると、はやくから、凋んで眠りにつきます。

勇雄さんは、一つ松葉牡丹の花をつまんで、手紙の中にいれて、

「今年は、こんなに、美しい花が咲きました。これを見るにつけて、一昨年、田舎へ行つてみんなと遊んだことをなつかしく思ひます……」と、少年の一人にあてゝ出しました。すると、折返し、田舎の少年から、返事が来ました。

「去年も、今年も、君が、おいでになるかとみんなで待つてゐました。来られないといふので、まことに残念です。来年は、きつと、いらして下さい。待つてゐます。このりんどうの花は、池の辺に咲いてゐたのを採つて来たのです」

紺青色をした、りんどうの花が、手紙の中に入つてゐました。

「お父さん、りんどうの花は、東京でも咲きますか」と、勇雄さんが、きゝました。

「これは、山でなければ、こんなにいゝ色に咲かない」と、お父さんは、答へられました。

あの静かな、四方の山影の水に映る、池の景色が、この時、眼に見えたのであります。

「あゝ、僕、田舎が好きだな」

かう思ふと、勇雄さんの魂は、きりぎりすの鳴

く、あちらの青い空の下の野原へ飛で行きました。

ペスの一生

昭和6（一九三一）年

一

正雄さんのお家では、こんど遠いところへ越して行くことになりました。かあいがつてゐた、ペスをどうするかといふことになりました。汽車に乗り、汽船に乗つたりするのでは、その世話がたいへんだからです。幸ひ、花子さんのお家で、飼つて下さるといふので、あげることになりました。

つひ、ご近所なもので、正雄さんと花子さんとは、仲よしでした。そしてペスも、どちらのお家が、自分の家だか分らないほど、花子さんの家へ行つて、半日も、時には一日も、お玄関に寝ころんでゐることもありました。

正雄さんが、お使に行く時は、ペスは、どこまでもついてきました。そして、家へ帰れと言つて叱りでもしなければ、決して、後からついて来ることを止めませんでした。街へ出たり、また、知らないところへ行くと、見知らぬ犬が沢山出て来ます。なかには、猛犬がゐて喧嘩をしないともかぎりませんので、遠いところへ行く時は、途中から、ペスを叱つて、家へ帰すことにしてゐました。

いよ〳〵一家が、長く住みなれた家に別れて行く日となりました。花子さんはじめ、日ごろ親しくしてゐた近所の人々が、正雄さんのお家の人達をお見送りしたのであります。

ペスは、けふから、主人を失つて、新らしく花子さんの家に飼はれるのでありましたが、それと知つてか、知らないでか、花子さんと正雄さんの間にはいつも、うれしさうについて来ました。

「ペス、達者でゐるんだよ」

正雄さんには、毎日、学校から帰ると野原や、往来でペスをかまつて遊んだことなどを思ひ出して、やさしく言ひました。

「お手紙に、ペスのことも書いてあげるわ」と、花子さんは、言ひました。

みんなは、挨拶をして、お別れをする時が来ました。けれど、ペスは、まだ、正雄さんの後を追つて、ついて行かうとしたのです。

「もう、ついて来ては、駄目。お帰り」と、正雄さんは手をあげて、叱りました。ペスは、いつものごとく、叱られるとしほ〳〵として、お家へ帰つて行きました。けれど、もうお家には誰もゐなかつたのです。ペスは、日暮になれば、正雄さんも、お家の人も帰つて来るだらうと、玄関のところでさびしく、ねころんでゐました。

「花子さん、ペスをかあいがつておくれ」

正雄さんは、最後に、くれ〴〵も頼んだのです。

二

その後、正雄さんからは、

「もう、お友達ができて、たのしく遊んでゐます。花子さん、ペスは、どうしてゐますか」と、いふ手紙が一度花子さんのところへまゐりました。

ペスは、かあいらしい子供を四疋生みました。なかに、ペスそっくりの、よく似た子供もゐました。花子さんは早速、そのことを正雄さんに知らしてやりましたけれど、もう正雄さんは、ペスのことなど思はないと見えて、別に返事が来ませんでした。

花子さんは、正雄さんになりかはつて、学校から帰ると、よく犬の面倒を見てやりました。小犬は、花子さんの足許にすがつて、くんくんと啼きました。それは、花子さんに、たまらなく可愛らしく思はれたのです。

しかし、このかあいらしい子供を、みんな飼つて置くこともできなかつたから、どこか犬を可愛がつて下さる家へやらなければなりませんでした。

それは、花子さんはじめ家の人びとにとつて、たいへんな骨折りでありました。

「だから、私は、ペスなんか、もらふのを反対したのです」と、犬をあまり好かない、花子さんのお姉さんが言はれました。

「生きものを飼ふと、その世話がやけるものだ」と、おばあさんまでがお姉さんの意見に賛成なされました。

何といつても、ペスを飼ふと言ひ出したのは、花子さんと小さな弟です。弟は、役に立ちませんから、花子さんが、犬の世話をしてゐました。お父さんは、別に犬がきらひでもなく、お母さんは、世話ができれば飼つてもいゝと言はれたので、花子さんは、ペスをもらつたのでした。

「誰か、犬の子をもらつて下さる方は、ないかしらん」

花子さんは、お友達の顔を見ると頼みました。

「どんな犬なの?」と、お友達は、きゝました。

「それは、かあいらしいのよ。うちのペスの子なのよ」

「雄《をとこ》? 雌《をんな》?」

「雄が三疋、雌が一疋ゐるの」

「学校の帰りに見に行くわ」

「どうか、見にきてね」

やつと、三疋の雄は、もらはれて行きましたが、あとに一疋の雌が残りました。しかし、その雌も、つひに八百屋さんの世話でもらはれて行きました。

三

こんどは、花子さんの一家が、越すことになりました。花子さんは、ペスも家族の一人だから、つれて行くと言ひはりましたけれど、この時は、お母さんまでが
「この頃、ペスは、家にはゐずに、よそへばかり行つてゐるのだから置いて行きませう。どうせ、うちでは、世話がしきれないから、人にやりたいのですけれど、あんなに大きくなつた、それに雌犬は、誰も、もらひてはなし、犬殺しにつれて行つてもらふわけにもいかないのだから……」と、言はれました。
花子さんは、あんまり、それでは、人間の方が勝手のやうな気がしました。
「お母さん、捨犬になれば、犬殺しに殺されてしまふではありませんか。かあいさうだから、つれ

て行ってやりませう……」と、花子さんは、お母さんに訴へました。

「お父さんに、おきゝなさい」と、お母さんは言はれました。

花子さんは、お父さんのお帰りなさるのを待つて

「お父さんペスをつれて行つてもいゝでせう？」

と、たづねました。

「お前と弟が、一番ペスを可愛がつてゐるのだから、生んだ子供の世話が出来れば、つれて行つてやんなさい」と、答へられました。

花子さんも、弟も、正雄さんから、ペスをもらつた時分程、かあいがらなかつたのは事実です。ペスも、もはや、あの時分のやうに、子供でなかつたから、飛びついたり、はねたりしなかつたのでした。それに子供を生むたびに、一通りでない苦労をするのを考へると、とう〳〵花子さんも、ペスを残して、行く気になりました。かうして、あはれなペスは、宿無し犬となつてしまったのです。その後、犬は、あちらのお家、こちらのお家と歩きまはつて、魚の骨をもらつたり、埃溜《ごみだめ》をあさつたりして、夜は、空家の軒下などに寝るやうになりました。ペスは、正雄さんや、花子さんが、ペスを思ひ出す以上に、自分をかあいがつてくれた、正雄さんや、花子さんのことを忘れませんでした。

四

ペスは、あんなにやさしい正雄さんや、親切な花子さんが自分を捨てゝしまつたのを思ふと、人間といふものを信じなくなつてしまひました。

ペスは、また、いくたびとなく、生れたかあいゝ子供を、人間にとられてしまつたかしれない。こ

んどこそ、人の目につかないところと考へて、藪の中に、穴を掘つて、そこで子供を生みました。そして、自分は、方々のお勝手許や、埃捨場をあさつて、お乳をつくり、その子供達にのましてやつたのです。かあいらしい子供達は、お母さんの帰るのを、穴の中で待つてゐました。

あはれなペスは、これまでと異《ちが》つて、うまいものを食べないから、その上、子供達にお乳を吸はれるので、痩せてしまひました。かうして、方々を歩きまはつて、食物をさがし、お乳をつくる間も、留守に、子供達がどうかしないかと心配しました。何か音でもきこえると、それが籔の方でしたのでないかと耳を立てゝ立止まりました。それから、大急ぎで、子供達のゐるところへ戻つて来たのです。

くん、くんといつて子供達は、お母さんが帰つて来ると、お乳にすがり付ました。そのうちに、子供達は、眼があいて、穴から上へ這ひ出るやうになりました。かうなると、ペスの心配はまた、一通りではなかつたのです。

子供達のあとについて、ペスは危いところへ行かないかと見張つてゐました。ある日子供達のために、食物をさがしに行つた、留守の間、二疋の子供が見えなくなりました。ペスは、気狂ひのやうになつて、方々をさがし廻り、悲しく吼えたのであります。しかし、車に引かれたか、川に落ちこんだか、その二匹は、つひに穴へ戻らなかつたのです。ペスは、あとに残った二疋を一層大事にしました。そして、誰も、その穴の傍へは近づけませんでした。

ペスの昔を知つてゐる人達は、ペスに同情して、残りものがあると、穴の近くまで持つていつて、置いて来ました。もう、ペスには、やさしい、かあいらしいところもなくなつて、知らぬ人を見ると、誰にでも吼え付いたのです。

夏のはじめ頃、犬殺しがやつて来た時も、だまつてゐれば見つからなかつたのに、しきりに吼えついたばかりに、子供といつしよに、つれられて行つてしまひました。

みんなかうして待つ

昭和6（一九三一）年

こゝは、街のにぎやかな、さまで広くない通りでありました。沢山の露店が、道の両傍に並んでゐます。おもちやを売るもの、食物を売るもの、それ等は、いろ〳〵でありました。

往来の人達は、ちやうど、あとから、あとからつゞく、色のちがつた糸で織つた、太い紐のやうに、絶間もなく流れてゐました。その人達で、一つ、一つ、露店に注意するものは稀だつたでせう。この頼りない人達を相手として、毎夜、かうして、露店は、開かれるのでありました。

こちらの古雑誌や、絵本を売つてゐる、もういい加減な年頃の男と、その向ひ筋に、暗い提灯をともして、天眼鏡を台の上にのせて控へた人相見も、今夜は、ことに暇だつたのです。

古本を売る男は、つい怠屈なものだから、人相見に話しかけました。

「お爺さん、いつたい人間の運命なんて、分るものですかい。」

男は、かう問ひました。それは、決して、この人の好さうなお爺さんを馬鹿にするつもりでもなんでもなく、ほんたうにさう思つたからです。

「それは、私にも分らないぢや。たゞ、顔なり、手の筋に出てゐることを言ふまでぢや。」

お爺さんは、ぢつと古本屋の方を見て答へました。

「運命が、顔や、手に出てゐるものですかな。それは、ほんたうですかい。」

「毎日、かうして見てゐるが、まだ、一人として、私の言つたことを間違つてゐたといつて怒つて来た人がないから、きつと、なん等か、うなづくところがあつたのだと、私は思つてゐる。」

お爺さんは、自信あるらしく言ひました。男は、まだ、考へてゐましたが、

「お爺さん、ぢや、当つたといつて、喜んできた人がありますか。」と、たづねたのであります。

お爺さんは、何といつても、腹を立てるやうな様子はなく、やはり、笑つて、

「世の中には、正直に、当つたといつて、喜んで来るやうな人は少ない。けれど、同じ人が、再三、こゝへ来て、私に、身の上相談を頼むところを見ると、信じてゐてくれるからだと思つてゐる。あんたの店に並べた古本は、どれを取つても、たいして、価の高くないものばかりぢやが……」

「ま、待つて下さい。お爺さん、さう悪く言ふもんぢやありませんよ。」と、男は、打消しにかゝりました。

すると、お爺さんは、ます〱、ゆつたりと笑

つて、

「悪口を言ふのぢやない。話だが、かりにその古本は、いくらでなくても、それを読んで、どんなに感激して、偉い人間にならないともかぎらないといつたのぢや。真理といふものは、どんなところに見出さるゝか分らない。」

お爺さんのいふ事を、男は、感心してきいてゐましたが、

「それにちがひない！　お爺さん、俺の相を見ておくんなさい。」と、男は、お爺さんの前へ立ちました。

お爺さんは、天眼鏡を取り上げて、手相を見、それから、顔の相を見ましたが、

「あんたは、思はぬ幸運にめぐまれることがある。まあ、気長にその日を待つてゐなさい。」

「どんなことですか？　お爺さん……」

「思はぬ人の助けを受けて、それから、出世の糸口が解けるといふ相なのぢや。」

考へれば、なにか、そんなことがなくてはならぬやうな、また、いまゝでの長い苦しい生活から考へて見ても、当然ありさうなことのやうに、男には思はれたのであります。

男は、見料をお爺さんに払はうとしました。すると、お爺さんは、手を振つて、

「いや、私は、あんたに、商売で見たのでない。」と、言つて受取りませんでした。

その日から、男は、露店に坐つて、幸福の来る日を待つたのであります。

ある夜のことでありました。もう、おそくなつて、あちら、こちらの露店が店をしまつて、帰り仕度をする時分、一人の若い女が、男の前を行つたり来たりしてゐました。人相見のお爺さんは、その日は休んで見えませんでした。

「姐さん、何かお落しになつたのですか。」と、

男はたづねました。すると、女は、涼しい眼をこちらに向けて、

「ダイヤモンドのはいつてゐる指輪を落したんですよ。」と、答へた。

「それは、大変だ。」

男は、いつしよになつて、さがしてやりました。ダイヤモンドは、暗がりでもよく光るときいてゐる。落ちてゐたら、見つかりさうなものだと、思つて、隅から、隅まで、あたりを探ねたのでありますけれど、紙屑や、バナヽの皮などは眼にはいつても、光る石は、眼にはいりませんでした。

「こんなにさがして無いのでは、きつと人の気のつかぬところに落ちてゐるのですから、見つかつたら、拾つて置いて下さいな。」と、美しい女は、頼みました。

「姐さん、私の眼に見つかりさへすれば、拾つて置きますが、たしかに、こゝでお落しになつたのですか。」

男は、かう問うと、女は、うなづいて、ぢつと地面を見つめてゐるのです。彼は、あたりの露店が、みんな帰つた後まで残つて、独りで、道の上をさがしました。しかし、ダイヤモンドの指輪は見つかりませんでした。

彼は、翌日も、そこへ来て、露店を出して坐つてゐたのです。すると、昨夜の女が、やつて来て、指輪は、落ちてゐなかつたか？ とき、ました。男は、もう一度、あれからよくさがしたけれど、見つからなかつたと答へました。女は、店にならべた、古雑誌をながめてゐたが、その中から、二三冊撰り出して、

「私は、大事なダイヤモンドの指輪をあきらめます。見つかつたら、あなたにあげますから、この雑誌を負けて下さいな。」と、女は、非常に安くねぎつて、持ち去りました。

「妙な女だな。」と、男は、思ひました。しかし、人相見のお爺さんの言つたことが頭に浮ぶと、「あゝ、運が向いて来るといふのは、このことかしらん。」と、考へました。

彼は、この話を人相見のお爺さんにはしませんでした。なぜなら、お爺さんが、いつこのあたりを探して、その指輪を見付け出さないものでもなかつたから。

彼は、たしかに、溝の中へ、ころがり落ちたものと思ひました。そして、いつか時機を見て、溝の中をさがさうと思ひました。

天気具合がわるくて、三四日露店の出されない日がありました。やつと、天気が定つて、男は車を引いて、いつもの場処へ行つて見ると、いつの間にか、道路は立派なアスファルトになつてゐました。彼は、がつかりとして、もう、ダイヤモンドの指輪があつても、拾ひ出すことは恐らくあるまいと思つてゐました。

日が暮れると、人々は、灯火の中を泳ぐやうに往来しました。そこへ、この間の若い女があらはれ、

「あ、アスファルトになつてしまつたんですね。とうとう私の指輪はなくなつてしまつたけれど、あれば、あなたにあげたのですから、もちろんあなたのものですよ。」と、言ひました。

この女は、気狂ひかも知れないと思つて、男は、返事をしませんでした。けれど、坐つて、ぢつと、人々の踏むアスファルトの面を見つめてゐると、どこかに、一点、光のにじんでゐるところがあるやうな気がしました。そこには、自分の所有する宝が埋れてゐるといふ気がして、彼は、何となく、気丈夫に、毎夜、根気強く、お爺さんの言葉を信じながら、幸福の来る日を待つたのであります。

―一九三一・九―

冬の休日

昭和7（一九三二）年

お姉さんが、大きな板チヨコの、夢を見たといふので、朝のご飯の後で、みんなが笑ひました。

「くひしんぼうね」と、お母さんが、お笑ひになると、下の五つになる弟が、独り笑ひもせず、しんけんな顔付をして、

「僕、板チヨコたべたいなあ」と、言ひ出しましたので、みんなは、また、大笑ひをしました。

「まあちやん、板チヨコがたべたいの？」と、お姉さんが、きかれると、

「うん」と、弟は、うなづきました。

お姉さんは、小さな弟に同情して、お母さんの方を向いて、

「お母さん、まあちやんに、買つておやんなさいよ」と、言ひました。すると、お母さんは、半分おどけた口調で、

「お前さんには？」と、おきゝになりますと、「私にもよ、たべたいわ」と、姉さんは、本音をはきました。ついに、これがきつかけとなつて、他の弟達までが、

「僕も、たべたいな」と、てんでにいつて、みんなが、お母さんにせがみました。

お母さんは、とうとう負けて、

「けふは、お休みだし、あとで町へ行つたら沢山買つてきてあげますよ」と、言つて、お約束なさいました。

空は、曇つて、少し風がありました。小鳥が、庭先にきて、垣根に生《な》つてゐる、赤い実をつゝいてゐます。午後のおやつの時分でした。テーブルの上には、美しい葡萄色の硝子の皿に、銀紙に包んだ板チヨコと、胡桃の形をした、クリーム・チ

ヨコレートが盛られ、また、別の大きな盆には、蜜柑と紅い冷たさうな色をした、林檎が盛られてゐました。

「奇麗だこと、ごらんなさい」と、お母さんは、子供達に向つて、おつしやいました。

「ほんたうに、このクリーム・チヨコレートは、光つた、大粒の露みたいに見えるのね」と、姉さんが、言ひますと、お母さんは、

「北国では、冬の夜中に降つた雨が、明方になつて晴れると、杉の木や、いろ〳〵な木の枝の先に、雫の凍つた、これ位の氷の珠がぶら下つて、日に光るのが、ちやうど、こんなやうに奇麗なのだよ」と、おつしやいました。

弟だちは、おかまひなしに、むしや〳〵とたべてゐました。お母さんは、また、お姉さんに向つて、

「アメリカへ行かれた、叔父さんは、よくお人形や、チヨコレートなどを送つて下されたものだよ。いまから、二十年も、二十五年も前には、まだ、日本にこんな上等なチヨコレートはなかつたのです。だから、どんなに、うれしかつたかしれない」と、お話になつて、それぎり、一度も、こちらに帰つて来られない、叔父さんのことを思ひ出してゐられました。

どの子供達も、その叔父さんの顔を知りません。短い冬の日は、はや、いつしか、晩方となりました。

—一九三一、十一—

おねえさんと勇ちゃん

昭和7（一九三二）年

かんだのおねえさんを、勇《ゆう》ちゃんはおかあさんにだかれて、でんしやみちまでおくつていきました。

おねえさんが、さよならとおつしやると、勇ちやんははいちやをしました。でんしやはおねえさんをのせて、ぐわうぐわうとあちらへ、いつてしまひました。

「さあおうちへかへりませう」と、おかあさんはあるきなさいました。

勇ちやんはいくたびもふりかへつて、もうとほくなつたでんしやをみおくりました。

それからまいばんおねんねをするとき、勇ちやんはまくらにあたまをつけ、とほくまちのはうでするでんしやのおとに、みみをすまして、

「あつち、おねえちやん」といひました。

「あゝ、おねえちやんはぐわう〳〵にのつていきましたね」と、おかあさんがおつしやいました。

するとにいさんの武ちやんが、

「いつまでおねえさんがでんしやにのつてゐるものか」と、いつてわらひました。

チヨコレートノ、ニホヒガシマス

昭和７（一九三二）年

孝《かう》ちやんは、日が暮れると、すぐにもう眠くなつて、お床の中にはいります。

小さな枕に頭をつけて、しばらくぢつとしてゐると、あちらを通る、省線の電車の音がきこえたり、また、市内を走る電車の音が、遠く、かすかにきこえたりしました。

孝ちやんは、その音をきゝ分けようと耳をすましてゐましたが、いつの間にかすや〳〵と眠《ね》入《い》つてしまひました。

昼間、よく遊ぶので、それに、至つて健康なので、夜中にも眼をさましませんから、電車のなくなつたあとの、静かな世界を知りませんでした。

翌朝、ぱつちりと眼をあけた時には、もう省線も、市街電車も、いつものごとく、ごう〳〵いつて通つてゐたのです。

「お母さん、あのボーつていつたの、省線の電車？街の電車？」と、いつて、孝ちやんはお母さんにきゝました。

「さあ、どつちでせうね？」

お母さんは、気をつけていらつしやいませんから、よく分りませんでした。

それから、孝ちやんは、一人で、電車の真似をして遊んでゐました。

チン、チン、

ガタン、ゴー、

ガタン、ゴー、

コンド、ヨツヤ、ヨツヤ、

オオリノカタ、アリマセンカ、

これは、市街電車です。孝ちやんは、また、省線電車の真似をしました。

シユー
ガタン、ゴー、ゴー、ゴー、
ボーウ
シンジユク、シンジユク、
ツギハ、ヨヨギ、ヨヨギ、
あた丶かな、い丶お天気になつたので、孝ちやんは、外へ出て、吉雄さんや、とし子さんだちと、こんどは、みんなして電車ごつこをして遊びました。
「孝ちやんは、横浜へ行つたことある?」と、吉雄さんがき丶ました。
「ない」と、孝ちやんは、頭をふりました。
「とし子さんは?」
「妾もよ」と、やはり、頭をふりました。
「ぢや、僕が、運転して、つれて行つてあげようね」と、吉雄さんが、言ひました。
シユー、ゴトン、ゴトン、ゴー
シナガハ、シナガハ、
コノツギハ、テツケウ、ゴー、ゴー、ガー、ガー
チヨコレートノ、ニホヒガシマス
ギウニウノ、ニホヒガシマス
ビスケツトノ、ニホヒガシマス
コ丶ハ、メイヂセイクワコウバデス
かういふと、三人は、笑ひ出しました。
「僕、チヨコレートたべたいな」と、孝ちやんは、言ひました。そして、急にお菓子の話がでて電車ごつこは、おしまひになつたのです。

―一九三二・三―

都会の片隅

昭和7（一九三二）年

もう、晩方で、湿つぽい、暗くなつて行く空には、木の葉が、音をたてゝ、重たい空気を叩いてゐた。その音は、何となく冷々として、そのたびに、一枚、一枚、一枚の葉から露が降り落されるやうな気がしたのです。

全く、そのあたりは、低地であつて、掃き寄せられたやうに、小さな家が重なり合つてゐる。その間にはさまつた、一本の柿の木は不格好に、蟹の這ふやうに枝をひろげてゐたが、梅雨上りの空に、しきりに、青い渋い実を家根の上に落して、風の吹くたびに、陰気な唄をうたつたのでした。

片端の一軒では、親子四人が、さびしい夕暮の、食卓についたのでした。兄が、ゐなくなつてから、この家は、急に火の消えたやうに感じられたが、殊にかうして、みんなが顔を合せて、食卓に向ふ時分に、一人欠けてゐるといふことが、限りないさびしさを味はせたのです。

「兄さんは、いつ帰つて来るの？　どこに行つたんだらうな」

七歳になつた弟が、短いヅボンから泥のついた二本の足を出して、小さな膝頭を二つ並べて座つた時に、不思議さうに言ひました。

「そんなこと、聞かなくたつて、いゝぢやないの……」

自分には、分つてゐるのだけれど、弟が、いま、そのことを聞くのはよくないといはぬばかりに姉は答へる。

「だつて、僕、さびしいんだもの」

小さな弟は、兄のことを、思ひだしてゐるのでした。

この時、ぢつと、何をか壁の方を向いて考へてゐたらしい父親は、こちらを見て、

「兄さんは、工場で働いてゐるのだ。お前も大きくなれば、兄さんのやうに、工場へ行かなけりやならん。そして、みんなのために、仕事をしなければならんのだ」

「兄さんは、昼も、夜も、働いてゐるの?」

「夜は、誰だつて休まうぢやないか」

「兄さんは、工場に、寝るの?」

「あゝ、工場で……」

小さな弟は、しばらく黙つた。そして、空想に耽つてゐたが、

「工場で、ご飯を食べるの?……まだ、いま頃兄さんは食べないね」と、言つた。

母親は、そつと眼に溜つた涙をば前垂《まへだれ》で押へる。女の子は、頭を垂れて、下を見つめた。この瞬間の光景は、弟の心に異常に感じられた。彼は、さかしさうな眼付で母を見て、

「なぜ、泣くのか」と、言葉に出さなかつたがたづねた。

「この子は、どうして、かうしつこいんでせう……」

哀れな母親は、笑ひに、眼の涙をまぎらせやうとした。

父親は、ひとり、みんなより先に、飯を食べてしまつて、茶碗を置くと、

「子供といふものは、みんなさうだよ」と、僅かに答へる。

三人の子供が、まだ生れなかつた頃の、自分達の生活が、暗黙のうちに、かへり見られた。やはり、貧乏のために、自分は、追はれてゐたのである。そして、この世の中の不正に対して、常に憤りを感じてゐた。長男が生れた時であつた。彼女はある日何も知らずに、無邪気に乳を飲む、子供

の頭を撫でやりながら、

「お前の顔は、お父さん似だね。大きくなつたらどんな子になるの？　早く大きくなつて、いゝ働きの人になつて、お父さんに楽をさしておあげ」と、言つた。

まだ、若い母がお伽噺でも話すやうに、言つてゐるのを、傍で自分は、一種淡い悲しい心持で聞いてゐたことが、夢のやうに記憶に残つてゐる。

その母は、いまこんなに老いてしまつた。息子は、もう幾十日といふもの家には帰らないのである。何も知らぬ、小さな弟が、兄の帰らないのを不思議がるのに、無理もないと思はれたのです。

「兄さんは、戦つてゐるのだから、みんなもしつかりするのだ」

小さな弟は、箸を握つた手で、頭を支へながらぢつと、かう言つた、父親の顔を見つめたのであるが、

「戦つてゐるつて、どんなこと？」

彼は、この言葉の意味を知ることによつて、兄の消息が、自然に分るであらうと考へたのでした。

人の好い父親は、眼尻に皺をよせて、さびしく笑つた。この時、灯火に照らされて頭にまぢる白髪が、冷たく光つて見えた。

「戦つてゐるといふことは、まだお前には分らないかな。働いてゐることだ」

弟は、眼を輝やかして、空想に耽る。

「さあ、早く食べてしまひませうよ」と、姉が言つた。

「夕飯を食べたら、姉さんと、街の通りへ出てごらん。この頃は、いろ〳〵な綺麗な草花の露店が出てゐますから」と、食後の、散ばつてゐる茶碗や皿を重ねて、膳の上を片附けにかゝつて、顔色のすぐれない母親は言つたのでした。

「お母さんも、いつしよにゐらつしやいよ」

「お母さんは、なか〳〵用事があります」
初夏の淡い、夕空の色が、砂浜に打ち上げられた、生魚の腹を連想させる。姉と弟は暗い露地から、灯数の多く見える街の方へと歩いて行きました。

＊　＊　＊

母親は、カビ臭くなつた、単衣物を行李の中から出して、ひろげてゐた。垣根に伸びた新しい木立の芽は、狭い庭を、昼間でもしつとりとさせる。そのうちに、豆腐屋のラッパの音が聞えて、日暮方は迫つた。

彼女は、身のまはりを整理してしまふと、勝手許へ出る。子供達が、外から帰つて来る。生産品販売の外交員をしてゐる父親も戻つてくる。そして、いつもの如く、みんなは、今日の夕餉の膳に向つたのであります。

一週間に一度、小量の酒を飲むことを楽しみとしてゐたが、息子が居らなくなつてから、父親は、それさへ止めてしまつた。毎日、かうして、みんなが向ひ合つて顔を見る時に、満されない寂しさが各々の胸にあるのを感じた。それは、言葉に出しては言はれなかつたが……なぜなら、言ひ出すことは、みんなの心持を一層暗くし、食物を咽喉に閊《つか》へさせたから……すべてが、ひとり家にゐない、息子であつたことが、よく分つてゐます。

未練がましく、雨気は、まだ空に残つてゐると見えて、うす曇つてゐる。かういふ日には、物の音が、あまり高くは跳ね上らずに、かへつて、穏やかな、空気を伝つて遠くまで流れて来るものでした。

「兄さんは、戦つてゐるのだね」

小さな弟は、いつものやうに、箸を持つてゐる手で、頭を支へて、膳の上に肱をついて耳を澄ましながら言つたのでした。

「いま、兄さんは、戦つてゐやしないわ」と、姉が答へる。

「あんなに、あちらで音がしてゐるぢやないか。あれが姉さんには、きこえない？」

「あのごう、ごう、いつてゐる音！　あれは汽車の走つてゐる音でせう。それと、電車の音ぢやない？　それから、いろんな街のどこかで起つてる……」

「工場だ！」

「なんで、工場ときまつてゐるもんか」

「工場だ！　そして、あすこで兄さんは、働いてゐるんだよ。お母さん、ねえ、お母さん……」

「お前は、うるさい。なんで、そんなことが分るものか、さあ、早くご飯をお食べなさい」

姉は、ヒステリツクに、弟の腕をつめつた。いまゝで、悲しみをいつぱい胸に耐えて空想に耽つてゐた弟は、たちまち、箸をば膳の上へ投げつけると、

「ねえちやんが、つめつた！」と、叫んで、顔中いつぱいを口にして、泣き出した。やがては新しい歯に抜け変るであらう味噌歯を見せて、ほんたうに泣き出した。

「それは、姉ちやんが悪い。つめらなくたつてい、ものを」と、父親は、口をいれる。

「誰だつて、口に出さないが、心の中では心配してゐるんですよ……」と、母親は娘をかばふごとく、またいつもの癖のやうに、汚れた前垂で涙を拭いた。

娘は、すぐに、自分の仕打を後悔したやうに俯向いて、咽喉へ通らない飯を無理に押し込んでゐました。

哀れな少女は、それから、小半時も経つたころ、独り、狭い縁側に腰をかけて、ぢつと庭の面を見つめてゐました。小暗くなつた地に、白く咲く、

百合の花が、水面に浮いた、つゝましやかな水草を思はせた。彼女の瞳は、ぢつとその花を見つめてゐるうちに、いつとはなしに牢獄の裡に囚れとなつてゐる兄の姿を想像に描いたのです。

「あの高い煉瓦の壁、それは、誰が、攀じ上らうとしても、決して上ることはできない。太陽も、月も、恐らく、その内の様子を覗くことができなからう……悪い人間を社会から、遮るために、築かれた、赤い、高い壁だ。しかし、兄さんは、その内へいれられるやうな悪い人間だらうか。兄さんは、正しいのだ。友達や、いつしよに働いてゐる人達のために、つくしたのだ。誰に聞いたつて、兄さんを正しくないといふ人はない。それだのに、どうして、兄さんは、いつまでも家に帰つて来ることができないのだらう?」

庭の暗隅から、かすかに蚊のうなりが聞かれる。彼女は、いつまでも、白い花を見つめてこの謎を解かうとする。その瞬間に、気味の悪い、冷たい影が、頭の中を過ぎた。その影は、やはり、白かつた。彼女は、戦慄する。

何だらう? と、その白い幻影の正体をつかみたいとあせつた。しつかりと言ひ現はされないが、虚偽! それは、曾て、言葉の上だけで知つてゐた、虚偽の正体だつた。彼女が、若し、この社会を信じきつて、安心して踏み出したなら、そこには思ひがけない、冷酷なわなが仕掛けられてあるといふことが感じられたのでした。

家の内は、しめり返つてゐた。姉は、弟の手を引いて、街の方へと出掛けた。途中で二人は、うす暗の中をこちらに来かゝる、洋服を着て、鳥打帽を眼深にかぶつた、脊の高い男に近づきました。

「あ、兄さんぢやないか」と、小さな弟は、言つた。どこか、似てゐたからです。

「兄さんなら、あんなに高くないわ」と、姉は、笑つた。

もう、其の顔は、はつきりと分らなかつた。すれ違ひに、男は、ちよつと立止つてものでもたづねたいといふ風に見えたが、つひに行き過ぎてしまつた。二人は、その男を振り返つてゐました。

背の高い男は、一軒、一軒、家の前に立止つては、表札を仰いでゐるらしい。なんでも、この辺は不案内であつて、たづねて行く家を、探がしてゐるらしいやうである。

二人は、また歩き出す。弟は、一足歩いては、後を振り返へる。そして、五六歩も歩いてからであつた。

「姉さん、あの人は、僕の家へはいつたやうだよ。行つて見ようか」と、叫んだ。

「そんなことないでせう」

「ほんたうに、はいつたよ」

「それは家が分らないので、聞きに、はいつたのよ」と、姉は、自分もこゞむ様にして、遠方を透かして見たが、戻らうとはしなかつたのでした。

彼女は、もし、あの男が、家でも聞きにはいるなら、新聞を読んでゐた父親が、すぐに入口まで出て、教へてやるであらうと考へたのです。

「Kさんのお宅は、こゝですか」

男は、入口に立つて、格子戸を開けた時にかう言つた。すると、母親が、勝手許から、手をふき〳〵出て来ました。そして見慣れない、背の高い男が、そこに立つてるので、この頃、何ごとにも臆病になつた母親は、おづ〳〵とした様子で、腰をかゞめたのでした。

「どなた様でございますか……」

「Kさんから、言伝を頼まれて来たのです。達者でゐられます。これを……」

男は、口の中で言ひ残して、上衣のポケットから、もみくちやになつた紙片を取出すと、それを

母親に渡した。彼女は、どぎまぎとして、それを受取りながら、

「あの、あすこにゐる伜からの……まあ、どうぞこちらへお上り下さいまし……」と急に、打解けて、感謝の心を態度に示したのでした。

「いえ、私は、さうしてゐられません。まだ宿がきまつてゐないので……別な事件で、はいつてゐましたが、今日、出る際に、頼まれましたものですから」

「そんなら、いまゝで、ごいつしよにでも」

「いえ、ちがひます」

「悴は、達者でゐますか知らん」

「元気でゐられます」

「まあ、いろ〳〵お世話になりまして、有りがたうございます。すこしお上り下さいませんか」

「別に、もうお話することもないのですが、その紙に、何か書いてあるでせうから、どうか御覧ください……時に、こゝから、電車道へ出るのに、どう行つたら、一番近いでせうか?」

この時、いつの間にか傍に来て、坐つてゐた父親は、丁寧に初対面の挨拶をして、厚く礼を述べたのでした。そして、自分が入口まで出て道に立つて方角を指しながら分るやうに教へたのであります。

男は、暗い路次へ吸ひ込まれるやうに、その方角に向つて、大股に歩いて行きました。しばらく、その後姿を見送つてゐた父親は、全く、その影が消え去つた時に、家の内へ入つた。灯下の下で、母親は、眼をしばたいて、紙片を開いて文字を読んでゐました。

「留守中は、みんな体を大事にしてください、自分は、元気だが、御両親に心配をかけて、不孝者だと書いてある、それだけなんですよ」

父親は、その紙片を受取つて、鉛筆のかすれか

けた跡を感慨深さうに黙読しました。

「子供達には、あんな人が、たづねて来たことを話さない方がいゝ」と、顔を上げて溜息をしてから父親が、言つた。

「子供ながらに、やはり、心配してゐるのですよ」

母親は、あながち、それをば隠さずともと思つたらしい。

「小さいのは、まだ、兄がどこへ行つたとも知らずにゐるのだからな」

「あの子は、無邪気です。夜でも、昼でも、兄さんは、いつでも工場で働いてゐるものと思つてゐるのです。けれど、娘にだけは……」

二人は、長火鉢を隔てて坐つて、こんな話をしてゐました。夜は、静だつた。庭の垣根の、湿つた土の下で鳴くのであらう、蚯蚓《みみず》の唄が、脅かされもしないのに、杜切れて、また聞えるのでした。

彼と木の話

昭和7（一九三二）年

空地に、大きな一本の樫の木が立つてゐました。工場の窓から、それがよく見られたのです。

彼は、いつ頃からともなく、その木を、自分の死んだ父親のごとくに思つたのでした。田舎の村端れに住んで、朝は早くから、夜はおそくまで鉄鎚をふり上げて働いた鍛冶屋であります。

彼は父親のことを思ふと、どういふものか、すでに、空地に、たゞ一本立つてゐる葉の黒ずんだ、年とつた樫の木が眼に浮かぶのでした。

休みの時間に、彼は、広場を横切つて、独り、木の方へ歩いて行きました。大地は、火を踏むやうに熱かつた。そして、草の葉は、日の光りに、怖えてうなだれてゐました。しかし、樫の木は、いつも、平らかな気持で、白い歯を見せて笑つてゐました。どんな苦しいこと、辛いことがあつても、それがために死んだ父親は、他人に対して、憂鬱な、不機嫌な顔は見せなかつたのです。

「この焼地に立つてゐて、熱いだろうな」と、彼は、樫の木に、問ひかけました。

するど、木は、日に焼けた顔で、眼尻に小皺を寄せて、ちやうど父親そつくりの様子つきで、

「それは、熱い。しかし、我慢をするのだ。そのうちには晩方になる。日が陰れば、涼しい風が来る。それを待つてゐるのだ」と、木は、言ひました。

「ちつとも雨が降らないが、水がほしくはないか?」

「この通り地は割れてゐる。水を欲しくないことがあるものか。しかし、さういつまでも降らないことはないだらう。その時、いまゝで浴びた、砂埃を奇麗に洗ひ落としてやるのさ」と、木は、答へたのです。

彼は、毎日、毎日、こゝにくり返へされる単調な生活を考へました。よく、木が、ぢつとして、恐らく、枯るゝ日まで我慢をしなければならないであらうと思ふと、なんだか、胸がふさがるやうな、気の狂ひさうな思ひがしたのです。

「よく、この暑いのに我慢ができるね」と、彼は、ため息をつきながら、木を見上げた。これを聞くと、木は、人の好い笑ひを見せながら、さとすやうに、

「私ばかりぢやない。あの小さな蜂を見なさい。この暑さの中を、翼をかゞやかして、せつせと倦《う》まずに働いてゐるぢやないか? そればかりでない、汽船は、青い海の上を、汽車は無限にレールの上を、そして百姓は田や畑に、みんなが働いてゐるのだ、それは、この暑い時ばかりでないだらう。冬の木枯の吹く日も、私は、やはり、こゝに

ぢつとして立つてゐる。風や、霜や、空と戦つてゐるのを知つてゐる筈だ。それも、私ばかりぢやない。私は、みんなが、同じく戦つてゐると思つてゐる。命のある間は、すべて戦ぢやないか？　さうだ。一日、一日、自分で生きて行くことが、戦つてゐるのだ。そして、戦はれなくなつた時が、枯れる時だ。戦はない者に勝つといふことの権利も、希望も、また生きるといふことの喜びもないだらう」と、木は、言ひました。

彼は、父親から、戒めを聞いたやうに、厳粛な気持で、其処を去りました。夜、宿に帰つて、星晴のした空を眺めた刹那、街に巷に、ジヤヅで浮草のごとく踊り歩いてゐるであらう、男女の群を幻に描いた。同時に、あのさびしい空地に、巨人のやうに立つてゐる樫の木を思ひました。

「戦ふ者にだけ勝利の権利がある！　全くさうだ。」

＊　＊　＊

メーデーの日、彼は、同じ鉄工場にゐる労働者達が、空地に集合した時に、この年とつた樫の木の頂きに登つて、赤い旗を振りました。

「喜んでくれ、今日こそは、俺達の日だ！」

幸福

昭和7（一九三二）年

A公園に、高層の百貨店が建つてゐました。そのいたゞきの庭園では、いつも楽隊がにぎやかに奏楽をしてゐたのです。若者は、笛を吹き、髯の生えた男は、ラッパを鳴らし、お爺さんは、太鼓をたゝき、また、ある者はセロを弾くという風に、それ等のいゝ音色は街の空を流れていきました。

ある、月の明るい晩のことでした。

絹糸のやうな、月の光りは、街の屋根を照らし、往来を照らし、公園の木立にも、花園にも、またベンチに腰をかけてゐる人々の上にも、落ちてゐましたが、ことに惜気もなくビルヂングの屋上で、音楽をやつてゐる人達を照らしてゐたのです。その光りは、ラッパの上に、笛の上にちら〳〵と跳ねては、またぢつと覗き込んでゐました。

これ等の音楽家達は、みんな帽子を被つてゐましたのに、ひとりお爺さんだけは帽子も被らずに、禿げた頭を月にさらして、あちらの空低く、灯火の海を望むやうに、棒をふり上げ太鼓を叩いてゐました。

見物人は、また、お爺さんの振り上げる、短かい棒が、空を指しては、調子をとつて、打ちおろされるのを面白がつて見てゐましたが、そのうちに、お爺さんの振り上げた、棒を持つた手が、いつまでも下されずに、空へ上つたまゝになつてゐるのを見た時、みんなは、をかしがつて、笑ひ出しました。

「まあ、ごらんなさいよ。あのお爺さんは、どうしたんでせうね」と、まはりに立つて、見物してゐる人達は、さゝやき合ひました。

お爺さんの禿げた頭は、相変らず、月の光りにさらされてゐます。そして、てかてかと光つてゐました。

いつしよに、音楽をやつてゐる仲間も、それに気がついたと見えて、一同は、手をやめて、訝《いぶ》かしがつて、お爺さんの傍へ寄つて来ますと、お爺さんは、やはり、すきとほるやうな眼で、あちらをぢつと見て、棒を持つた右手は、空を指しながら、化石のやうになつてゐました。

「オイ、お爺さん！」

若者は、まづ、さう声をかけて、肩に手をやつた。そして、たちまち、びつくりして叫んだのもその筈、お爺さんは、いつか冷たくなつてゐたからです。

この人の日頃の生活を知るものは、悲しまないものはなかつた。

「老年になつても、毎日休まずに、長い間、俺達といつしよに働いて来たのだ。かうして最後まで、太鼓をたゝくなんてなんといふ気の毒なことだらう……。」

「娘さんと、お爺さんと二人ぎりだといふぢやないか？」

「なんでも、その子供は、お爺さんが、可哀さうに思つて、もらつて育てたので、自分のほんとうの子でないといふことだ。」

「このお爺さんばかりぢやない。俺達もかうして働いてゐるうちに、いつしか年をとつてしまふのだからな。」

かういふ風に、めいめいが思つたことを話しながら、お爺さんの死骸を家へ運んで行きました。彼等は、また、後に一人残された、頼りない娘に対しても、同情しなければならなかつた。

笛吹きの青年は考へました。

「自分も、こんなところで、いつまでも笛を吹いてゐたのでは、幸福になる見込がない。この世の中は、広いのだから、どこかへ行つてい丶口を探して見たいものだ」

ちやうど、お爺さんの葬《とむらひ》がすんでしまつてから、程もなく、青年は、公園に出る楽隊の笛吹きをやめて、旅にでかけることにしました。

「お前さんは、これから、どこへ行くつもりだね。」

と、髯のはえてゐる、ラッパ手はたづねた。

「まあ、どこといふ当もないが、歩いてゐるうちに、何かい丶仕事にぶつからないともかぎらない。」と、答へました。すると、ラッパ手は笑つて、

「それは、どこへ行つても同じこつた。俺達といつしよに、こ丶にゐた方がよつぽど、い丶かも知れない。幸福といふものはいつでも途《みち》の上に落ちてはゐないから……」と言ひました。

けれど、青年は、幸福をたづねてつひに旅に出かけたのです。どこといふあてもなかつたけれど、繁華で、景気のよさ丶うなS市をさして行きました。

「あの娘さんは、どうしたらうな？」

かう思ふと、お爺さんに死なれた時、両方の眼にいつぱい涙をためて沈んでゐた娘の顔が浮びました。それは、自分を後へ引き戻さうとさへする……。

また、彼は、A公園の夜を思ひ出した。

「今夜も、い丶月だが、みんなは、やはりビルヂングの上で働いてゐるだらうか？」

すると、髯のはえたラッパ手の顔がなつかしく浮びました。それから自分の知らない男が、太鼓をた丶き、また、一人は、いつも自分がゐた場処に腰をかけて、笛を吹いてゐます。しかし、その中には、もう、あの頭の禿げたお爺さんもゐなければ、また、自分もゐなかつたのでした。

彼は、何となく、さびしい気がした。

いまごろは、公園をぞろ〳〵と人達が歩いてゐ

る。けれど、その人達には、こんなことは、問題とはならない。たとへば、太鼓たゝきのお爺さんが死なうが、笛吹きの青年が、そこにゐなからうが、それが自分達の幸福に関係しないかぎり、彼等は、振返つても見ないであらう。

「あゝ、幸福、真に生きがひのある幸福――」と、彼は、叫びました。そして、熱した顔を出して、汽車の窓から、やがて、そこへ着かうとする、灯火に輝く、空に咲いた花のやうなS市を望んでゐたのです。

三階のお婆さん

昭和7（一九三二）年

都会のまんなか程に、高い建物がありました。そのなかには、いろ〳〵の人が、間《ま》を借りて住んでゐましたが、三階目の一室に、外国から来たお婆さんが、ひとりで住んでゐました。

お婆さんは、もう長らくの間、学校の先生をしてゐました。自分の室にゐる時は眼鏡をかけて、ミシンで何か縫つたり、また、タイプライターをたゝいたりしてゐました。そして、お客といつても、稀にしか、たづねて来なかつたけれど、お婆さんは、本を読んだり、仕事をしたりして、静かに平和な日を送つてゐました。

ある日のことです。お婆さんは、何か用事があつて室から下へ降りて、建物を出ると、にぎやかな街の方へと歩いて行きました。

ちやうど、のどかな春の日の午後で、往来の上には、ほこ〳〵と日が当つて、人や車の影が、目まぐるしい程、働いてゐました。すると、この中を、赤い旗を背中にさして、あやしげな風をした支那人が、小さな四角なかばんをかついで、何か言ひながらやつて来ました。人々は、なんであらうと、その姿を見送りましたが、支那語だつたので、その意味は分りませんでした。なかに、分つたやうな人は、にや〳〵笑つて行つてしまひました。

この支那人は、お婆さんの前まで来ると、急に足をとめたのです。そして、

「お婆さん、人魚の肉を買つて下さいな」と、言ひました。

支那語で言つたのでしたけれど、お婆さんは、若い時分から、いろ〳〵な国の言葉を学びましたので、そのいふことが分つたばかりでなく、「人魚」といふ、言葉を聞いて、非常になつかしがりました。自分が、この遠い、東の国に、あこがれて来たのもひとつは、人魚の棲む島を見たいといふ望みもあつたと思はれたのです。

「人魚の肉?」と、言つて、お婆さんは、眼をまるく見はりました。

この時、支那人は、早口に鳥のさへづるやうな調子で、

「うそでありません、ほんたうの、人魚の肉でございますよ。ずつと南の島で、捕れた人魚の肉です。これを食べると、長生がされます。何年たつても腐りはいたしません。しまつて置いて薬になります。めつたに、手にはひらない人魚の肉を買つて下さいな」と、お婆さんに言ひました。

お婆さんは、この頃、眼がかすんで、仕方がありませんでした。達者だつたら、これから、南洋

へも行つて見たいと思つてゐました。また、キリスト様の生れた国へも、お釈迦様の生れた国へも、支那人の言つた、人魚の棲んでゐる南の島へも行つて見たかつたのです。しかし、寄る年には、かなはなかつた。もつと若ければと思つてゐたのでありませう。子供の時分から、人魚の肉を食べたものは、百年も、二百年も、生きるといふ話をきいてゐました。いま、その珍しい人魚の肉が手にはひると思ふと、一時は、びつくりもし、また、疑ひもしましたが、支那人が、まことしやかに言ふので、南方の不思議な緑色の海原が目に浮ぶと同時に、とうたう信じてしまつて、

「それなら少しばかりください」と、言ひました。

支那人はかばんをおろして、鍵をはづして開けるとくん製にされた、人魚の肉が大切さうに、綿の中につゝまれてはひつてゐました。支那人は、お婆さんの出した金を受取ると少しばかり、肉を切つて渡しました。

お婆さんは、それを大事にしまひました。支那人は、また、かばんをかついで、人ごみの中を歩いて、何かいひながら、だん〳〵とあちらへ遠ざかつてしまひました。お婆さんは、それから用事をすまして、三階の室へと帰りを急いだのでありました。

お婆さんは、元気でしたが、自分の室へ戻ると、やれ〳〵と疲れを感じました。椅子に腰をかけて、眼鏡を直して、机の上にのつてゐる新聞を見たり、手紙を読んだりした後で、支那人から買つた人魚の肉を取り出しました。

「どんな味のするものか、食べて見ませう。私も、もつと、元気になつて、方々を旅行し、幾十年ぶりかで、故郷へも帰りたい。弟や、妹は、どうしてゐるだらうか、遇つて見たいものだ……」と、お婆さんは、思ひました。

お婆さんは、ナイフを出して、人魚の肉を削りました。そして、どんな味がするものか、口にいれて舌打をしました。「これは、すこしばかり渋い、なる程、人間の肉といふものを、食べたことはないが、渋いといふ話を聞いてゐる。人魚は、人間に近いから、それで、人間の味がするのだらう……」と、お婆さんは、食べたのであります。

そのうちに、日は、暮れてしまひました。窓から、はひる風は、もう寒くはありませんでした。お婆さんは、電灯の下で仕事をしてゐた。だん〳〵街のどよめきも静まつて、物音がきこえなくなると、どこからともなく、波の打ち寄せる音が聞えて来たのであります。ちやうど、この建物の窓の外が、一面に海原でゝもあるやうに思はれたのでした。

「はてな、私は、どこにゐるのだらう?」と、お婆さんは、頭を上げてあたりを見まはしました。

しかし、そこは、建物の内で、お婆さんは自分の室にゐることが、すぐに分りました。

「何、私の気のせゐだつた」と、お婆さんは思つて、下を向いて仕事にかゝりますと、また、どこからともなく、ド、ド、ドーと、いつて波の打ち寄せる音が、聞えて来たのであります。

「そんなことのあらう筈がない」と、つぶやいてお婆さんは、こんどは立上りました。

自分の知らぬ間に、窓の外まで海になつてしまふやうなことは、ありやうがないと考へられたけれど、お婆さんは、とにかく、窓の際まで行つて、外をのぞいて見ずにゐられませんでした。額を出すと、無数の星影のごとく街の灯はお婆さんの眼にうつりました。

「やはり、私の耳のせゐだつた」と、言つて、お婆さんは、もとの椅子にもどつて、腰をかけました。そして、仕事にかゝりますと、また、波の音がどこからともなく聞えて来たのであります。こんどは、お婆さんは、眼をとぢて、ぢつと、その波の音を聞いてゐました。すると、過ぎ去つた日のことが、あり〳〵と浮んで、見えたのでした。

――

誰でも、若い時分には、希望を持つやうに、お婆さんは東の国へ行つて見たいと、あこがれたのであります。たとへば、支那や、印度や、日本や、また南の島国などを空想に描いて、どうか一度行つて見たいと思ひました。象に乗つて歩いたら、美しい日傘をさして歩いたら、と空想したばかりでなく真珠や、珊瑚のとれる、人魚が棲んでゐるといふ南方の海の景色をば空想しました。そして、たうとう、太平洋の波を切つて、船に乗つて来た日のことが、あり〳〵と眼の前に、よみがへつたのであります。

「人魚の肉を食べたので、若くなつたのか知らん……」お婆さんは喜んで、その晩、床の中にはひりました。床の中へはひつてからも、お婆さんは、うれしくてうれしくて、すぐには、眠れませんでした。

あくる日の朝、お婆さんは、いつものごとく起きて、テーブルに向ひ、コーヒーを飲みながら、新聞を見ました。その新聞には、支那人が、人魚の肉だと偽つて、何か魚のくん製を売つて歩いてゐるといふ記事が載つてゐました。

しかし、お婆さんは、それをほんたうの人魚の肉だと信じてゐます。自分は、たしかに、いくつか年が若くなり、急に、眼もかすまなくなつたやうな気がして、今年の秋には、南洋へ渡り、そして、故郷へ帰らうと考へてゐました。

金めだか

昭和7（一九三二）年

陽の光りが、庭先の鉢のところまでとゞくやうになりました。なみ〳〵といれた水の面へ、かあいらしい金めだかが、四つ頭をならべて、せはしさうに鰭をうごかしながら、光りを吸はうとしてゐます。もつと大きいのも沢山ゐたが、冬を越す間にこれだけとなりました。

いま、芽ぐんでゐる睡蓮が、やがて鉢いつぱいに葉をのばして、黄色な花を咲くころ、その間を泳ぎまはり、卵をつけることだらうと思ふと、何となく、この色の鮮かなめだかの将来を、輝やかしく思ふのでした。

涯しなき雪原

昭和7（一九三二）年

小禽は、巣を雪のために、奪はれてしまつた。山の頂きは、風が強く、崖に伸びた松だけが、あらしに吼えて、吹きつけてくる雪を刎ね返して、悲壮に戦つてゐるばかり、小鳥は姿を見せなかつたのでした。

雪は、矢のやうに速く、東北をさして急いでゐます。そして、はてしない曠野の彼方には、死のやうな、鉛色の海が眠つてゐる。連なる山の起伏、渓川の咽び音、麓の森は、雲の衣をすく〳〵とした姿の上に被うてゐました。たま〳〵頭を重れた枝が、はりつめた力によつて、弛みの生じた雪をふり払ふと、そこには、白い煙が舞ひ上つて、ドタ、ドタ、ドタといつて、雲の塊が地上に落ちる音がしました。

この音に驚いて、いままで、その繁みに、すくんでゐた小鳥等は、一斉に、森から飛び出して、まだ日暮前の野原をさして、群をつくり、かけりはじめたのです。彼等の空に刻む羽音は、冬の自然の沈静を破りました。彼等は、眼の下に、幾つかの村々が、雪に掩はれてゐるのを見た。枝を拡げた柿の木には、まだ落ち残つた実が、三つ四つ、小枝の先にとゞまつてゐました。

藁屋の軒下から、青い煙が、低迷しつゝ、「はて、どちらへ、流れていゝやら」と、いはぬばかりに、その煙は、空を吹く、あらしに怖れを抱いて惑つたのです。

こんな景色を見るにつけ、一群の小鳥のなかには、この村へ下りて見ようかといふ気の起るものもありました。

「あの水車場のあたりをあさつたら、何か餌が落ちてゐまいものでもない」かう考へると、三四羽は、仲間に断りもなく、群をはなれて、村の中の一番高い木を目ざして落葉の風にちるやうな形で、下りたのであります。

しかしあとの群は、それにかまはずに、野原をさして飛びました。夏の輝かしい日の夢が、そこには見られなかつた。圃も、田も、乃至は、小さな並木すらが、全く雪に掩はれつくしてゐました。

小鳥等は、村に下りた、友が利口だつたと思つた。

「どこへ、私達は、身を休めよう……」

思案にくれて、空しく、灰色の空を二三遍輪を描いてまはつてゐました。この時、あらしが、用捨なく、横ざまに、雪を含んで彼等をたゝきつけた。すると驚いて、小鳥等の群はまた二つに分れた。

その一つはごく小数だつたが、彼等の勇気と、自分の翼に信頼して、なほ遠くの方へ、雪の野原を越えて行かうとしました。あとの全部は野原を流れてゐる河の両岸に生えてゐる雑木をめがけて下りたのです。

河は、いつものごとく幅広く、緑樹の影を漂はし、滾々《こんこん》として流れてはゐなかつた。さながら眼脂でふさがつた瞼のやうに狭くなつて、僅かに、黒く、暗く、窪んでゐた。そこで、両側の藪のふところだけは、空洞になつて、小鳥の宿に適してゐました。そこには、黒く熟した葡萄の実や、また蔦の実や、赤い茨の実や、他の実などもありました。小鳥等が、友を呼びかはしながら長い河の藪蔭を伝つて、やがて春が来た時に鳴くための稽古をする、さういふ場所にふさはしくないことはありません。

彼等は、この藪に身を休めると、別れて、遠く行つた友の身の上を思ひました。また、あとの村里にとゞまつた仲間を思ひました。何の雑木か知らず、一本背高く、河の淵に立つてゐました。一羽の頸のまはりの白い小鳥が、そのいたゞきに来て止つてあたりを眺めてゐます。

「今夜にも、もの凄い吹雪がやつて来たら、この河さへ埋めてしまふだらう」と、いふ不安が、その小鳥にありました。

雪は、やんでゐたが、風は吹いてゐます。見渡すかぎり、眼を遮るものがなかつた小鳥は、悲しい声で

「ツー、ピー、チー」と、唄ひました。

この時、遠くへ行つた鳥達は、まだ走りつゞけてゐた。彼等は、この野原を飛ぶにつけ、夕日の赤かつた、枯草の匂つてゐた時分を追想しながら、折から、すさまじく吹く、寒い風に、身をもまれて、地平線を望んで飛んでゐたのです。

やがて、彼方の暗い空に、乳色の煙の上るのが見えました。そこには、町があります。つゞいて、

火の見櫓が見え、そこに、雪に埋れてかゞやく、停車場の火が見えたのでした。

この小鳥の群は、町の上を一週したが、つひに、寺の森へ降りたのであります。

シヤメと武ちやん

昭和7（一九三二）年

トムと、ジヤツクと、ペスの、三疋の犬がどこかのきたならしい犬を、いぢめてゐました。

武ちやんが、みつけて、三疋の犬を、おひはらつていぢめられた犬を、たすけてやりました。

その犬は、よろこんで、尾をふつて、武ちやんの足もとにきて、さもうれしさうに、からだをすりつけました。

「シヤメや、おいで」と、いつて、武ちやんは、その大きな、赤と白のぶち犬をおうちへつれてきました。

「きたない犬だなあ」と、お兄さんが、大きなこゑをだして、いひました。

「シヤメといふのだよ」と、武ちやんが、その犬の名を、をしへました。

「シヤメと、いふ名なの、どこのおうちの犬ですか」と、お母さんが、おきゝなさいました。

するとと、武ちやんは、シヤメの、頭をなでてやりながら、

「シヤメのおうちは、ないのですよ。どつかへいつてしまつたの」と、こたへました。

「その犬は、すて犬なの、あまりかあいがると、ほかへいかなくなりますよ」とお母さんは、おつしやつたのです。

「ねえ、お母さん、シヤメは、おてもしらんし、おあずけもしらんけど、おとなしい犬だから、うちでかつてやつてもいいでせう」と、武ちやんは、お母さんに、いひました。

「まあ、げいなしなのね」と、お母さんは、おわらひになりました。

「武ちやん、そんな犬だめよ」と、お兄さんが、いふと、武ちやんは、大きな眼を、くるくるさして、兄さんをにらみました。

「シヤメ、ビスケットを、あげるから、まつておいで」と、武ちやんは、いつて、お母さんに、ビスケットをもらひに、いきました。

明治節

昭和７（一九三二）年

おかあさんは、こくきを、ごもんにおたてになりました。あさかぜに、はたは、ひら〳〵と、なびきます。したに、さざんくわのはなが、みごとにさいてゐました。

「けふはめいぢせつなの」と、まさをさんがきゝました。

「明治天皇さまの、みいづを、いはひたてまつる日です」と、おねえさんが、いひました。

しきがあるので、おねえさんは、がくかうへ、まゐりました。まさをさんは、らいねんから、がくかうへ、いくのです。

「どこでも、はたをたてるのね」と、まさをさんは、おかあさんに、きゝました。

「さうですよ、日本人のすんでゐるところは、やまおくのむらでも、さびしい、はまべのまちでも、みんな、こくきを、かゝげて、いはふのです」と、おかあさんは、おつしやいました。

「日本のくには、ひろいの」と、まさをさんはきゝました。

「しろくまの、すんでゐるきたから、バナナのみのるみなみまで、ながくつづいてゐます。どんな、はなれじまでも、日本のりやうどなら、はたをたてます。またせかいのはてを、かうかいしてゐる船でも、日本の船は、みんな、ひのまるのはたをたてゝ、けふの日を、おいはひいたします」と、おかあさんはおつしやいました。

たまとうぐひす

昭和7（一九三二）年

山にゆきがふると、ことりは村や町のはうに、うつつてきました。それはたべものがなくなつたからです。

葉のおちたもみぢの木に、しじゆうからがきてとまつて鳴きました。また、めじろは柿の木にとまつて、まつかにじくした実をつつきました。

さむくなると、いろ〳〵のことりがきます。はるになつてい丶こゑを出してさへづるうぐひすも、山にみぞれやあられがふるじぶんになると、里のちかくにまでやつてきて、ちやつちやつと、いつてなきます。だれでも、そのこゑをきいたでありませう。

かうしたことりたちは人さへとつたりおどろかしたりしなければ、安心してちかよるものです。

ある日、正雄さんと花子さんは、にはさきへうぐひすがきて、かきねのえだからえだに、とんでゐるのをみました。正雄さんも花子さんも、小さいものをあはれむ、やさしいせいしつでありましたから、ものおとをたてて、おどろかさないやうにしづかにしてがらすどのうしろから、ことりのやうすをみまもつてゐました。

「あのうぐひすはきよねんきたうぐひすかしらん」と、花子さんがいひますと、

「きよねんきたうぐひすの、こどもかもしれない」と正雄さんが、こたへました。このとき「たま」がおえんがはにでて、うぐひすをねらつてゐました。ふたりはおどろいて「たま」をしかりました。「たま」はこねこでことりをとりたいのです。とられないやうにするには――

「い丶ことをかんがへた」と、いつて花子さんは、

たまのくびにすずをつけました。

たまはあかいひものえりまきをして、こたつのうへでねむつてゐます。

かぜのない　あたたかい日

昭和8（一九三三）年

日が　ぽかぽかと　あたつて、あたたかに　なりました。

お母さんは　おせんたくや　はりものを　なさるので、いそがしかつたのです。

「達ちゃんも　武ちゃんも　おとなしくして、あかちゃんを　おこしては　いけません。おかあさんが、こまりますからね」と、おつしやいました。

あかちゃんは、赤い　おふとんの　なかに　はいつて、おねんねを　してゐました。

そのうちに、達ちゃんと　武ちゃんは、あかちゃんの　まくらもとで、すもうを　とりました。そして、とうとう　あかちゃんを　おこして　しまひました。

「おかあさんの　いひつけを　まもらない子は　わるい子です」と　二人は　お母さんに　しかられました。

お母さんは　あかちやんに　白い　ばうしを　かぶらせて、うば車に　のせて、おせんたくを　なさる　そばに　お置きになりました。

達ちやんと　武ちやんが　まりを　なげたり、ぽちが　のそりのそりと　歩いて　ゆくのを、あかちやんは　眼を　まるくして　みてゐました。

かぜの　ない　しづかな　日でした。おせんたくが　すんで、お母さんは　おうちに　はいつて　ご用を　なさつて　ゐますと、あかちやんが　なきだしました。

「おかあさん、あかちやんに　おつぱいを　やつて　ちやうだい。ぼくが、おしめを　たたんで　あげますから」と、達ちやんが　いひました。

二人は　おかあさんに　かはつて、おしめをたたんだり、おてつだひを　しましたので、

「なんて　やさしい　お兄さんたちでせう」と、お母さんは　おほめになりました。

あかちやんは　おいしさうに　おかあさんの　おつぱいを　のんで　ゐました。

モウヂキ　サクラノ　ハナガ　サキマス

昭和8（一九三三）年

ニハサキノ　サクラノ　ツボミガ、ダンダントオホキク　ナリマシタ。

　オカアサンハ　二郎サンニ　ムカツテ

「サクラノ　ハナビラハ　イクヘン　アリマスカ」ト、オトヒニ　ナリマシタ。

「ハナビラハ　五ヒラデス」ト、二郎サンハ　コタヘマシタ。

「ドンナ　カタチヲ　シテヰマスカ」

「ハナビラノ　サキガ　ハサミノヤウニ　キレテヰマス」

　コンド　オカアサンハ　光子サンニ　ムカツテ

「ハナノ　イロヲ　イツテ　ゴランナサイ」ト、オタヅネニ　ナリマシタ。

「アサヒニ　サキニホフ　ハナノイロハ、ウミベノ、ナミニヌレタ、ウスアカイ　カイガラノ　ヤウニ　キレイデス」ト、光子サンハ、マウシマシタ。

「サウデス　コノヤウナ　ウツクシイ　ハナハホカノクニニ　アリマセンカラ　ニホンノクニヲサクラノクニト　イヒマス」ト、オカアサンハオツシヤイマシタ。

「ボク　四月カラ、ガツカウヘ　イクノ」ト、二郎サンガ　キキマスト

「サクラノ　ハナノ　キシヤウノツイタ　バウシヲ　カブツテ、サクラノハナノ　ボタンノ　ツイタ　ヤウフクヲ　キテ、ガツカウニ　イクノヨ」ト、光子サンハ　イヒマシタ。

アマリリス　ト　駱駝《ラクダ》

昭和8（一九三三）年

オネエサンガ、タンセイ　ナサレタ　アマリリスノ花ガ　見事ニサキマシタ。チクオンキノ　ラツパニ　コンナ形ノモノガ　アリマス。

アル日、オ母サンハ　花ノ鉢ヲ　テーブルノ上ニ　オノセニナリマシタ。ソシテ　ミンナガ　ソノマハリデ、オ茶ト　オ菓子ヲ　イタダイタノデス。

「サア　武チヤンニハ　オヤクソクノ　チヨコレートヲ　カツテキテ　アゲマシタヨ」ト、オ母サンハ　オツシヤツテ　ハコニ　ハイツタノヲ下サイマシタ。

アケテ　ミルト、駱駝ノ　板チヨコデ　アリマシタカラ、武チヤンハ　大喜ビデ　アリマシタ。

「ボク　タベナイデ　大事ニシテ　オカウ」ト、イツテ　武チヤンハ　アマリリスノ　鉢ニ　駱駝ヲ　立タシテ、ナガメテヰマシタ。

「マア、熱帯地方ヲ　旅行シテヰル　ケシキミタイナノネ」ト、オネエサンガ　ゴランニナツテオツシヤイマシタ。

武チヤンハ　タダ　ナガメテ　ヰルダケデハナンダカ　ツマラナク　ナリマシタ。

「ネエ、オ母サン　足一本　タベテイイ」ト、キキマシタ。

「タベタカツタラ、オアガンナサイ」オ母サンハ、コーヒーヲノミナガラ　笑ツテ　オ答ヘニ　ナリマシタ。

武チヤンハ　駱駝ノ足ヲ　一本タベルト、チンバニ　ナツテ　モウ立タナク　ナリマシタ。ソシテ、駱駝ノ　カラダハ　ピストルノ形ト　ナリマシタ。チヤウド　ソコヘ　ミケガ　ハイツテキタ

ノデ、

「ミケ、打テヤルカラ」ト、武チヤンハ　ピストルヲネコノ　ハナサキニ　ダスト、ミケハ　カアイラシイ　前足デ　武チヤンノ　手ニ　トビツイテ、ノドヲ　ナラシナガラ　チヨコレートヲ　ナメタノデアリマス。

ツユ　ノ　イリ

昭和8（一九三三）年

マイニチ　ウスグラク　キヌイトノヤウナアメガ　シトシト　ト　フツテヰマス。
ツユニ　ハイツタノデス。
吉雄サンノ　オカアサンハ　モノオキカラ　ナガグツヲ　オダシニ　ナリマシタ。カビヲ　オフキニナルト、小サナ　アナガ　アイテヰマシタカラ　町ノクツヤサンヘ　ナオシニ　オヤリニナリマシタ。
スルト、クツヤサンニ　勇チヤンノ　ナガグツモ　キテヰマシタ。
「キミモ　キタノカイ」ト、コヱヲ　カケマシタ。
「ヤツト　モノオキカラ　ダサレタノサ」ト、吉雄サンノ　ナガクツガ　マウシマシタ。

「ドコガ　イタンダノダイ」

「アナガ　アイタノダ」

「ボクモ　オンナジダヨ。ランボウニハクカラナ」
ト、勇チヤンノ　ナガグツガコタエマシタ。
「ナオツタラ、ホウボウニ　イツテミラレルネ」
ト、吉雄サンノクツガ　ユフト、
「モノオキニ　ブラサガツテ　ヰタホウガ　ラクカモシレナイ、マタ　ドロンコノナカヲ　アルカセラレルノダラウ」ト、勇チヤンノクツガ　タメイキヲ　ツキマシタ。
　チヤウド　オウチデハ　吉雄サンガ　アソビニキタ　勇チヤント、オモシロサウナ　ハナシヲシテ　ワラツテヰマシタ。

草原で見た話―だから神は愛を与えた―

昭和8（一九三三）年

（上）


　ある日、私は、原つぱへまゐりますと、沢山の子供たちが、眼にはいりました。

「どこかの、遠足だな」と、思ひました。

　近づいて見ると、七つ、八つのかあいらしい男の子や、女の子たちです。洋服を着たもの、袴をはくもの、いろいろであつて、いづれも胸のあたりに、ハンケチをつけてゐました。多分、街の方から、この郊外にやつて来たのでせう。女の先生や、男の先生が、列の左右について、その他に、子供たちの付添《つきそひ》の人々がいつしよでありました。

　みんなは、歩きながら笑つたり、押し合つたり、話し合つたり、元気よくおどり上つてゐました。この様子を見ると、私も思はず、微笑まされて、立止つてみとれずにはゐられませんでした。

「どんなに、愉快なのだかしれん」

いつしか、自分の子供の時分のことなど空想しました。その時、一番、最後に一人の女の子が、松葉杖をついて、従《つ》いて行きました。その子の傍には、お母さんらしい人が、付添つてゐました。よく見ると、その女の子の片足がなかつたのです。

あつ！　と私は、思はず、心で叫びました。そして、見なければいゝものを見たといふ、苦痛を感じました。

生徒達は、しばらく、散開して思ひ思ひに休むことになりました。仲のいゝもの同志が一処にかたまつて、お菓子をたべたり、果物をたべたりしました。その時も私の眼は、不幸な女の子の上を去りませんでした。そして、健康な子供達の姿を見るにつけ、その子の姿をいぢらしく思つたのは、ひとり私だけではなかつたでせう。

「どうして、まあ、おかあいさうに」と他の子の付添に来たお婆さんが、彼女のお母さんに言つてゐました。


（下）


この女の子は、他の子と手を握り合つて行くことができませんでした。これを見た、女の子のお母さんは、どう思つてゐられたでありませう。

「こんなに、痛々しい様子を見るのでは、なんといつても遠足になどよこすのではなかつた。そして、みじめなのは今日ばかりでない。これからこの子の一生がかうであらう。みんなから除者《のけもの》にされて、相手にするものもなく、恐らく日蔭者で暮らさなければならない。しかし、この子に、何の罪があつたであらうか、どうして、この子だけが、こんな悲しい目を見なければならないのだらう」

お母さんはやゝもすると重くなつて、動かなくなる足を無理に運びながら、こんなことを感じてゐたのでした。

その時でした。先になつて歩いてゐた一人の女の子が、列から出ると後にまわつて、杖をついて一所懸命に歩いてゐる女の子の傍にきて並んだのでした。そして、いたはるやうに話かけたのです。その子は、さつきもいつしよにお菓子をたべてゐた子供でした。

お母さんの眼から、あつい涙があふれて来ました。お母さんは、言葉に出さず、腹の中で言つたのでした。

「どこの子か知らぬが、いゝお子さんですこと、どうか、いつまでも、お友達になつてやつて下さいね」

お母さんは、考へに気をとられてか、石につまづいて、ころばうとしました。気の毒になつて、私は、眼をそらしました。そして、二度《ふたた》び見た時は、もう生徒の列は遠ざかつてゐました。

青い、青い草原《くさはら》には、今しがた子供たちが捨て行つた紙屑が、あちら、こちらに、白くちらばつてゐました。私も、そこから去らうとすると不意に、草むらから、黒い二つの頭があらはれて、目的に向つて、かけ出してきました。

見ると、十二三の男の子とその父親らしい二人が、生徒たちの残していつた、握飯を奪ひ合ふやうにして、食べてゐたのです。そして、まだ何か落ちてゐないかと、血眼《ちまなこ》になつて、あたりをさがしてゐました。二人は、食べるものも、たべないと見えて、着物は破れ、顔の色は、青かつたのです。

「この父親は、失業して、働く口がないのかな」と、私は思ひました。

誰でもが境遇によつていつこんな姿にならぬともかぎらないと思ふと、心のうちが暗くなりました。朗らかな、晴れ渡つた空の下で、こんなことを考えることさへが、自然の意思にそむくやうに感じられたのであります。だから神は人間に愛を与えたのでした。「片足の女の子が、この男の子より、不幸だとはいへない」と考へると、人生を救ふものはたゞ愛より他にないと、強く感じたのでありました。

秋ノ野

昭和8（一九三三）年

ソラノイロガ　ダンダン　スンデ　キマシタ。ノハラニハ　イマ　イロイロノ　アキグサガ　サキミダレテ　ヰマス。ムラサキイロノ　リンドウ、ミヅイロノ　ノギク、アカイ　ミヅヒキ、シロイ　ハナノサク　ススキ、ソレラノハナガ　アヲイ　ソラノ　シタニ　オモヒ　オモヒニ　サクスガタハ　ウツクシイ　カギリデ　アリマス。

ヲトコノ子モ　ヲンナノ子モ　オモシロサウニアソンデ　ヰマシタ。マリナゲ　ツナヒキ　オニゴッコ　サマザマデス。ソシテ　クサムラニ　ハイルト　イナゴヤ　バッタヤ　キチキチバッタヤコホロギヤ　カマキリヤ　オウト　ナドガ　トビダシマシタ。

コレヲ　オヒカケル　コドモモ　アリマス。シカシ　バンガタニナルト　ミンナ　オウチヘ　カヘッテ　ヒロイ　ノハラハ　シヅカニ　ナリマシタ。

ヨルニ　ナルト、マアルイ　カガミノヤウナツキガ　デマシタ。

「サア　コレカラ　ワタシタチノ　セカイデス」ト　スズムシガ、リンドウノ　ハナカゲデ　ウタヒマシタ。マタ、クツワムシハ　ススキノナカカラ　コヱヲ　ハリアゲテ　ナキダシマシタ。クサノウヘニハ　ダレカ　ヒルマステタ　チョコレートノ　ギンガミガ　ツキノヒカリニ　ツメタクヒカッテ　ヰマシタ。

柿

昭和8（一九三三）年

ヒガ　ミジカク　ナッテ　ヨルガ　ナガク　ナリマシタ。太郎サンハ　ユウゴハンヲ　タベテカラ、ツクエニムカッテ　ベンキョウヲ　シテイマシタ。オ母サンモ　トモシビノ　下デ　オシゴトヲ　ナサッテ　イラッシャイマシタ。モウ　ジキニ　フユガ　チカヅイテ、サムクナルカラデス。

アタリハ　シズカ　デシタ。サラサラト　カゼガフイテ　木ノ葉ノ　ユレルオトガ　シマシタ。太郎サンハ　カオヲ　アゲテ　マドヲ　ミルト、柿ノ木ノエダガ　チョウド　スミエノヨウニ　マドノ　ショウジニ　ウツッテ　イマシタ。

「オカアサン　アカルクテ　ヒルマミタイネ」ト太郎サンハ　イイマシタ。

「ホントウニ　イイ　オッキヨデスコト」
　ドコカ、モノオキノ　アタリデ　コオロギガナイテイマス。
「アシタ　カキヲ　モイデ、花子サンノ　オウチヘ　モッテイッテ　オアゲナサイ」ト　オ母サンガ　オッシャイ　マシタ。
　アスノ　日曜ヲ　タノシミニ　太郎サンハ　ヤスミマシタ。
　夜ガ　アケルト　上天気デス。アオイ　ソラノシタニハ　コスモスノ　ハナガ　キレイニ　サイテ　イマシタ。ソシテ　アカトンボガ　小サナヒコウキノヨウニ　アタマノ　ウエヲ　トンデイマシタ。
　オ母サンハ　サオノ　サキニ　ボウキレデ　カギヲツクッテ　柿ヲ　モギヨイヨウニ　シテクダサイマシタ。日ノ　ヨクアタル　ミナミノ　ホウノ　エダニ　ナッテイルノハ　ヒカゲノヨリモ　アカク　イロヅイテ　アマソウニ　ミエタカラ、ソレヲ　モグト　ナカニハ　コエダガ　オレテ　ウスアカクナッタ　葉モ　イッショニ　ツイテキマシタ。
　太郎サンハ　タクサン　オボンニノセテ、花子サンノ　オウチヘ　モッテ　イキマシタ。

生存する姿

昭和８（一九三三）年

ジムといふ黒い犬は、飼主のない犬です。性質がおとなしくよく子供等と遊ぶことから、近所の人達が、残りものがあればとつて置いてやるといふ風でありました。

いつか、私にもなれて、散歩に出かけようとする時分に見つけると、あとになりさきになり、ついてきました。私は、もとより、それを苦にしませんでしたが、遠くまで行かうと思つても、犬のついてきた時は、なるべく町へ出ることを避けました。なぜなら、沢山犬に出遇ふからです。そして、喧嘩をせぬともかぎらぬからです。

「ジム、けふは、どつちへ行かうな」

私は、草の枯れかゝつて、色づいた野原を見ましました。

そして、そこを走るさびしい道を選んだのです。行手には、高い、何かの常盤木の森がこんもりとかすんでゐました。

先になつて歩く犬の姿を見て、もういく歳位だらうな、と思ひました。誰も、毛を洗つてやる程の親切もないから、黒い毛は汚れてゐます。この頃、眼もよくありません。そんなことが、この犬をわびしく、年とつたやうに見せたのでした。

「飼主が、越して行く時に、置いて行つたんですよ」と、説明した、近所の女の声が、私の頭の中に呼び起されました。私が郊外へ転居して、気付いたのは、ひとりこの犬ばかしでなしにかうして、越すたびに捨てられていつた犬が、犬狩りの手にもかゝらずに、野犬となつて少なからずゐることでした。

ジムは、いまは通用しない、何年前かの、黄銅製の畜犬票を頸につけてゐました。それを見ると一層あはれを感じさせました。だが、臆病で、犬として、精悍《せいかん》の気の欠けてゐることが、つれて歩いてゐても、時として、癪にさはることがあります。たとへば、五六歩行つては、臭ひをかぎ、小便をし、私の後になり、あはて丶駆けて来る。また同じやうなことをしておくれるので、そのことが、いつしか私の気持までもかき乱したのでした。

「さつさと歩け！」

いくたびもかう言ひました。なぜ、しやんとして、頭を上げて、歩けないのか？　やはり、性質であつて、駄犬では仕方がないものだと思ひました。

やがて、歩いて来た道は、二方から来た道と合して、三股となつてゐました。その一筋は、村の方へ、一筋は停車場のある方へ達するらしく、車などが通つてゐました。

「どちらへ行かう？」

しばらく、佇んで考へてゐると、ジムは、しきりに、低い、悲しさうな声を出して、うめきます。私は、その啼声で、犬の心持が分るのでした。

「もう、帰らうか……」

歩いて来た道を、引返しにかゝると、犬の元気はたいしたものです。急に、あちらに、小犬でも見付るものなら、飛び上つて駆出します。私は、まはり道をして、角の菓子屋でビスケットを買ひ、それを、犬に半分やり、あとの袋は、袂にいれて、自分の家の門まできてから、また出して、ついて来た犬に与へたのでした。ジムは、それを食べると、未練気なく門からはなれて、どこへか行つてしまひます。

私は、一疋の犬からも、いろ〳〵のことを学ぶのでした。

ジムにも、機嫌のよくない時があると見えます。

ステツキを持つて散歩に出かけようとする私の姿を見ても、いつものやうについて来ないことがあります。

「ジムや」と、声をかけても、尾を振るばかりで、擡《もた》げた頭を重さうに垂らしてしまふ。

さういふ時は、私は、それ以上強制をしない。しかし、人間の機嫌買なのにくらべれば大抵の動物は常に、心が平らかだと思はなければなりません。

犬をつれて歩くのにも、責任を感ずるのは事実でした。だから、全く独りで歩く場合の方が、気楽なこともありました。

「あ、いまのは、Aの細君ぢやなかつたか知らん……」

あちらから、派手な風をした女が来かゝつたのを、私は、ぼんやりとして、すれちがつてから、そんな気がしたのだが、女の顔は、日傘にかくれてよく見えませんでした。ふり返ると、うしろ姿が、似てゐたのです。

「こんな方に、住んでゐるのか知らん。どんな生活をしてゐるだらう?」

人の好い、Aの顔、……Aが、細君と別れる前後の……彼から聞いた話、……雑然として、浮んで来ました。

貸地となり、いつかは、こゝにも家が建つであらう、三四本の雑木の立つてゐる、日あたりのいゝ空地にはいつて、私は、枯れた草の丘に腰をおろして、空想をつゞけたのです。

最近まで、自分の住んでゐた町は、あの丘のあちらの濁つた空の下あたりになつてゐます。そして、毎日、散歩した、頭から埃のかゝつた、倦怠したやうな町は、いま頃、ことに人が歩いて、角の八百屋には、色とり〴〵の果物が並び、また、魚屋の前には人があつまり、そして、午後からになつてよく楽隊が通る……それに変りがないだらう。Aから、彼女の話をきいたのは、私が、その町裏に住んでゐる時でありました。

Aは、なほ、その附近の下宿屋にゐるのです。その時、彼は細君が、言つたといつて……話しました。

「え丶、妾《わたし》は、もう貧乏がつく〴〵いやになりましたの、また、あなたといふものが、愛せられなくなりましたの」と、平気で言つた。

「ぢや、他に愛する男ができたのか。さあそれをはつきりいつてくれ」

流石の、人のい丶Aの顔も、険悪になつた。女は、眉をひそめて、煙草の煙を吹きながら、

「いまは、そんな人がありません。別れてしまつてから、後のことは、妾にも分らないけど」

と、細君は、答へた。

派手好きな彼女と、引込み思案のAとの間を何がさうさせたか、Aにも、分るのでした。

「貧乏は、いやになつたといふが、不足なく暮した時もあつたぢやないか。そして、お前もほしいものは買ひ、遊びにも、自由に出かけたらう」

「え、出かけましたわ。寒い時分に、伊豆の温泉へもつれていつてもらひました。妾は温泉にはいつて、銀色の海を見るのが大好きなのよ。また、余計にでもないけれど、ほしいものも買つて下さいました。妾がおねがひしたといふよりか、あなたが、妾を喜ばせようと思つてなさつたのでした」

「それは、誰のためだ？」

「妾の気にいるようにして下さるんですもの、うれしくないことはありません。けれど、妾は、言つたでせう。さう、お金を使つてしまつて、あとでさびしくおなりになりませんかつて、さうしたら、あなたは、何とお言ひでしたでせう……」

Aは、うなづいた。

「自分で働いて得た金のありがたみは、よく分るが、働かないで、得た金といふものは、身につかない。はやく、親からもらつた金がなくなつてしまつたら、俺も、努力する気が起るだらうと言つたよ」

「それ、ご覧なさい。さうしたら、あなたご自身のために、はやく金をつかつてしまふとなさつたのぢやありませんか」

彼女は、また、煙草をすぱすぱと喫つた。Aは、平気でかういふことをいふ女が、かりそめにも苦労を分たうとした、妻であつたかと顔を見た。

「誰のためでもいゝ。それで、金がなくなつたから、別れるといふのか?」

「喧嘩をしたり、気まづい思ひをするのも、物質のためですわ。それに、あなたと妾と、性格が合ひませんの、あなたゞつて不幸ですわ。いつしよになる時、いけなかつたら、互に理解し合つて、別れようと言つたんでありませんか?」

「お前が笑はれるまでさ」

「えゝ、妾は叛逆者《はんぎやく》ですわ。家庭の女は奴隷だといふことをこんどの経験から弁証法的に書くつもりなのよ」

「さだめし、ヂヤナリズムは、お前の書いたものを歓迎するだらう。恥を売つて、金にするつもりなんだな……」

「さう思ふのは、あなたばかりです。そこが古いんだわ。恋愛のない夫婦生活?　妾、もうあなたに愛を感じなくなつたから別れるのよ。新しい道徳のために。Sさんだつて、Kさんだつて、きつと、妾の方に同情なさいますわ」

これが、細君の別れる時の態度だつたといふのです。

私は、なんとなく、細君よりは、別れて、孤独の生活を送つてゐるAに、同情するのでした。歴史の上から見れば、人間の一生などといふものは、一瞬に等しいものです。不易の人情の前に、一つの主義や、思想の現はれは何んですか。たゞ閃きにしかすぎないではありませんか。

私は、枯草の上から、身を起しました。そして、Aの細君に対して、Nの死んだ細君のことを思ひ出してゐました。

ある日、この愛する二人は、話し合つた。

「死んでしまつたら、もう、何にも分らないのでせうか?」

病める、愛らしい妻が、彼にたづねました。彼は、遠い方を見るやうな顔付をして、

「昔から、蠟燭の火が消えるやうなものだといつてゐる」

「妾は、死んでしまつて、お墓の下にはいつてゐます。毎日のやうに、風が、お墓の上を吹く……あなたのお声を、もう風の中にきくことができませんのね」

彼女は、涙ぐみました。そして、

「妾がゐなくなつたら、あなたは、他の美しい方と結婚なさいますのね。いいえ、なさるのがあたりまへですわ。なさらなければならないのよ。あゝ、なんて、妾は、エゴイストなんでせう……死んでしまつてからも、あなたを自分のものにして置くつもりかしらん……」

「誰も、明日のことなんかは、分らない。お前は、なんにも考へない方がいゝよ」

「妾こんなことを考へるの……霊魂といふものがあつて、妾が死んで、お墓の下へ行きますでせう。妾は、そこで、長い長い後にあなたのゐらつしやるのを待つてゐる。あなたは、妾がゐなくなつてから、新しい奥さんをおもらひなさいますのよ。そして、いつか、あなたも、その奥さんも、お墓の下へゐらつしゃる日が来るのよ。その時、あな

たは、どちらといつしょにおなりなさるの？　やはり最後に苦楽を共にした、新しい奥さんと永久にいつしょにおなりなさるの？」

「霊魂の生活に入つたら、みんないつしよに暮して、いゝぢやないか」

「さうね、ほんたうにさうだわ。妾、それで安心したのよ」

　彼女は、涙を拭きました。なんといぢらしい光景ではなかつたか。

「やはり、短い人間の一生のうちにも、いろ〳〵のことを見たり、聞いたりするものだな……」と、私は、思ひました。

　それから、幾何か後でした。ジムが、林の中で、傷付いて、患つてゐる一疋の犬を見守つてゐるといふ話を小供達からきゝました。

　自分がもらつた魚の骨をたべずに、その犬のところへ持つて行つてやるといふのです。

「相互扶助——ありさうなことだ」と、私は、考へました。すべての生物は、愛なく、孤独では生きられないから。成程、この頃、ジムの姿を見ません。そして、一日、一日、冬が近づきました。

　ある寒い夜、どこか森の方で、悲しさうに鳴く、犬の吼声をきいたのです。私は、ふと、胸を刺されるやうに感じて、眼をさまして、枕の上に、耳を欹《そばだ》てました。

　木枝を振ふ、木枯にまぢつて、いつまでも長く長く吼える、その悲しさうな声がきかれたのであります……。

酒場の主人

昭和8（一九三三）年

小さな酒場がありましたが、そこへは、いろ〳〵の人がやつて来ました。なかには、釣道具を持つたやうな人もあれば、わざ〳〵遠廻はりをして立寄つたやうな会社員もあれば、役所からの帰りを楽しみにして、一杯飲んでいかうといふやうな洋服姿の男もありました。

いづれも、それ等の人達は、この店の純良な酒を愛したのであります。広い街には、到る処に酒を売る店はありますが、芳醇といふのは名ばかりで、まやかしものが多い中に、此処だけは、真に生一本《きいつぽん》を飲ませたからでした。

これ等の人達は、寒い中を歩いて来たことも、わざ〳〵面倒な遠道をして来たことも、またその他の故障を排して来た一切の煩はしさも、この店の暖簾《のれん》をくゞつて、腰を下して卓に向ふと、すつかり忘れてしまつて、落着くところへ落着いたといふ感じがするのでした。そして、ふるへる手で盃を唇に含むと親しみのある香りと、やはらかな味とが、魂をとろかして、安心して、なつかしい世界へ誘はれて行くのでした。

釣の道具を持つた男は、寒い風に汀の枯葦が揺らぐ音をぢつと盃を口にあてたまゝ耳をすましてきゝました。

「けふあたり、釣れん筈がないのだが、こんどは、場処を換へて見るかな」

そんなことを思つてゐると、

「大将、このごろは何が釣れますか」

大分いゝ顔色をして、眼の中にうるみを見せた、会社員風の男が話かけました。

「なんといふことはないんですが、ちつともかゝりませんわ」

「こればかりは、水の下に、何がゐるか分らないところへ下すんだから、気の短い者にはできませんね」

こんな、たはいないことを言つたゞけで、居合せてゐる者には、をかしかつたのです。そして、みんなは、それに大した真理があるやうに考へて、なかには、頭をかしげる者さへあるのでした。

「釣は、どうでも、寒い風に吹かれてきて、一杯やるのはうまうござんすよ」

「全く、それにちがひねえ。私共も、近間にいくつもあるのを、遠廻はりして、こゝまでやつて来るんですぜ」

これをきくと、だまつて飲んでゐる人達までが、体をうごかして同感の心持をあらはしたのでありました。

さつきから、あちらの隅の方で飲んでゐた二人連の青年が話をしてゐました。

「いゝ色をしてゐるね」と、一人は、盃の中をのぞき込んで、すばらしい発見をしたやうにいひました。

「色では分らないよ、悪い酒程、色は美しいものだ」

「さういへば、飲んだつて分らない。もとは、悪い酒は咽喉で拒否したもんだが、この頃はごまかしがうまくなつて明日にならんければ分らないのがあるから」

いつの間にか、釣道具を持つた客も会社員風の男もゐなくなつて、その場席《ばしよ》は、新しい客に占められてゐたのでした。

お客が去つて、この店の戸を閉めるのは、毎夜一時過でありました。後を片附けると、老夫婦は疲れてがつかりしました。

「これ程、お客がはいつて、もうからないのは、嘘のやうな話だな。誰がきいたつてほんたうにはすまいなあ」と、主人がいひました。

「それはあたりまへだよ。安くて、生一本を飲ませるのだもの、これで、人が来なかつたら、それこそ嘘のやうな話さ、だが、これでは何のために働いてゐるのか分らないぢやないか」と、お婆さんは、いつもの不平をもらしたのです。

かういふと、爺さんは、だまつてしまひました。

「こちらが、こんなにしたつて、誰もありがたいとはないよ。みんなお客さまだと思つてゐるのだから」

「いや、お婆さん、そんなことはない。みんなが分つて下さればこそ、あゝやつて、わざ〳〵遠方からやつてきて、ご贔屓《ひいき》にしてくださるのぢやないか。私は、酒飲みだから酒を飲む人の心持はよく分る。一杯の酒も心から可愛がつて飲んで下さるお客の顔を見ると、かうして、勉強をしてゐる張合があるといふもんだ」

「お爺さんは、それでいゝかも知れないが、私はつまらないよ。かうして、はやるうちに少しお金を貯めて置かなけれや、先が案じられてならないのだものね」

「ぢや、値を上げるのか」と、老主人は、ため息をしました。

「他の物価が上つたのだもの、値を上げるのはあたりまへだが、さうしたら、お客にさはるかも知れないから、酒を落すのだよ」

「ば、馬鹿なことをいひなさんな。この店へ来るやうな人は、みんな通人《つうじん》で、そんなことに気がつかないやうなものはない」

最後は、二人が、互に気まづい思ひをして床に入るのでした。

ある日、本場の泡盛を飲ますので、やはり評判のいゝ家へ、酒場の主人が行つて、ひとりで、なみ〳〵と注がれた無色透明のコツプに舌打をしてゐたのであります。

「このごろ、よくお見えになりますが、お店に生一本があるのに、こゝの強い方がよろしうございますかな」と、泡盛屋の主人がいひました。

この店の主人も変り者であるだけに、二人はすぐに意気が相通じて打解けて話がされたのであります。

「私が、うちで飲む分を、折角来て下さるお客様に上げたいと思つて、うちではやらないのですよ。かういつては笑はれますが、儲けの少ないのを私がやりましては、問屋へ払ふことが出来なくなります。さうすれば、看板の生一本をお客様に飲ますことができなくなります。それができぬ位なら、この商売をやめてしまひます」

なめるやうに、コツプに口をつけて、顔を上げながら酒場の主人はいひました。

「あんたのご気象は、よく分ります。私も、こんな店ですが、真正物《ほんもの》で押通すのには、相当の苦心がいります。どうぞ、せいぜい召上つておくんなさい」と、年頃もさう違はない泡盛屋の主人は、同情して答へました。

ところが、ある時のことです。酒場の店にゐたお客が、とつぜん、

「お爺さん、こゝでは酒を落したな」と、いひました。

「決して、そんなことはありません。けふはあなたのお口のせいでせう」と、主人は、答へました。いまゝでこんな不快なことをいはれたことはなかつたのです。

「樽がちがつたのだらう」と、他の客もいひました。

お爺さんは、客の帰つた後で、酒を飲んで見ました。けれど、悲しいことに、強烈な泡盛で焼いた舌には、ほんたうの酒の味が分らなかつたのでした。――客は、一人来なくなり、二人来なくな

りまして、さすがの店も他に譲つてしまふやうになりました。お婆さんが分らないやうにと細工したことも、畢竟《ひつきやう》、生活を破壊するにすぎなかつたのでした。

　酒場のお爺さんは、それから半年ばかり経つて、出先で、安食堂に入ると、思ひがけなく、泥酔してゐる泡盛屋の主人を見たのです。彼は、木精酒《もくせいしゆ》のまぢつた、コツプのブランを指しながら、

「あきらめましたよ、商売は、これでなければ、やつていけません」と、いつて、笑ひました。

　かうして、純粋なものが町から滅び、そして、純粋を愛する人々がなくなつて行くのでした。

鼠　ト　タンク

昭和8（一九三三）年

ミンナデ　タノシク　オハナシヲシテヰタトキガタントイツテ、オカツテノ　タナノ上ノモノガオチル音ガシマシタ。フイニ　シヤウジヲ　アケルト　オドロイテ　ニゲテユク　鼠ガミエマシタ。

「オ母サン　ネテヰルト、マクラモトニ　コナイ」ト　芳子サンガ　キミワルガリマシタ。

「僕　パチンコデ、ウツテ　ヤラウカ」ト　勇《ユウ》チヤンガ　イヒマシタ。

「ナンデ　ウテル　モノデスカ」

「ヂヤ　ネエサン、パチンコ　トリニ　イツシヨニオイデヨ」

「ヒトリデ　オ室《ヘヤ》ヘイケナイノ、ヨワムシネ」

「僕　モウ　ウツノヲ　ヤメタ。ネズミハ　カアイラシイ眼ヲ　シテヰルノダモノ」ト　勇チヤンガ　イヒマシタ。

オ母サンハ　小サイフタリノオ話ヲ　キイテヰラツシヤイマシタ。スルト　マタ　ガタント　オトガシマシタ。

「ア、オ芋ヲ　タベニクルノデス」ト　オ母サンハ　オモヒダシテ、オイモノザルヲ　オシマヒニナリマシタ。

「オ母サン　ネズミトリグスリヲ　カツテ　クルトイイワ」ト　芳子サンガ　イヒマシタ。

「オトナリノ　ヂヨンガ　キマスカラ、メツタナモノハ　オケマセン」

「オ母サン　ヂヨンハ　クヒシンバウダカラ、キツト　タベマスヨ」ト　勇チヤンハ　ジブンニトビツク　ヂヨンヲ　メニ　ウカベマシタ。

「モウ　寒クナツテ　外ニ　タベルモノガ　ナイノデ　鼠ハオ家へ　ハイルノデスカラ、タベルモノサヘ　ダシテ　オカナケレバ　デテハキマセン」ト　オ母サンハ　イハレマシタ。

オ床ニハイルト　フタリハ　スグネムツテシマヒマシタ。オ母サンダケ　マダ　メヲアケテヰラレマスト　コンドハ　茶ノ間デ　ゴトゴト　オトガシマシタ。

「ナニモ　タベルモノガ　オイテナカツタノニ」ト　オ母サンハ　起キテ　アカリヲツケテ、イツテゴランニナリマシタ。スルト　ネズミデハ　アリマセンデシタ。勇チヤンガ糸巻ニハシヲ　トホシテツクツタ　手製ノタンクガ　ヒトリ　イマゴロ　チヤブダイノウヘデ　クワツドウシテヰルノデシタ。

オ母サンハ　ナニモシラズ　平和ニネムツテヰル　フタリノ　カアイラシイホホニ　接吻ヲシテオヤスミニナリマシタ。

土を忘れた男

昭和８（一九三三）年

街に住んでゐる彼は、いつからともなく土から離れ、自然に親しむといふことを忘れてしまひました。そして、光と音との中で生活することに慣れてしまひました。

彼の職業は、頭でものを考へる技師でありました。しかし、人として、誰しもその社会を考へ生活を考へ、さらに自分を考へないものはありますまい。殊に、良心的な彼はそれ等について一層いろいろと考へたのであります。

しかし都会生活は、農村などに於ける場合とちがつて人を個人主義的にするものです。だから、彼がこの人生を知り、社会を知るのを新聞や、ラヂオのニユースに拠つたのも、また、これを頗《すこぶ》る重要視したのも理由のあつたことであります。

彼は、朝起きると新聞の政治面、それから社会面と精読しました。そして、そこに書かれた一つ、一つの事件について頭を費しました。この頃は、世界の情勢が悪化すれば、また、社会の生活もかなり息詰つてゐるやうに感じられたのでした。急に頭の中が暗くなつて、ちやうど黒い雲が太陽の面を隠したやうに、はつきりとした原因も分らずに彼を憂欝にするかと思ふと、たちまち、雲が通り過ぎて、あたゝかな光線が洩れて来たやうに、とりとめのない希望に急に心の中が明るくなることもあるのでした。

とにかく、一日も新聞を見ないでは、なんとなく物足らなく、そして不安で、真の生活をしないやうに感じたのでしたが、このごろは、ラヂオのニユースすら、彼にとつて聞き洩らされないものとなつたのでした。

家人たちは、彼を病的だといつてゐるのです。しかし彼にいはせると、この一日に、この社会に於て起りつゝあることを詳しく知り、そして、考へることは、真に生活するといふものだ。たとへ、自分の力でどうなるものでなくても、それに対して何等かを意識することが、社会に生活するもの、義務であるといふのであります。

さうきけば、非難する理由もないのですが、「そんなら、君は、昨日どんなことが新聞に書いてあつたか、そして、ラヂオのニユースで、何をいつたか憶えてゐるか」と質問をすれば、全部とはいはないが、殆んど覚えてゐないのです。「それ程、真剣なものを、どうして忘れてしまつた?」ときくと、

「忘れるのは仕方がないが、それに対して、責任ある社会が、一つをも解決しようとしないぢやないか」と、彼は却つて喰つてかゝつて来ます。

まあ、それもいゝとして、この頃は、ラヂオの天気予報まで、必ずきかなければ気がすまぬといふに至つては、たしかに病的であるかも知れません。

「さつき、天気予報に何といつた?」

「曇り後、雨といひましたが、こんなにいゝお天気ぢやありませんか」

「いや、そのうちに曇つて雨になるのだらう」

彼は、天気予報に従つて、雨傘を用意して出かけます。しかし、雨どころか、帰りは星晴のしたい、天気でした。そんな時は、彼は科学を信ずるだけ、我国の気象観測の不完全を慨嘆するのでした。

「だから、そんなものをお信じなさらなければい、ぢやありませんか」と、彼の細君は、いつたのでした。

す。

「ぢや、何を信じたらいゝのだ」

彼は、全く深く考へずにさういひましたが、ここれこそほんたうの彼の生活をあらはしたものです。

「オイ、正ちやん、三時四十分に、天気予報をきいておいてくれ」と、子供に命じて、自分は二階で何か統計表のやうなものを検べてゐました。

少年は、壁にかゝつた時計を見上げました。まだ、それまでに、二十分足らず間があります。ぢつとして、待つてゐることは、元気な子供に、どうして、その退屈の我慢ができませう。ちよつと遊びに出ます。自由に、手足を動かすのがいかに面白いことか、気がついて、走り帰つて時計を見ると、はや、その時間から五分ばかり過ぎてゐます。子供は、その時、遊ぶことのどんなに早く経つのを知つたか。つく〴〵不思議に思つてゐると、「まだ、天気予報でないか……」と、仕事をしてゐても頭の中でこれを忘れない彼が二階で怒鳴つたのであります。

たま〳〵田舎から出て来た、学校時代の友人が、この話をきくと、

「田舎にゐると、新聞なんか見たいとは思はないね。こんなことがあつたとか、あんなことがあつたとか、話にきく位のものさ。それによつて、自然がどうなるものでもない。人間の毀誉褒貶も盛衰も、一片の去来する浮雲にしかすぎないのだ。たゞ見るものは、麗らかな日の光りに、草木は伸び、鳥が歌ふといふだけで、そして、人は働いて息ひ日が暮れて眠るといふだけなものだよ」

「ラヂオ？　そんなものがあつても、きゝたいなんて思はないよ。それをきくと、人間が利巧にでもなるといふのか」

田舎から、出て来た友達は大きな声でかう話し

て笑ひました。

彼が、急に旅行したくなつて、久しぶりで出かけたのは、その後のことです。

ある田舎の宿屋に泊つて、

「こゝに、ラヂオがあるのかね。明日のお天気は何うだらう」と、いつて、彼は、主人にたづねました。

「えゝラヂオはありますが、ちよつとお待ち下さい」と、いつて、主人は外に出て、昔風の火の見櫓のいたゞきについてゐる風見の旗を見て、

「あしたは、大丈夫でございます」と、答へました。そして、主人は、あの旗が、東南になびいた。北西の風が吹く時は、誰がなんといつても此処では天気だと話したのです。いつ造られたか知らぬ、雨風に錆びたブリキの旗の方が近代的な観測によるる天気予報よりは確実だといふのでした。

はたして、その明る日は、宿屋の主人のいつたとほりにいゝ天気でした。彼は、また、山間の村へはいりました。そして、野良で働いてゐる百姓に向つて、

「明日は、お天気はどうだらう」と、たづねたのでありまます。天気がよければ、山を越したいと思つたからでした。

「さあ」と、いつて、その百姓は、彼方の山をながめました。

「明日は、雨らしいですの」と、答へました。

「こんなに、空が晴れて好さそうに見えるのに」と、彼はその言葉を訝りました。

しかし、翌日、彼が出発するころから、空は曇り出して湿つぽい風が吹き、ついに雨となつたのであります。

彼は、街に帰りました。そして、二たび考へる生活に入つたのです。

「風が、北西だと天気だといつたが、此処でもさうかしらん。ひとつためして見よう」

一日、彼は、ラヂオの天気予報に依らずして、田舎で宿屋の主人にきいた風向きで占つて見ようとしました。しかし、それは、この街では、何の権威がなかつたのを知つたのであります。

山もなければ、火の見櫓もない、この街には、畢竟、生活に有機的な関係を持つ、自然物の何ものもないことを悟つたのでした。そして、もし、この街の人達に、その生活と離れざる関係のものを探ねたら、それは、幻しの光りであり、音だけでありました。土を離れ、自然を忘れた不幸な生活を彼は、はじめて意識しました。しかし、いまさらそれをどうすることもできなく、その後も新聞とラヂオに全神経を焦立たせる生活をくりかへすのに変りがなかつたのです。

雪ニ　ウズモレタ　小学校

昭和8（一九三三）年

キョウモ　チラチラ　ユキガ　フリマス。ガクコウノ　オマドカラ　ウンドウバヲ　ミルト　スナバ　ハ　ユキノ　シタニ　ナッテ、ユウドウエンボクヤ　ブランコ　ナドガ　ダンダン　ウズモレテ　キマシタ。
英《エイ》チャンノ　クミハ　サンジュツノ　ジカンデ、センセイカラ　ククヲ　オソワッテ　イマシタ。
「ニロク　十二。ニシチ　十四。ニハチ　十六。ニク　十八。」
ミンナ　ツイテ　イイマシタ。ソノウチニ　カネガ　ナリマシタノデ　カエル　シタクヲ　シマシタ。センセイハ　デグチマデ　ミンナヲ　ミオ

クッテ　クダサイマシタ。

英チャンハ　オナジ　トコロカラ　キテイルトシ子サント　二郎サンヲ　マチアワセテ　イッショニ　カエリマス。

コズカイシツ　ノ　カマドカラ　デル　アオイケムリガ　ソトノ　サムイ　カゼニ　フキ　ケサレテ　イマシタ。三人ハ　ガクコウノ　モンヲデテ　ホソイ　ユキミチヲ　アルキ　マシタ。トシ子サンハ、女ダカラ　マンナカニ　シテ　ヤリマシタ。ハラッパヘ　クルト　ナカナカ　カゼガツヨクテ　マントノ　スソガ　ハタハタ　ト　ナリマス。

「ジキニ　クラク　ナルネ」

「イマ　イチバン　ヒノ　ミジカイ　トキダトオカアサンガ　イッタヨ」

三人ハ　ハナシ　ナガラ　ミチノ　マガリカドニ　キテ　フリムキ　マシタ。トオクニ　ナツカシイ　ガクコウノ　ヤネガ　マッシロニ　ミエマス。センセイノ　オカオヤ　キョウ　アッタコトガ　メイメイ　ノ　メニ　ウカンデ　キマス。クライ　ソラヲ　カラスガ　二羽　ガアガア　ナイテ　トンデ　イキマシタ。

狼とチヨコレート

昭和8（一九三三）年

ちやうど年の暮でありました。今年の町への出おさめと思つて、おぢいさんは、朝早くから支度をしました。

「娘のところへも、ちよつと顔を出して、できるだけ用達をして来よう」と思ひました。

　雪は野にも、山にも、積つてゐました。

「おぢいさん、おみやげを買つてきておくれよ」と、子供がいひました。

　七つになつた男の子が、風を引いて昨日から臥《ね》てゐるのでした。おぢいさんは、この孫が、何より可愛かつたのです。

「なにを買つて来てやらうな」と笑ひながら、おぢいさんがいひました。

「蜜柑に、凧に、お菓子に……」と、子供がいひました。

「そんなに慾張るもんぢやない。おぢいさんが、見て、一番い丶ものを買つて来てやるから、あた丶かにして、臥て待つてゐなよ」と、おぢいさんがいひました。

　おぢいさんは町につくと、娘のお嫁にいつてゐるところをたづねました。

　そして、みんなが元気で働いてゐるのを見て喜びました。

「町は、いつもにぎやかでい丶な」と、おぢいさんはいひました。

「おぢいさん、ゆつくりとして、今晩は泊つていつて下さい」と、みんながとめました。

「いや、さうゆつくりはしてゐられない。可愛い孫が待つてゐるからな」

「さういはないで」と、娘は、とめました。

「また、お正月きて、ゆる〳〵お世話になるから」と、おぢいさんは、娘のところを出ました。それから、二三用達をして、「さて、おみやげに、何を買つていつてやつたら、い丶かな」と、おぢいさんは、町の店さきを見て歩いてゐました。お菓子屋では、クリスマスの飾りがしてあつて、眼がさめるやうに立派でした。

「さあ、板チヨコにしようか、クリーム・チヨコレートにしようか」とおぢいさんは考へましたが、クリーム・チヨコレートにしました。そして、帰り途を急ぎましたが、日脚の短い時分でしたから、さびしい野原にか丶つた時は、全く人影が絶えてあたりは、しんとしてゐました。

この時、あちらから、黒いものが近づきました。見ると、それは、狼でありました。おぢいさんの体中の血は、一時に冷たくなつてしまひました。しかし、おぢいさんは、あはてませんでした。いよ〳〵狼に近づくと、

「お前は、こんな骨と皮ばかりの人間をたべるより、こ丶にうまいお菓子がある。これをたべるはうがどれ程おいしいかしれないから」といつて、銀紙に包んだチヨコレートを三つ四つ、狼に投げてやりました。狼は、かんばしい香のある、光つた玉を不思議さうにながめてゐました。

おぢいさんは、無事に我が村へ帰ることができました。お家には、子供がおぢいさんの帰りを待つてゐました。

その晩のこと、狼は、木の枝にぶら下つてゐる、お星様をながめて、

「もつと、あんなお菓子がたべたい」と、いつて、啼いたのであります。

カド松ノ　アル　ヰナカマチ

昭和9（一九三四）年

マチノ　ヤネニハ、ユウベ　フツタ　雪ガ　マダ　ノコツテ　ヰマシタ。

二郎サンノ　ウチヘ　イクト、サンボウノ　オソナヘノ　上ニ、大キナ　エビガ　ノツテ　ヰマシタ。トコノマノ　カベニ　初子サンノ　カキゾメガ　カカツテ　ヰマシタ。

初子サンハ　カホニ　オシロイヲ　ヌツテ、キレイナ　キモノヲ　キテ　ヰマシタ。

三ニンデ、オハジキヲ　シマシタ。アキタ　ジブンニ　タコノ　ウナリオトガ　キコエタノデ、ソトヘ　デテ　ミマシタ。北風デ、タコハ　イクツモ　アガツテ　ヰマシタ。トキドキ　サラサラト　イツテ、松カザリノ　竹ノ　ハガ　ナリマシタ。コノトキ、アチラカラ　マツカナカホヲシテハオリ　ハカマデ　クル　人ガ　アリマス。ヨクミルト　武チヤンノ　オトウサン　デシタ。

「ミンナ　アソビニ　キナ。」ト、ワラツテ　イカレマシタ。

スルト、ドン　ドン、タイコヲ　タタイテ、ハタヲ　タテタ　車ガ　トホリマシタ。リヤウガハカラ　ヒトビトガ　出テ　見マシタ。ソレハ　コンド　ヨセヘ　来タ　ゲイニンタチノ　カホミセデス。ヒノミヤグラノ　アル、アチラノ　空ハユフヤケガシテ　ヰマス。

オレンヂノ　実

昭和9（一九三四）年

二郎サンハ　トダナノ　ナカカラ、オレンヂヲトリダシマシタ。オシヤウグヮツノ　オカザリニツカッタモノデス。

「アマイト　イイノダガ　ナア」ト　二郎サンハナガメテヰマシタ。

ナツミカンヨリ　スコシ　チヒサク、ミカンヨリ　オホキク、ネーブルニ　ニテ　ヰテ、ソレヨリモ　マルク　イロガ　ウツクシイノデアリマシタ。

「イツカ、オ父サンニ　イタダイタ　アマイノハナンダッタラウナ」ト、二郎サンハ　モウ　ヒトツ　ホカノクダモノヲ　オモヒダシマシタ。ソレデ　オ父サンノ　オヘヤヘ　マヰリマシタ。スルト、オ父サンハ、

「ア、ポンカンダラウ。九州チハウニ　タクサンデキルノデス」ト、オッシャイマシタ。サウシテ、二郎サンノ　ニギッテヰル　オレンヂヲ　ゴランナサイマシタ。

「イイ　イロヲ　シテイルネ」

「オ父サン、オレンヂハ　ドコデ　デキマスカ」

カウ　二郎サンガ　キクト　オ父サンハ、

「チヤウド　フユノ　イマジブン、伊豆ヘ　イクト、ヲカニ　キンイロニ　オレンヂガ　ミノッテ、アチラニ　ムラサキイロノ　ウミガミエテ、ソレハ　キレイダ　ヨ」ト、オッシヤツタノデ　アリマス。

チチザル　ノ　オハナシ

昭和9（一九三四）年

アル　サムイ　バン　ノ　コト　デス。ヤマ　マタ　ヤマオク　ノ　コヤ　ノ　ナカデ、ニヒキ　ノ　オヤザル　ト　コザル　ガ　ヒニ　アタツテ　ヰマシタ。

「オトウサン　ナニ　カ　オハナシ　ヲ　シテクダサイ　マセン　カ。」

ト、コザル　ガ　イヒマシタ。

「ヂヤ　キカシテ　ヤラウ。」

ト、チチザル　ガ　コエダ　ヲ　ヒ　ニ　クベナガラ

「コンナ　ユキ　ノ　フル　バン　ダツタ。ミチニ　マヨツタ　カリウド　ガ　ヒ　ヲ　ミテ　ハイツテ　キタ。ワタシ　ハ　マダ　チヒサカツタガ、ミンナ　フルヘテ　シマツタ。」

「マア　ソレ　カラ　ドウナリマシタ　カ。」

ト、ハハザル　ガ　カタハラカラ　タヅネマシタ。

「サア　コチラ　ニ　キテ　オアタリナサイ　トイツタ。スルト　カリウド　ハ、テツパウ　ヲイリクチ　ニ　タテカケテ、ヒ　ノ　ソバ　ニキテ　アタツタ。ワタシ　ノ　アニ　ガ　コツソリ　ト　テツパウ　ノ　タマ　ヲ　ヌキトツテシマツタ。サウシテ　サア　ニゲロ　ト　イツタノデ、ミンナ　ガ　ニゲテ　シマツタ。」

ト、チチザル　ハ　コドモ　ノ　ジブン　ノコト　ヲ　オモヒダシテ　ハナシマシタ。

こぶしの花

昭和9（一九三四）年

「こぶしの花が、咲く頃になると、思ひ出す話がありますと、老技師は、語りました。それは、誰にもある、過ぎ去つた青春の挿話であるが――。

山の手の、ある屋敷に立つてゐた、こぶしの木ですが、遠方から、その白い花が見られました。煤煙に、うす曇つた空の下にも、花の色はくつきりとして、あてなき思郷を起させるやうな、一種憂鬱な感じをそゝることがあつたのです。

私共のよく行つた、喫茶店ライラックは、すぐ、その近傍にあつたので、木の下にあるのでなかつたのだけれど、遠くから、この白い花を眺めると、すぐに、その店を眼に描いて、同時になつかしい気がしました。

かうした白い花の、身に沁みるやうな悲しい香気が、まだ浅い春の空に、どこでも漂つてゐるやうに、全く、その頃の自然は、幻想的であり、活々としてゐたやうに感じられました。そして、一刻も早く、喫茶店のドアーを押して入りたい慾望でいつぱいでした。

いつも、昼間ですら、うす暗い、狭苦しさを感ずる室には、誰か、青年のゐないことはありません。ストーヴの前に、長髪の頭をうなだれて、だまつて雑誌を見てゐるとか、人と別に語るでもなく、一杯のコーヒーをいつまでもかゝつて飲んでゐるとか、さういつた、変つた男が来てゐないことはなかつたのでした。しかし、これは、此処に集るやうな、青年の気風でもありました。そして、大抵は、常連といつてよかつたのです。別に、話はしなくとも、顔を見れば、笑つて目礼する位の間柄でした。

夜に入ると、急に、喫茶店の内部は、華やかになりました。ランプがついて、四壁の装飾を明るくし、いろ〳〵の器物に光りが美しく反射したばかりでなしに、娘が、お化粧を施して、スタンドに立つたからです。娘ばかりでなくまださう年をとつてゐない母親までがいつしよになつて、客の機嫌を取つたのにもよるのでした。

「Hさん、この頃、開通したYトンネルの、お化噺を聞いた？」

Wといふ男が、来合せてゐる、詩を作る青年に話かけました。

「いや、まだ聞きませんよ。それは、ほんとうの話ですか」

かう、Hが、その話を聞かしてくれいといはぬばかりの返答をしました。独り、Hだけでなく、其処にゐた四五人の者が、事件が、最近のものであるだけに、知ることに興味を感じたのです。

Yトンネルは、難工事であつて、鑿掘《さつくつ》のために、幾何の犠牲者があつたといふことは、かねて新聞で知つてゐるだけ、お化噺にも、現実味があつた訳でした。

「それがね、真夜中の最終電車にかぎつて見えるのださうだ。そのカーヴへ差しかゝるとカチン、カチンといふ、鶴嘴の土を掘る音がして、前方に白衣の労働者が立つてゐるといふんだよ。だから、たび〳〵見た運転手は、またかと思ふのだが、その瞬間、ぞつとして水を浴びたやうな気がするさうだ」

「さうだらうね、浮ばれないから」

「それで、運転手が、念仏を唱へるといふのだ」

「同じく働く者の心からの、同情なんだな」

「さうでしやうよ。幽霊といふものがありませうよ」と、喫茶店の母親が、いひました。

「ほんとうに、あるものだらうか」

サラリーマン風の、青年がいふと、

「私は、ないと思ふわ」と、娘が、いひました。

「どうして、麗子ちゃんは、ないと思ふの」

「私は、唯物論者よ」

「ぢや、この世の中に、不思議はないといふんだね」と、いまゝで、みんなの話をきいてゐた、私がたづねました。

「えゝ、ないわ。だけど、人間の思ひといふやうなものはあるわ」

「たとへば、どんなこと?」

「Kさんは、花嫁自動車の話をきかない」と、彼女は、いひました。

「まだ、きかない。何だい、その花嫁自動車といふのは」

かうKがいふと、それに対して、娘は、次のやうな話をしたのであります。

某富豪の令嬢が、ある青年と相愛の間柄であつたが、青年は無産者であつたので、その結婚は令嬢の親達によつて許されず、令嬢は他の金持の息子の許へ嫁がなければならなかつたのでした。いよ〳〵嫁入の当日といふのに、令嬢は気が狂つてしまつた。そして、それから以後といふものは、毎晩、真夜中頃になると、寝静つた街の中を、花嫁姿の令嬢を乗せた自動車があてもなく走りつゞけるのを見るといふのでありました。

「それは、ほんたうの話なのよ。決して、幽霊ぢやないのだから、私、信ずるのよ」と、娘が言ひました。

「麗子ちやんは、見たんぢやないんだね」

「まだ見ないわ、いつ、この前を通るか分らないんですもの」

「今時、そんな純情な女が、あるものか知らん」と、一人は溜息をしました。

「あつても、貧乏人では、毎晩、自動車に乗つて街中を廻ることが出来んぢやないか」と、他の一人がいつたので、みんなは、大笑ひをしたのです。

「ぢや、どうするんだ？」

「分つてゐるぢやないか、貧乏人は、はじめから、そんなロマンチツクな恋なんかしないよ」

「然り！」

「オイ、それよりか、今夜起きてゐて、その自動車を見ようぢやないか」

「それが、い、な」

　互に、こんなたわいのない話をして、早春の夜の更くるのを知らなかつたのでした。そして、静かな家の前を、やがて通りかゝる自動車の音がすると、わざ〳〵ドアーを開けて、覗いて見た物好きもありました。

　私が、喫茶店を出た後にも、まだ二三人が残つてゐました。私は、青褪めた、春の夜の空を仰ぎながら、宿へ戻つたのであります。もう、宿の人達は、眠入つてゐました。

　室にはいると、花の香気が、鼻を撲《う》ちました。私は、手探りで、電灯をつけました。机の上の花挿には、ライラツクの娘の持つて来た薔薇や、フリヂヤの花が明暗を描いてゐました。私は、その花の上に、顔を押しつけて思ふ存分に、それ等の花から発散する香気を吸はうとして、その刹那、ぎよつとしたのです。黒い細い紐のやうなものが、花瓶を巻いて半分花の中に隠れてゐるのを見ました。何だらうと、よく見ると、曾て、見たこともないやうな、黒い小さな蛇でした。

　私は、咄嗟に、机の抽斗の中から、小刀を取出して切らうとしました。すると、この小さな黒い蛇は、赤い口を開けて、らんらんたる眼で、自分の敵をば睨んだのであります。

　私は、この事実から、忌はしい暗示を受けました。それが、払拭することのできぬ汚点となつて、心の上に染み込んだのです。もし私が、知識階級的の臆病さと利己心がなかつたら、凶《わる》い幽象《いうしやう》などに解しなかつたであらうが、何となく、将来が見透されるやうな気がして、ついに、娘に向つて、「物質上の幸福を与へることが出来ると思はないから」と、いふ理由で、結婚を拒否したのでした。ちやうど、私は、大学を出たばかりでありました。そして、直に、職に就て関西へ行つてしまひました。

震災後の東京は、一変しました。喫茶店のあつたあたりには、幹線道路が走つてゐます。噂に依ると、彼女は、その後、金持の妾になつたとか。しかし、貧乏技師の妻であるより、その方が幸福だつたか知れません。こぶしの花が咲く頃になると、私は、そんな昔話を思ひ出します。

天長節

昭和9（一九三四）年

ケフハ　日本ノ国ヲ　シロシメス　テンノウヘイカ　ノ　オウマレナサレタ　メデタイ日デス。

「ドンナニ　東京ハ　ニギヤカダラウ」ト　イツテ、武チヤンノ　オ父サンハ　朝ハヤクカラ　日ノ丸ノハタヲ　ゴモンニ　オタテニナリマシタ。

今年ハ　大雪デ、花ガスコシオクレテ　土手ノヤヘザクラガ　イマ　サカリデシタ。

ガクカウニ　シキガ　アルノデ、花子サンガ武チヤンヲ　ヨビニキマシタ。

「オヒルニ　アカノゴハンヲ　タイテオキマスヨ。カヘツタラ、花子サンモ　イラツシヤイネ」ト、ミオクリナガラ　オ母サンガ　オツシヤイマシタ。

ヒトリモノノ　ヘンクツヂイサント　村デイハレル　太吉爺サンノ　スム　水車場ノマヘヲトホルト、ハヤ　チヤント　ワラヤノ　ノキニ　日ノ丸ノハタガ　デテヰマシタ。

「サスガニ　日本人ダナ」ト、カンシンシテ　フタリハ　カホヲ　ミアハセマシタ。

ガクカウデ、フタリハ　オルガンニ　アハセテミンナト　君ガ代ヲ　ウタヒマシタ。サウシテ、テンノウ　ヘイカ　バンザイヲ　トナヘマシタ。

カヘリモ　マタ　ナカヨク　イツシヨニ　カヘリマシタ。

学校の帰り道

昭和9（一九三四）年

1

正吉はぼんやりしてゐました。先生が、読本をお出しなさいとおつしやつても、本を出しませんでした。席を並べた武夫は、声を出すと、先生に叱られると思つたので、だまつて、机の中から、読本を出してやらうとすると、いきなり、正吉は武夫の頭をなぐりました。

「本を出してやらうとしたんぢやないか。」

と、武夫も、正吉の頭をなぐりました。

時間中にかゝはらず、二人は取組み合をはじめました。

「こら、何をしてゐるんだ。」

と、先生は、怒鳴つて、いそいで教壇から降りていらつしやいました。

「山本が、いらんことをするからです。」

と、正吉がいひました。

「本を出さないから、出してやらうと思つたんです。」

と、武夫がいひました。

先生は厳しい顔付をして、二人の顔を見並べてゐられたが、

「時間中に、本も出さんで何をしてゐたんだ。」

と、今度は、正吉だけをぢつとお睨みなさいました。

正吉は、下を向いてだまつてゐます。

「きこえなかつたのか？」

「はい。」

「小田君は、ぼんやり何か考へてゐたんです。」

と、武夫がいひました。

先生はそれと同時に、武夫の顔をぢつとごらんになりました。

「時間中に、なぐり合をしてい丶と思ふかね。」

「僕が、本を出してやらうとすると、小田が先に私の頭をなぐつたのです。」

「いらんことをしなくてい丶。」

「注意してやつたのです。」

「なぜ手を出すのだ。」

「しやべれば、やかましいと思つたからです。」

先生は、二人の少年の顔をながめてゐられましたが、独りうなづきながら、

「これから、気をつけんといけないよ。」

と、いつて、そのま丶教壇へ戻られたのでした。

平常から仲のい丶山本と小田は、すぐに顔を見合せてにつこり笑ひました。

次は理科の時間です。先生は用事があつて、教員室へ行かれた、留守の間の出来事でした。

「僕、玉虫捕つたんだぜ。」

と、正吉は、武夫に話かけました。

「お見せ。」

と、武夫がいひました。

「学校の運動場で、それは綺麗だよ。お家へ帰つて、毒瓶に入れてから、標本を造らうと思ふのさ。」

「飼つてお置きよ。砂糖をやれば、食べるだらう。」

「かぶと虫といつしよにしてもいゝかね。」

と、正吉がきゝました。

「いゝだらう。」

武夫は席をはなれて、傍へ来ました。正吉は、机の抽斗を開けて、紙包を出しました。けれどその中は空になつてゐて、虫はゐませんでした。

「あつ、どこへ行つたらう。」

と、正吉は、抽斗の中を掻きまはしてゐました。

「逃げたの。」

と、武夫も、いつしよになつて、

「下へ落ちて、そこらを這つて、逃げて行つたかな。」

と、二人は玉虫をさがすのに夢中でした。

「玉虫?」

と、まはりの生徒たちが、めい〳〵に頭を机の下へ突込みました。

この時、教室に入つて来られた先生は、突然、

「君等は、何をして騒いでゐるんだ。」

と、大きな声でいはれました。みんなの眼が、正吉と武夫の方を向くと、

「また小田と山本が、何かはじめたのか?」

二人は、だまつてゐました。

「よし、小田こゝへ来い。」

先生はもはや我慢が出来なかつたのです。けれど、正吉は行きませんでした。

「紋白蝶。」

と、先生は黒板にお書きになつて、

「これを読んでごらん。」

と、おつしやいました。

正吉は立ち上りました。けれど、不意なので、どぎまぎしてゐました。すると武夫が小さな声で、

「モ、ン、シロ、テフ。」

と、教へました。よく正吉には、きゝとれません。

「モ、モ、モン、シ、ロ、テフです。」

と、正吉はいひました。

先生は真面目くさつた顔付で、

「お前は、いつから、吃りになつた。」

と、おつしやいました。

生徒達は、水雷艦長やアウト鬼をする時分に、一番元気で、よくしやべる正吉を知つてゐるものだから、これをきくと急にをかしくなつて、くすくす笑ひ出したのです。

「いゝから、こゝへお出で。」

と、先生は、重ねていはれたけれど、正吉は座についてゐて動きませんでした。命令をきかぬので、先生は無理にも従はせようと、傍へやつて来て、席から引張り出さうとしました。

「いやだ、いやだ。」

と、正吉は頑張つて、机にしがみついてゐました。しかし、つひに力が足らずに、ドタ、ドタと、引摺られて、廊下へ立たされてしまひました。

武夫は、自分はどうなることかと、俯向いて本の上に眼を落してゐたが、先生はそれなり理科のお話をおつゞけになつて、別に叱られもせずにしまひました。武夫は、心の中で、小田一人が立たされて、自分は何ともないのをすまないやうに感じてゐました。

そのうち鐘が鳴りました。正吉はまだ廊下に立たされてゐると、休みの時間なので、みんなが来て、面白いものでも見るやうに、正吉の顔を覗くのでした。女の組のものまで、わざ〳〵用事もな

いのに前を通つたのです。正吉は時々顔を上げて、怖しい眼付で、前を通る者を睨みました。

「正ちやん、もうい丶よ。早く運動場へ行かうよ。」

と、其処へ、武夫が正吉を引張りに来ました。

「だつて、叱られるだらう。」

と、正吉は容易に去らうとしません。

「こんど体操だから、先生はもう叱りはしないよ。」

「さうかしらん。」

二人は、糸から離れた凧のやうに、自由に彼方へ駈けて行きました。

2

草木は日の光りに、ぬれたが如く、きら〳〵と照らされてゐます。むぎわら蜻蛉や、しほから蜻蛉が、羽をかゞやかして、低く飛んでゐます。そして、思ひがけぬ、子供たちの声に驚いて、すいと横の方へ反れて行きました。ランドセルに草履袋、お弁当などを投げ出して、武夫と正吉の二人は、草の上で、相撲を取つてゐました。

「ずるいや、手がちがつてゐるのだもの。」

と、いま負けた正吉が、武夫に抗議したのでした。

「君こそずるいや、勝てばなんだつてい丶だらう。」

「ぢや、もう一ぺん取らう。」

「よし！」

二人は、また組合つて、互に顔を真赤にしてヨツチ、ヨツチと揉み合つてゐました。ちやうど、そこを通りかゝつた、みつ子さんが、

「あら、正ちやん、また道草をくつて、お母さんに叱られてよ。」

と、いひました。

こんどは、武夫の負で、正吉は、得意でありました。

「武ちやん、三番勝負にしやうか。」

「こんど勝つたものが、ほんたうに勝つたんだぜ。」

と、武夫は、土を払ひ落しながら、足に力を入れて、土俵を踏む真似をしました。

「正ちやん、土がついてゐるわ。」

と、みつ子さんが、正吉の背中を見て笑ひました。

「いらんこつたよ、みつ子ぺいの馬鹿つ！」

「いゝわ、学校で立たされたことをいふから。」

「いつたら、明日学校へ行つて、泣かしてやるからな。」

正吉は、追ひかける真似をすると、赤い毛糸の草履袋をぶら〳〵さして、みつ子さんは、逃げて行きました。

「あいつ、生意気だね。」

と、武夫が、いひました。

「おしやべりだよ、その癖、よわくてすぐ泣くんだぜ。」

「もう、行かうか。」

「川の方を歩いて行かうか。」

二人は、わざ〳〵川の流れてゐる方へ廻つて遠道をしました。川には、水が少なくて、半分砂原になつてゐました。月見草の黄色な花が、夢のやうに、ところ〴〵に咲いてゐます。

「正ちやん、この橋の欄干を渡つて見ないか？」

と、武夫はこの頃、普請をした、新しい欄干を指しました。

「落ちたら、怪我をしないかな。」

「僕、渡つて見ようか。」

「あゝ、武ちやん先にお渡りよ、その次に僕渡るから。」

「こんなとこ、走つたつて大丈夫だらう。」

と、いつて、武夫は、持つてゐる道具を橋の上へ置いて、ランドセルを負つたまゝで欄干の上を渡りはじめました。

この頃、午後になると、西の空から、白い雲があらはれます。けふも、先程、相撲を取つてゐる時分、もくら〳〵と大入道のやうな頭を、彼方の林の上へによつとつき出してゐたと思つたのが、いつの間にか、青い空の三分の一まで拡がつてゐました。

「ブツ、ブツー。」

と、笛を鳴らして、黄バスが三丁と隔たらぬ向ふの道を、砂塵を上げて走つてゐました。

武夫は下を向いてゐる頭を上げて、ふとその黄バスを見た瞬間です。ぐら〳〵と眩しい日光のために眼まひがして、足が宙に浮いたかと思ふと、アツといふ間に、下の川原へ落ちたのであります。

「武ちやん！」

と、驚いた、正吉は駈け寄つて欄干から下を覗くと、武夫の体は、下の方でぢつとしてゐます。

「武ちやん！」

と、二たび叫びました。同時に正吉は肩にかけてゐるランドセルを外して、手に持つてゐるものをこと〴〵く其場に捨てると、自分も、川原を目がけて橋の上から飛び下りました。

そんなに高くなかつたけれど、正吉は勢が体に加はつて、はげしく両手を土の上へ突きました。

「大丈夫？　武ちやん。」

と、正吉は、自分の痛さを忘れてきくと、うなつてゐる武夫の口のあたりが鼻血で赤く染つてゐます。

「武ちやん、起きられる？」

と、正吉は気をもみました。

「……」

「だめ？」

「……」

「大丈夫？」

「うん。」

武夫は、起き上りました。正吉はやつと安心して、ポケットから紙を出して、鼻血を拭いてやりました。

「僕、背負つて上げやうか。」

正吉は、背を屈めて、武夫を背負いにかゝると、

「独りで、歩けるよ。」

と、武夫は、跛を引きながら、岸の方へ歩きはじめました。

「辷《すべ》つたんだね。」

「上を向いたら、眼がくら〳〵としたんだ。」

「あんなとこ、僕なら、ほんたうに走つて見せるのに。」

と、正吉は、しくじつた友達を勇気づけるやうにいひました。

「だつて、眼がまはつたんだもの。」

と、武夫は苦笑しながら、言訳けするのでした。

「急に顔を上げると、眼がまはるよ。」

3

「オイ、なんともなかつたかあ。」

と、頭の上で叫んだものがあります。見ると、屑屋のお爺さんが、籠を負つて立つてゐました。

橋の上には、二人の草履袋や、正吉のランドセルが置かれたまゝになつてゐました。そして、あまり人通りがなかつたので、事件に注意する者もなかつたのでした。しかし、お爺さんだけは、すべてを見て知つてゐるやうです。

「どこも、ひどく打たなかつたか、あぶないことはするもんでねえ。」

と、お爺さんは、心配さうな顔付をしてゐましたが、別にたいした怪我もしなかつたと知ると、笑ひ顔になつて、喜んでゐる風でありました。

「お爺さん見てゐた？」

と、武夫がきまり悪さうにきゝました。

「見てゐたとも。」

お爺さんは、正吉を指して、

「この坊ちゃんが、飛び降りたのを見て、元気に驚いたよ。」

「水がなくてよかつた。」

と、正吉がいひました。

「お前達二人は、仲好と見えるな、それでも喧嘩をすることがあるかい。」

と、お爺さんが、きゝました。

二人は、今日学校でしたことを思ひ出して、顔を見合つて笑ひました。

「喧嘩をしてもいゝから、かうして助け合つて行きなよ。」

「僕たち、喧嘩をしても、すぐ直るんだ。」

「さうとも、それがいゝ。人間は、生きて行く上には、いゝお友達が必要だ。」

と、お爺さんは、いつて、何か考へてゐたやうです。

武夫は膝頭から出る血を、紙で拭いてゐました。

「おゝ、そこも怪我をしたか、何か縛るものがあるといゝな。」

と、お爺さんは担いでゐる籠を下しました。

「僕、手拭で結ぶよ。」

武夫は手拭を出して、二つに裂きました。そのはづみに、磁石がバタンと地面へ落ちたのです。

お爺さんが、拾つて、

「いゝ磁石だの、学校で使ふのかい。」

と、いひました。

「まだ、学校で磁石のところは、習はないけれど、僕、砂鉄を取つて遊ぶんだもの。」

と、武夫は答へました。

「成程な、今の子供は、利口になる筈だ。」

と、いつて、お爺さんは、懐から、同じやうな大形の磁石を出して見せました。

「お爺さんも、磁石を持つてゐるのだね。」

と、二人の少年は、不思議さうに、それをながめたのです。

「商売をはじめたころ、これを持つてゐなかつたので、損をしたことがあつたよ。」

「ごまかされたの。」

「さうなんだ、銅メッキの鉄棒を、銅と思つたんだ。」

こんないゝ人を、気の毒にと思ひながら、正吉も、武夫も、欄干に凭《よ》りかゝつて、お爺さんをながめてゐました。

お爺さんは、その時のことを思ひ出すやうに、皺の寄つた黒い顔を、手で撫でまはして、橋の上にかゞみながら、

「ラヂオのアースに使つたといふから、ほんたうと思つたのだ。それに、商売を始めたばかりで、人のいふことはなんでも信じたものだから。」

「石で擦つて見なかつた?」

と、武夫がきゝました。お爺さんは、煙管《きせる》に火をつけて煙草を吸ひました。

「それは、やつて見たのさ。しかし、厚くメッキがしてあつたと見えて、分らなかつたよ。」

「磁石があれば、すぐ分つたんだね。」

「それから、磁石をはなさないでゐる。注意の足りないのは、こつちが悪いのだ。世間には、不正直な人間ばかりでもないが、なか〳〵油断はできない。」

と、お爺さんがいひました。

二人は、長いこと、生活と戦つて来た、お爺さんの方を見て、この後、この正直な老人のごまかされることのないやうにと心に祈つたのであります。

「もう、道草をとらんで、さつさとお帰りよ。」

「お爺さん、左様なら。」

二人は、橋の此方へ、お爺さんは、彼方へと渡つて、互に別れて行きました。

春蚕《はるこ》ガ　カヘリマシタ

昭和9（一九三四）年

キノフ　ケフノ　アタタカサデ　タネガミノ春蚕ガ　カヘリマシタ。

「マア　コノ　小サイノガ　ミンナ　オカヒコニナルノ。」ト、花子サンガ　キキマシタ。

「サウデス。イマ　クロイケレド、ダンダン　大キク　ナルト　白クナリマス。正坊モ　モウ　手ガ　カカラナク　ナリマシタカラ、私ノ　ウチデモ　コトシカラ　オカヒコヲ　カフコトニ　シタノ　デス。」ト、オカアサンガ　オツシヤイマシタ。

オトウサンハ　鳥ノ　ハネデ　ツクツタ　ハケデ、カゴノ　中ニ　シイタ　シンブンシノ　上ヘオカヒコヲ　オトシマシタ。

「カウ　スルノヲ　ハキタテト　イフノ　デス

ヨ。」ト　オカアサンハ　ヲシヘテ　クダサイマシタ。サウシテ　桑畠カラ　ツンデ来タ　ヤハラカサウナ　ワカバヲ、タベヨイヤウニ　キザンデヤリマシタ。

「サア　ケサカラ　コドモタチハ　コノ　ヘヤヘハイツテハ　イケマセン。」ト　イツテ、オトウサンハ　シヤウジノ　ヤブレヲ　ハリ、カベノスキマヲ　フサギ、ヘヤヲ　アタタメル　タメニヒバチヲ　イレマシタ。

「赤チヤンダカラ　ダイジニ　スルノネ。」

「イイエ、ヨワイ　虫ハ、スベテ　サムサヲ　キラフカラ　デス。」

「イツ　マユヲ　ツクルノ。」

「四ミント　イツテ、七日メニ　一ドヅツ　桑ヲタベズニ　ヤスムノガ　四タビ　カサナルト　マユヲ　ツクルノ　デス。ダカラ　一月メニ　ナリマスネ。チヤウド　春蚕ガ　ヲハツタ　ジブン、田ウヱデ　マタ　イソガシク　ナリマス。」ト、オカアサンハ　オツシヤイマシタ。

　アル日　学校ノ先生ガ、日本ノ　キイトハ　セカイヂユウデ　一バン　シナガヨク、コレニ　マサルモノガ　ナイト　オハナシニナリマシタ。ソノ時　花子サンハ、オカアサンノ　オハタラキニナル　スガタガ　目ニ　ウカンデ、ジブンモ　オウチヘ　カヘツタラ　オ手ツダヒヲ　シテアゲマセウト　オモヒマシタ。

晩春

昭和9（一九三四）年

白いうす雲が、空を飛んで、新緑の森が、転がるやうに地平線に浮き出てゐました。そして、湿つぽい風が、なんとなく旅愁をそゝつたのでありました。

「さうだ、幾年前だつたか、この道を左に入つて山の麓のお寺へ、藤の花を見に行つたことがあつた。ところが、見事だときいた藤の花はさ程でなかつたけれど、昼間ですら時鳥《ほととぎす》が鳴き、駒鳥が鳴いてゐて、うつとりとそれに聞きいつたのであるが、もう一度、あの寺をたづねて見ようか知らん。」

と、Sは歩きながら思ひました。彼は、風土史の研究家であり、かうして水郷となく、また平原地方となく、方々を旅行したのであります。

「この前も、ちやうど今頃だつたが。」

と、その時、歩いた道を思ひ出さうとしたのです。けれど、どの道であつたか、同じやうに左に折れる道がいくつもあるので、間違へば、思ひも寄らぬ知らない村へ行つてしまはなければならぬのです。

幸《さいはひ》、あちらから来かゝる百姓がありましたから、近づくのを待つて、寺へ行く道を問うたのでありました。

「いまは、その藤の木は、枯れてしまつてありませんぞ」

と、百姓は答へました。

「どうして、また、あの大きな藤が枯れてしまひましたか？」

「何、手入をしないから、根許が腐つたんだんべい。」

Sは、思ひがけない言葉をきいて、すべてのものに終りのあるのを感じました。

「だが、今でも時鳥が、昼間鳴きますか。」

と、たづねたのです。

百姓は、被つた笠の下で、眼をしよぼ〳〵さしながら、

「小鳥も、ゐなくなつたの。この頃、時鳥も駒鳥も鳴いたのを、私らもきいたことがない」

と、答へました。

「小鳥のゐなくなつたのは、それは、どうした訳ですか？」

「村の猟師の伜が、鳥捕りの名人での、この近辺の山々を荒すもんだから、鳥が知つてゐて、さつぱり来なくなつたとしか思へない。」

「あんなにゐた鳥が、さういふこともありますかね。」

彼は、風土と人情の関係について、また昔から歌はれて来た俚謡などに対して、少なからぬ興味を覚えてゐたのであるが、自然と人との関係についても、またかうしたことがあり得るものかと感慨なきを得なかつたのであります。

「それなら、寺をたづねる必要はない」と、思ひました。

「花なら、K町の大安寺の牡丹が、いま盛りだから是非見ていかつしやい。これなら、わざ〳〵廻り道しても、見て行くだけの値打があるから。」

と、百姓は、教へてくれたのでした。

急ぐ旅ではなし、牡丹の花を好きなSは、まだ、さう沢山咲いてゐるのを見たことがなかつたので、K町へ寄つて見る気になりました。

いつしか雨となつて、町へ入る頃には、煙るやうに細かな雨が、すが〳〵しい若芽に降り注いでゐました。

彼は、一夜をこの町に泊らうと思ひ、宿屋をさがしました。そして、黄昏方に、大安寺の門をくゞ

つたのであります。雨はちやうど小止みとなりました。牡丹畑には、不思議な明るさが漂つてゐました。それ等の美女は、重たげに涙ぐみながら嬌笑を含んで、幾分か首垂れて立つてゐました。淡紅のもの、真紅のもの、中には紫が深くて、黒くさへ見えるやうなものもあつたのです。

しかし、雨のせいか、幾人も此処に来て、これを見ようとするものがありません。花たちは、それを怨んでゐる如くでした。そして、わざ〳〵遠くやつて来てながめてくれた人に対して、無言のうちに感謝の意を捧げてゐるやうにさへ思はれました。

彼は、少年の頃、読んだ、支那の詩を頭の中に想ひ出してゐたのです。寺門を去つて、宿屋へ帰る道すがら、なんとなく自分がその詩中の人であり、このみすぼらしい田舎町が、昔の洛陽であり、しかも何処か近くに河が流れてゐて、月明の空低く、櫓声がきこえて来るやうな、また、自分は、牡丹の花に対して、青春の逝くのを悔いてゐるやうな気がしたのでした。

「待てよ、子供の時分に、この詩から受けた印象が、わざ〳〵私を此処まで連れて来たのでなからうか？　もし、この詩を読んでゐなかつたら、私は、牡丹の花について、案外無関心であつたかも知れない」

Sは、自然と人との関係ばかりでなく、さらに芸術と人との関係をも考へたのであります。

どこの学校か知らないが、宿に帰ると、遠足の学生でいつぱいでありました。Sは、これでは、夜安眠が出来ぬのではないかと気遣はれました。すると、夕飯の終つた頃、主人がさも恐縮さうに顔を出して、合宿をお願ひできないだらうかと頼んだのです。それに対して、Sは断らずに承知してやりました。知らぬ人と泊り合はすのも、また何かの縁であらうと思はれたからです。

やがて、案内されて来た人を見ると、商人とも、また田舎の村長とも、学校の先生ともつかぬ様子の男でした。

しかし、話をすると、人慣れがしてゐて、なか〳〵面白味のある人物です。自分では宗教家だといつてゐました。なんでも新しい宗教らしく、名をいつたが、めつたにきいたことのないものでした。

「では、宗派をひろめに、かうしてお歩きなさるのですね。」

「いや、方々で私を待つてゐてくれますので、明日は山の方へ入つて行くつもりです」

Sは、人といふものは、地勢や、その境遇によつて、生活を左右されるといふことは知つてゐるが、たゞ観念的な教義などに容易に感化されるものかと疑つてゐましたから、

「宗教といへば、やはり、神を信ずるんでせうが、今日の人間は、却つて、知識が邪魔しないものでせうか」と、たづねました。

この宗教家は、年齢の上では、まだSとはたいして相違はなかつたのだが、

「さうおつしやるのは、貴下が、まだ神を要求なさらぬからです。たとへば、国と人との関係、親と子との関係、これ程、本能的であり、また単純、素朴のものが他にありませうか。それを複雑なるもの、如く考へるのは、人間自からが築いた墻壁《しやうへき》です。しかもこの墻壁を科学と呼び、文化といつてゐます。人間即ち、百姓や私達が、この人間の造つた文化で救はれなかつた時に、神に縋るのに何も不思議はない訳です。貴下は、いまのいかなる科学が、苦痛のどん底にゐる民衆を救つてくれるとお考へですか。こゝまで突きつめると神に縋るより他はありません。」

「神が、果して救つてくれますか?」

「救つてくれます。普通の人間は、常に自分を中心にしか考へぬものです。たとへば、貧乏といふことを考へ、またこれに同情をするとしても、到底、普通の人では、いま餓死せんとしてゐる者の、そこまでは考へぬものです。だから、生死の界にある人間のみが、神を信ずるのも、そこです。神は、奇蹟も示しますが、まあこの話は別として、人間が、現実で神を信じますのもさう遠いことではありますまい」と、男は、いひました。

翌朝、Sは、この宗教家と別れを告げました。

過去のことは、一切が、何事によらず原因と結果があつて、生起し消滅したのであるが、恐らく将来と雖もこの理《ことはり》だけは同じでありませう。たゞ人間には明日を知る、小鳥程の叡智をも持たないと、Sは考へて、晩春の自然をながめたのであります。

銀狐

昭和9(一九三四)年

はたけの中に一本の林檎の木があつて、真白な雪のやうな花が咲いてゐました。どこから飛んで来たものか、沢山の蜂が小さな羽で唄をうたひながら、木のまはりに集つてゐました。

「いゝ香ひがするね」

Kは、まだ少年でした。この景色をなつかしみながら、湿つた小道を歩いて、花に近づきますと、Sが手に光る切物を持つてゐました。

「どうするの、小父さん」

少年の胸には、何かしら、驚きにちかいものが感じられました。

「毎年、花ばかりで、実を結ばないから切つてしまはふと思ふのだ」

「小父さん、かあいさうぢやないか」

と、Kは、強くいつたのです。

「なに、いゝ芽を接木するのだ。坊が、もう五六年もたつて、大きくなつた時分に見な、沢山大きな実を結ぶから」

かう、Sは、答へました。かすかな木を挽く鋸の音が、静かな空気の裡にひゞきました。それとも知らずに、蜜蜂たちは、その音と調子を合せるやうにうたつてゐました。そして、何事が起りつゝあるとも解せずに、いつまでも夢の世界に、まどろむものゝ如くでありました。

突然木が倒れて、いまゝであつた、木の姿がなくなつた時、蜂達は、驚き、慌てました。やがて、それが憤りに変つたと見えて、少年を目がけて飛んで来るのもあつて、Kは、其処から逃げ出しました。しかし、その時の心の中は、蜂を怖れたよりも、瞬間に、地上からなくなつてしまつた、雪の如く咲き、人なつかしく香つた木の姿が、何処へか消えてしまつたといふ事実であります。

Kは、遊びにまぎれました。また、算術や読書に気を取られました。その後、林檎の接木がどうなつたかといふことも、それが伸びて、以前にもまして、見事な木になつたといふことも知らなかつたのです。

十五六となつて、同じ初夏の頃でした。Sの家の畑に、紙の袋を被せた林檎の実があまり脊高くない枝から、いくつもぶら下がつてゐるのを、道を通る人々が指して過ぎるのをKは見ました。

「成程、小父さんはえらいな」

と、Sが、花の咲いた木を切つて、接木をした、遠い日のことを思ひ出して、感歎したのでありました。

その小父さんは、それから間もなく村から出てしまひました。旅へ行く人は、何をか求めてゐるといふことを少年の心にも悟らせました。そして、その後、Ｋも町の学校へ行つて学ぶやうになりました。卒業をして、再び村へ帰つて来た時は、理想に燃える青年となつてゐたのであります。

ある日、小山に上つて、ぼんやりと彼方を見てゐました。新緑の出揃つた松林は、眼の下になつて、青い、青い海が入江のごとく食ひ込んでゐました。もとより、そこには淋しい漁村があるのです。海岸線に添つて、汽車が走つてゐました。

それを見た瞬間、彼の頭の中に天来の即興となつて閃いたものがあります。同時に、彼の眼は輝きました。

その後といふもの、彼は、毎日のやうに、小山に上つて海を見下してゐました。うすく曇つた日の午後でした。

「あ、蜃気楼が？」

彼は、かう叫んで、飛び上りました。そこには、美しい近代的な街があり、自動車が疾走し、林の如く立つた煙突からは、煙が上つてゐました。けれど、その景色は、たちまちにして、消えてしまつたのです。

「築港をすれば、街が出来る。そして、この近傍には、港らしい港がないから、船は、みんなこゝに集つて来るだらう。なんで、これが空想なもんか。」

かう、彼は、自分に向つて、強く言ひました。百万円の資金があれば、それは立派に実現がされる。十万円づつ出す金持が十人あればいゝのだ。たつた十人、この沢山な金持のゐる世の中に、何であらう。そして、社会の利福のためにと思ひました。

人生の事は、何一つ思ふやうになるものでないといふことが、Ｋにも分る時が来ました。たとへ十人が百人、百人が千人に頼つても空しかつたのでありました。その間には戦争といふやうな予期しなかつたことが起りました。また週期的にめぐつて来る不景気といふやうなものにも出遇ひました。また、彼自から病気になつて倒れたやうなこともあります。

いつしか、彼は、港を造るといふことを生涯の理想とするやうになりました。あの、曾て蜃気楼に見たやうな、美しい街が、港を取り囲んで、この海岸に出現したら、その時、自分は死んでもいゝと考へました。

彼は、親から譲られた田畑も運動費のために使ひ果してしまひました。その頃になつて、はじめて、土地の人達は彼のいふことに耳を傾けるやうになりました。また、ある人達は、小山に上つて、あてもなく、海の上に蜃気楼の現はれるのを望んだのでした。そして、またKは、畢竟これ等の人達の協力がなければ、実現出来ぬことが分ると、金力以外の精神的なものを覚るやうになりました。文化的に眼覚めていつた人達は、新しい港を持つといふことが共同の理想であり、民衆の利福であると悟つた時に、Kだけのものでなく、土地だけの問題でもないがために、政治の機構に頼らなければならぬと知りました。

「新しい、港が生れる」

それは、もはや、時の問題にすぎません。そして、文化を慕ふ者、巨利をつかまんと望むもの、また、それによつて何事かを目論まんとする者には、すでに、港は心の上に存在となつて、煙は上り、汽笛はひゞき、活気に満ちた街の姿が、ありくと眼の前に彷彿したのであります。

雲が低く流れて、冬の迫つた日のことでした。Kは、街の店頭に、陳列された、青狐、黒狐、銀狐、赤狐等の毛皮の襟巻を見ました。その一つの値で、七八百円するのもあつたのです。

「いつたい、どんな種類の人間が、これを買つて頸に巻くのだらうか」

彼は、本能的にさう思ひましたが、よく見てゐるうちに、いつしか、その美しい毛並に魅せられてしまつて、

「どこに、こんな美しい狐が棲んでゐるのだらう?」

と、感歎したのでした。

その後のこと、すでに老人となつたSが、北海のさびしい無人島で、これらの狐を飼養《しよう》してゐるといふ話をきいたのであります。もとより、資本家としてゞなく、番人として。誰でも知るやうに、極寒の処程、動物の毛は密になり、また天然の麗はしい光沢を増すものです。

築港の死活が、財閥の手に移つてからは、いつしか、Kの名も忘れられて行つたのです。

ちやうど林檎の花の咲く頃でした。いまは風土記の研究に自分を忘れてゐるKが、久しぶりで故郷に帰つた際、東京から実地測量に技師が来るといふので土地では大騒ぎをしてゐました。

「かうなつたのも、みんなKさんのお陰ですから、築港が成就した暁には、あなたの記念碑が建ちますよ」

と、村の人がいひました。けれど、彼には、それが他人の事のやうに聞えました。彼は、なつかしい山へ上りました。そして、木の根に腰をかけて、孤独な海の上を漂つて行く白い雲を見ながら、S爺さんのことを思ひ出してゐたのです。

彼だけが、何等求むるところなく、たゞ発見と創造の喜びに浸る、S爺さんの魂を理解することが出来るやうな気がしたのでありました。

帽子　ノ　日オホヒ

昭和9（一九三四）年

「オ母サン　明日カラ　帽子ニ　日オホイヲ　カケテ　行クノデス。」ト武チャンハ　学校カラ帰ルト　イヒマシタ。

「サウデスネ、ツケテオイテ　アゲマスヨ。」トオ母サンハ　オ仕事ヲ　ナサリナガラ　オッシャイマシタ。

「新シイノヲ　買ッテ　ツケテ　クレルノ。」

「イエ　去年ノガ　アリマス。買ッタモ　オナジイヤウニ　キレイデス。」

武チャンガ　遊ビニ出テ　留守デシタ。オ母サンハ　タンスノ　ヒキダシカラ、日オホイヲ　オ出シニナリマシタ。チャント　オセンタクヲシテアイロンガ　カケテアリマシタ。

「一年生　西組」

ト、日オホヒニ　書イテアル　文字ガ、水デアラッタノデ　ウスクナリマシタカラ　オ母サンハソノ上ヲ　墨デ　ハッキリト　分ルヤウニ「一年生　西組」ト　直シテ、帽子ニカブセテオイテ下サイマシタ。

朝、武チャンハ　カバンヲカケ、帽子ヲ見テニッコリシマシタ。

「行ッテ　マヰリマス。」

元気ヨク　学校へ行クト、ラウカノ　帽子カケニハ　白イ帽子ガ　ズラリト　ナランデ　ヰマシタ。

武チャンハ、自分ノ番号ノトコロへ　帽子ヲヌイデ　カケマシタ。

偶然の支配

昭和9（一九三四）年

愛するも、憎むも、共に偶然がさうさせるのであつて、その機会なるものは、全く宿命的であるといふことを、次の話は物語るでありませう。

信濃川の流域で、沼を抱いた小さな村でありました。兵隊から帰つた、Kといふ至極強健な若者は、毎日、畑に出て働いてゐました。銃を担いで、平原を、もしくは丘陵を駆け廻はつた、当時の溌剌《はつらつ》とした気分は、かうして静かに野菜に肥料を施してゐる間にも、まだ全身を包んでゐたのです。

「何、世間に怖しいものがゐるもんか、反抗する奴はやつつけにやならん」

彼は、すべてのものを、たとへばこの偉大なる自然をさへも、この意気で征服しようと思つたのでした。

他の者が、黙々として、草を抜き、忙しく無心で鍬を動かしてゐる時に、彼は、頭を上げて、日が眩しく、野菜に反射する地平線を見渡しました。草も、木も、生命あるものは、しつとりとした夏の大気の裡に、成長を楽しんでゐるもの丶如くに見られたのです。

やがて、正午の時刻が来ました。畑や、田の中で働いてゐる人々は、空腹を満たし、少しばかりの休息を得るために、思ひ思ひに家へ引上げて行きました。

Kも、最後に天秤棒を肩にかついで、しつかりした歩調で土手の上を歩いて行きました。突然、鳥の鳴声とも、また獣物の唸声ともつかぬ、異様な鳴音をきいたのです。

「なんだらうな」

彼は、立止りました。そして、耳を傾けて、あたりをながめました。しばらくして、二たび、その声はきこえました。甚だ遠いところからきこえて来るやうでもあり、またすぐ近くからきこえて来るやうでもありました。しかし、常に、百万の敵を相手に戦ふべく空想させられた彼には、かうした場合に、少しも臆病なところがありませんでした。そのまゝ、鼻唄をつゞけながら、歩いて行きました。もし昔の弱い彼であつたら、もしくは、彼でなく、野良に出て働くより他に頭を使つたことのない男達であつたら、たゞ異様といふばかりでなく、何となく複雑な気味の悪い声に対して、もつと敏感であるべき筈であつたにちがひありません。

　けれど、怖しいことを忘れたKは、平気で道を歩いてゐました。ふと傍に、古縄の朽ちた重なりがありました。それは、後で気付いたのであるが、腐れた縄にしては、幾分色が鮮かであり、光りがあつたやうに感じたのであるが、瞬間、彼は、深い考へなしに、その縄の堆積した中心を目がけて、天秤棒を突き立てたのです。

　忽ち、堆積が崩れはじめたかと思ふと、どこに隠されてゐたものか、茶釜程の大きさのある鎌首に、らんらんとした眼玉を持つたのが、見る見る伸び上つて、Kの脊よりも高く、反対に彼を頭から見下したのでした。

「あ、しまつた……」

　彼は、はじめてかう叫ぶと、腰を抜かさんばかりに驚きました。先刻の唸声は、この蛇が、鼾をかいて眠つてゐたのだといふことが分ると同時に、昔から沼に棲むといふ、噂の怪物の正体はこれだと悟ると、急に勇気が挫けました。しかし、かうなつては、何もかも遅かつたのです。

　つい瞬間前まで、二つの生命は、無関係に、自由に解放されて、思ひ思ひに、その生を楽しんでゐたのであつたが、偶然な事件が、いま、どつちかの存在を否定しなければならぬまでに対立させてしまひました。

　人と蛇とが睨み合ひをしました。はじめは双方の眼の中に、恐怖と後悔の影がちらついてゐました。そして、どうかして、隙間を見出して逃れやう、もう一度、自分の身を安全な場処に救ひ出したいと思つたのです。しかし、生《なま》なかさう考へることが、自己の生命を危険に陥入《おとしい》れるものであると悟つた時、眼の光りは、鋭く物凄く変つて、真剣の勝負を覚悟したのでした。

　Kは、この怪物を果して人間業で為し留る事が出来るだらうかと疑つた時に、流石に頭の中に混迷を感じたが、これが、また彼の英雄心をそゝると、炎のやうな舌を吐いて見下してゐる蛇に向つて、無茶苦茶に天秤棒を振り下したのです。しかし、魔性のものといはれるだけ、蛇は巧にそれを受け流しました。

　Kの全身からは、脂汗が流れました。彼はもう助からないと覚るや、両方の脚がわく／＼とふるへて、たぢたぢとなりました。蛇は、彼の精魂が全くつき果てたのを待つて飛び付かうと舌を閃かしながら見下してゐます。

　いつしか、このことを知つた、村の人たちは手に手に棒や、鎌を握つてやつて来ました。けれど、あまりにその様子が物凄かつたので、傍へ近寄らないばかりか、後の崇りを怖れて、石一つ蛇に向つて投げるものがなかつたのでした。

　蛇の眼からも、人間の眼からも、怒りと呪ひの執念が、火となつて吹き出てゐました。そして、蛇は上からKを見下し、Kは下から見上げて蛇を睨んでゐるのが、すでに、かれこれ一時間あまりになりました。もう、Kの気力が、刻々に衰へて行くのが見られたのです。

「オイ、しつかりしろ！」

こちらで見てゐるものが、気をもんで、たゞ、かう口だけで叫ぶばかりでした。

Kは、もはや、いくら、なぐりつけても、無駄であると知ると、この上は、自分の魂ひを眼の一点にあつめて、燃えつくしても睨み倒さないでは置かないつもりで、蛇を睨んでゐました。

彼は、かうした生死の場合に、いかに仲間が無気力であるか、そして、頼みにならないかを悟りました。且つ腹立しくも、また情なくも思つたのです。かうして自分を見殺しにする仲間への面当《つらあて》にでも、自分は勝たなければならぬと思ひました。

この時、土手の下の河を遡つて来た船があつたが、このぞつとする闘争を見ると、船を彼方の岸に付けて、その老人は、だまつて見てゐました。

「若いの、棒を横に払つて、首をなぐりつけろ……」

と、船の中から、かう、老人が叫びました。

この一声は、たしかに、生死を賭して戦つてゐる彼の耳に、天啓となつてひゞいたのでした。

「さうだ、なんで、いまゝで気がつかなかつた？」

彼は、活を入れられたやうに、振ひ立つと、渾身の力をこめて蛇に一撃を喰はしました。すると、こんどは手応へがあつて、たちまち蛇のからだは、ぐたりとなりました。

これを見た刹那、Kは、飛鳥のやうに蛇の体に躍りかゝつて口に両手をかけて、厚い布でも踏み破るやうに、口から真二つに引裂いたのであります。彼の憎しみはそれでも足らなかつた。六尺にあまる二筋の蛇のからだを、天秤棒といつしよに河へ向つて投げ込むと、後は熱病患者のやうにうめきながら、土手を駆けだしました。

家に帰つて、蒲団を頭から被つて臥たけれど、蛇の眼が彼の胸深く焼きついて、三日三晩悶絶して、遂にKは死んでしまひました。

船の上から、最後の光景を目撃してゐた老船頭は、裂かれた肉の一片が水中を浮沈しつゝいつたのに、他の一片は天秤棒に取りついて、ぐるぐると巻きつきながらいつしよに流れて行つたのを見たのであります。

七月の輝かしい天地に、すべての生物が解放されて、自由に生伸《いきの》びるのを喜ぶのを見る時、この話を思ひ出すと、一種凄愴《せいそう》の感に打たれるのであるが、少くもかうした場合なぜ互に生を楽しむ者が生死を賭して相争ひ憎み合はなければならなかつたか、それが宿命だつたといへば、いへるのであります。

けれど、人間や、社会が、常に偶然といふものに支配されて、それで、果していゝものだらうか？

——三四、六——

ホシ祭　ガ　チカヅキマシタ

昭和9（一九三四）年

ホシマツリガ　近ヅキマシタ。

七月七日ノ夕ニハ、イツモ　オ母サンガ　庭ニ青笹ヲタテテ　オソナヘモノヲナサレマス。

ナンデモ　ナカノイイ　オ星サマガ　天ノ川ヲワタッテ　オアヒナサレルノダサウデス。サウシテ、雨ガフルト　マタ一年ノアヒダ　アハレナイトイフコトデスカラ、ミンナガ、ソノ夜　雨ノフラナイヨウニト　祈リマス。

マサ子サンハ　外ニ出テ　空ヲ　ナガメマシタ。モノホシサヲノ　イタダキ高ク、南カラ北ヘカケテ　一筋ノ白イ帯ノヤウニ　天ノ川ガ　音ナク　ナガレテヰマシタ。

幾百年、幾千年ノ　昔カラ、オナジ姿デ　オヂ

イサンヤ　オバアサンタチノ眼ニモ　カウシテ見エタノカト思フト　カナシクナッテキマシタ。
隣ノ　小父サンノ　セキバラヒガ　キコエタノデ、マサ子サンハ　カケテ行クト　正チャンモエンダイニコシカケテ　ヰマシタ。
「ドレガ　タナバタノ　オ星サマデスカ。」
ト　マサ子サンガ　キキマシタ。
「ドレガ、ケンギウ　ショクヂョ　カナ。」
ト　小父サンハ　スミワタッタ　空ヲ　ナガメマシタ。
サラ　サラト、木ノ葉ガ風ニナリマシタ。

後押し

昭和9（一九三四）年

文吉は、不具者と見える程、脊の低い男でした。しかし力のあることは、驚くばかりで、いつたいどこからこんな力が出て来るのだらうと、彼の働きぶりを見るものは不思議に思はぬ者はなかつたのです。

山から伐り出された材木が、船で川を下つて来る。それを陸に上げて、さらに車に積んで町へ運ぶのでありますが、彼は、船から材木を下して、材木置場に運ぶ日雇人夫でありました。

彼等の賃金は、他の仕事にくらべると、さう悪い方でなかつたが、船の着いた時には忙しいので、きまつて毎日仕事があるといふ訳でもなかつたのです。

けれど、この不定な力仕事を、全く生活の当にして、この近傍をうろつゐてゐる人夫があり、その顔も大抵きまつてゐたのは、時節柄当然のことであります。しかし、彼等には、必す雇はれるであらうといふ権利はなかつたので、すべてが、問屋の主人の自由意志でありました。

その主人は、また温情主義の持主でもなんでもなかつた。自分の気持と利益とから、誰彼を雇入るのであつて、別に契約のないことも、全く雇主の都合にあることも、彼等とて知らないのでなかつたのです。だが、文吉だけは、いつも雇はれないことはなかつた。彼ばかりは、事実に於て例外だつたのです。

「何しろ、他の者の倍は仕事をするかなら」

仲間さへ、それについて不平をいはず、むしろ蔭で底知れぬ力を驚歎してゐたのでした。

人間といふものは、案外狭い、自分等の眼鼻に触れる範囲内で、もの、価値をきめたり、また自身の幸福を見出さうとあせるものです。

これ等の人夫達や、また村の人達を相手として、お菓子や、酒や、いろ〳〵の雑貨を商ふ小店がありました。そこには嫁入ごろの娘があつたが、彼女の眼にとまつたのが、他の好い男よりも、この脊の低い文吉でありました。

「あの人といつしよにゐるかぎり、食べるに困ることはない。あの人は、醜いけれど、体の中に宝を持つてゐる。それは、はかり知れない力のあることだ。この力だけは、さう急になくなつてしまふものでない。それに、あの人はよく自分が、不具者のやうに脊の低いのを知つてゐるらしいから、きつと私を大事にしてくれるだらう」

居酒屋の評判娘が、人もあらうに、文吉の女房となつたのは、実際にみんなを呆気にとらせたのです。しかし、考へのある者は、彼女を利巧だと言いました。そして、きつとあの女のことだから、金を溜るにちがいないと、未来のことまで噂しました。

いつ直るか分らない不景気と、せち辛い世相とは、村からも、町からも、浮いた恋愛沙汰を一掃しましたが、人間同志の関係は、利益一点張りでも行かないものらしい。

結婚してから、まだ一年とはならなかつたのです。ある日、材木置場に、積み重ねてあつた丸太が転げ落ちて、文吉の片足を砕いてしまつた。これがために、傷は直つたけれど跛《びつこ》となつて、こんどは本当の不具者となつてしまいました。

だが、体の中にある宝物は、こんなことでは失《なく》せはしませんでした。それが、失ならないうちは、恐らくこの先も問屋の主人は彼をば見捨てはしなかつたでせう。船から、材木を下す仕事には、不向だつたけれど、これを車に積んで町へ運ぶのに、やはり、彼は、他の者の二人分を乗せて引いて行つたのでした。そして、女房となつた、彼女の食ふ心配は依然としてなかつた訳です。

それどころでなく、文吉が、町へ出るやうになつてから時々、魚や、また安い反物などを彼女のために土産に買つて来ました。そのことは、一層、彼女を幸福にさせたのでした。なぜ、文吉が、かうして彼女の機嫌を取つたか、それには、原因があります。彼が町へ荷車を引いて行くと、人々が、彼の奇妙な格好を指して笑ひます。はじめのうちは、其奴等《そのやつら》の失礼を腹の中で憤つて行き過ぎたけれど、あまり屢々《しばしば》であり、中でも、若い娘達が、顔に袂をあてゝ笑ふのを見ると、はじめて自分といふものが分つて、かうした不具者といつしよになつてゐる彼女に対して、何となくすまぬやうな、もつたいない気が起つたのであります。土産物は、彼女に捧げる感謝に他ならなかつたのでした。

喘ぎながら、坂を上りかける時でした。道を行く者は、見ぬ振りをして行きます。中には、残忍にも、この醜い不具者が押し潰されても知つたことでないと、露骨に感情を冷かに向けた眼の中に表はして行く者もありました。ちやうど、その時、やさしい声で、

「小父さん、押してあげよう」

と、小学校の小供等が、かあい丶手に力をいれて後押しをしてくれました。

「坊ちやん、もう、よろしうございます。お蔭で助かりました。下りる時、押すとあぶなうございますから」

文吉は、坂の上で、額の汗をふきました。しかし下る時も小供等は、車の傍から離れませんでした。そして、ずつと遠くこちらにくるまでも、哀れな人を助けなければならぬといふ、正義感のために。

「今日の荷はちつと過るが、ついて行つてくれないか。坂を押してもらいたい」

文吉は、いつか小供を材木の端にかけて、坂の下で倒したことを思い出しました。なんだか、この日は、女房に、後押を頼みたかつたのです。

彼女は、日に焼けるのをきらつて、白い手拭を頭に被り、また足袋をはいて、派手な浴衣姿で、ずつと車から離れて歩いてゐました。

「人がをかしがるのも無理はない。あの人の脊は、車の輪の高さしかないんだもの」

脊の低い、不格好な男が、跛を引きつ丶車を引いてゐる姿は、他の人が醜く見るやうに彼女にも醜く見えれば、それが自分の夫だと考へると情なく思はれたのです。

彼女は、荷車から、なるべく遠ざかつて、たゞ同じ方向に行く、別々の人やらに見せやうとしました。

しかし、誰よりも彼女の心を敏く悟つたのは文吉でありました。

「あの坂へかゝれば、黙つてゐても、後押をしなければならない」

彼は、見上げるやうに、脊のすらりとした美しい自分の女房の姿を眼に描きました。なに、あいつは気まゝに歩くがいゝ。何といつたつて俺の女房なんだから。彼は、つまらぬことを咎めまいと考へました。

坂にかゝると、文吉は思はず振向いたのでした。いつの間にか、彼女の手が車にかゝつてゐたからです。彼は、満足しました。帰りに何を買つて、喜ばせてやらうなどと、この瞬間に空想したのでした。小供たちは、今日は、知らぬ小母さんが、後押をしてゐるからと思つてか、彼を見たけれど、いつものやうに押してくれやうともしませんでした。

話声がしたので、文吉は、急に振向くと、知らぬ職人風の男が、彼女と並んで車の後を押してゐました。そして、男は、探るやうに、彼女の顔を覗き込んでゐました。あまり、彼女が車を引いてゐる不幸な夫に対して、よそ〳〵しかつたせいです。文吉は、咳払いをしました。そして、二たび振向いた時は、職人風の男は、もうゐませんでした。

文吉は、彼女ばかりでない、この世の中の虚偽と卑怯とが腹立たしくなりました。そして、黙りこくつて歩きつゞけてゐるうちに、ふと思ひついたことがあつた。

「さうだ。あいつを帰りには、車の上に乗せて、町中を引き廻はしてやらう。跛の女房がこのとほり美人だつてな」

彼方の空で、入道雲が笑つてゐました。

行水

昭和9（一九三四）年

「モウ　ソロソロ　行水ノ湯ヲ　ワカサウカナ。」ト　昼寝ヲシテ　オキラレタ　オ祖父サンガオッシャイマシタ。

日ザシガ　ダイブ　西ニカタムイテ　家ノマハリニ　木ノ蔭ガデキマシタ。オ祖父サンハ　カマドノ下ヲ　モヤシナサルト　枯レタ松葉ヤ　棒キレナドガ　ピチピチト　音ヲ立テテ　青イ煙ガスルスルト上リマシタ。トホクノ森デ　ケンケンケント　蜩《ヒグラシ》ノ鳴ク声ガ　聞エテ　オ母サンハ　晩ノオ仕度ヲナサイマス。

ソノウチニ　カマノ湯ガワクト　オ祖父サンハ行水盥ヲ　物置小舎ノカゲニ　オ出シニナリマシタ。サウシテ　カマカラ　煮立ッタ湯ヲ　盥ノ中へ　オウツシニナリマシタ。

「正坊ヤ　ヤケドヲスルカラ　マダ　手ヲイレテハ　イケナイヨ。」

ト　イッテ　水ヲ汲ンデキテ　チヤウド　イイホドアヒニ　ウメテクダサイマシタ。

「サア　オハイリ。」

ト　イハレタノデ　正チャンハ　着物ヲヌイデ一番先ニ　ハイリマシタ。

圃《ハタケ》ニハ　タウモロコシガ　シゲッテ　大キナ長イ葉ガ　コチラマデ　トドキサウデス。

ソコへ　オ母サンガ　出テイラシテ

「脊中ヲ洗ッテアゲマス。上ッタラ　センタクヲシタ着物ニ　オキカヘナサイ。」

ト　オッシャイマシタ。

ナツノアルヒ

昭和9（一九三四）年

ヨシヲサント　マサルサント　キミコサンノ三ニンハ　ナカノイイ　オトモダチデシタ。ヨシヲサンハ　ミンミンゼミヨリモ　ホオシイツクノハウガ　イイト　イヒマス。マサルサンハ　ホオシイツクヨリモ　ミンミンゼミノハウガ　イイトイヒマス。

フタリハ、ドチラガ　イイカト　イッテ　アラソヒマシタ。

キミコサンハ　アヒダニ　ハイッテコマッテシマヒマシタ。

モシ、ミンミンゼミガイイト　イヘバ、キノヨワイヨシヲサンガ　ナクカモ　シレマセン。マタ、ホオシイツクノハウガ　イイトイヘバ、キノツヨイ　マサルサンガ　ブツカモ　シレマセン。

ソコデ、キミコサンハ

「ホオシイツクト　ミンミンゼミト　フタツトレバ　イイデセウ。」ト、イヒマスト、

「ソレガ　イイナ。」ト　マサルサンガ　イヒマシタ。

「フタツ　トレバ　ジウブンサ。」ト、ヨシヲサンガ　ワラヒマシタ。

三人ハ　ナカヨク　セミヲ　サガシニユキマシタ。

バンガタ　スズミダイニ　ナランデ　コシカケテ　ヰマスト、トホクノソラデ　イナビカリガシマシタ。ミミヲ　スマシテモ　カミナリノ　オトガ　キコエマセン。

「マタ　アシタ　アソビマセウ。」ト　イッテメイメイガ　オウチヘ　ハイッテ　ネマシタ。

研屋《とぎや》の述懐

昭和９（一九三四）年

大通りから、僅か一丁と横に入つて裏通りになると、もう其処には空地があり、空地には柿の木などがあつて、寂然としてゐます。こゝに住む人達は、戦ひに負けて、追ひつめられたものや、自から店を持つだけの力がなくて、どこかの大きな店の雇はれ人となつたり、或は、工場に勤めて、朝早く家を出て、晩に帰つて来る人達でありました。そして、このあたりに、点在する小さな店は、その人達を相手とする、しがない生活者に他ならないので、下駄のはいれ、らうのすげかへ、子供を得意とする駄菓子店、この他には、空地へ、毎日のやうに午後になるとやつて来て商ひをする紙芝居などでありました。

これ等の人達は、もはや、表通の生活を羨むやうな考へはなかつたでせう。それは出来るものでもないといふ絶望からでなく、また、現在の生活にさへ喘いでゐるからでなく、さうした苦労の結果、いつたい人間は、何をこの短い一生に得ようとするかを考へたからです。

だから、眼と鼻先しか隔らない、盛り場では、どんな賑かな催しがあらうと、また其処を通る人々が、どんな華美な服装をしてゐやうと、此処の生活とは、全く無関係であつて、こゝには、未だ封建時代の習慣や古物すら残つてゐたのです。

長屋の片隅に住む、平三爺さんは、独り者の研屋でありました。狭い店頭に坐つて仕事をしながら、空地に眼をやると、柿の葉に日の光りが射してゐます。

「あゝ、大分秋らしくなつて来たな」

爺さんは、長い経験からの、彼の眼の中に染めてゐる記憶を呼び起したのであります。今時分になると、水道の水でさへ、幾分の冷気が感ぜられることも思つたのです。それが、やがて、思ひ出の新しい糸口となつて、次から次へと、かぎりない光景が、悲しみとなつかしみを混へて浮んで来るのでした。

「一生貧乏だつたな。その癖、俺は仕事を怠りはしなかつた。」

爺さんは、貧乏から抜けきらない自分が、終にその深みの中に溺れて行く姿を考へずにはゐられなかつたのです。

「しかし、女房も、伜も、かあいさうなことをした。貧乏をしても生きてゐてくれたらなあ。」

息子の新吉を生むと、間もなく死んでしまつた女房のことを考へたのでした。彼女は、まだ、若かつた。しばらくそのいぢらしい女房の姿を眼に浮べてゐると、唐突に、戦死した息子のことが、前の思ひを払ひのけるやうに浮んで来るのでした。

何もかも、すでに昔となつたが、これに対して爺さんは昨日のことのやうに、痛みと悲しみに胸をしめつけられたのです。

「死んでしまへば、灯《ともしび》を吹き消したやうなものだらう。人間の仕合は、生きてゐるうちのことなのだ。」

いつしか、爺さんの眼には、涙が光つてゐました。柿の木や、空の雲から、爺さんの眼が、砥石の上に落ちた。そして、手を動かしはじめました。けれど、それは熟練しきつた手つきが、機械的に動いてゐるだけで、頭の中にはやはり、曾ての日のことを思ひ出してゐたのです。

「私が死にましたら、こんど、うんと働く、共稼のできる女をおもらひなさい。」と、女房は、よく笑つていつた。

「俺だつて、いつまで、こんな意気地なしでないつもりだ。いまに世間の、景気がよくなるだらう。」

彼は、境遇を恨みながらも、却つて、こんな時は自分を叱るのでした。

彼女は、忠実であつた。そして、弱い女であつた。ほんたうに、女房の死ぬ時に、子供さへなかつたら、彼もいつしよに死んで行きたいと思つたのです。

泣く子供を負つて、彼は、秋の晩方、橋の上に立つてゐました。彼方の街角を、広告の旗を立て、笛を吹き鳴らしながら、チンドン屋が行きます。しかし、子供は、それを見ても泣き止まないで、母を慕ひました。

「坊やは、偉い人になるのだらう。泣くんぢやない。お母ちやんは、ああつち！」

彼は、水の面を血のやうに彩つた、西の入日の空を指しました。

新吉が、徴兵の適齢に達した時分、戦争の噂がやうやく上りはじめた。男の手一つで、これまでに育て上げたけれど、国家のためなら可愛い息子を戦場に送るのを平三はむしろ名誉と考へてゐました。けれど、新吉は、やさしい母親の血筋を受けたせいか、温順で、内気な性質でした。そして、子供の時分から殺生はきらひで、あまり人とも喧嘩をしなかつた。商店へ雇はれて、晩方家に帰ると、父親とさびしく、しかし楽しい夕飯を共にしたのであります。ある時、戦争の噂が出ると、平三は、いつもの一杯機嫌で、

「戦争に行つたら、敵をたゝき切つて来い」といひました。

人間が、互に血を流して殺し合ふといふことは、考へてさへ気の弱い新吉には怖ろしいことで

した。たゞ下を向いて、箸を持ちながら震へるのでした。これを見ると平三は怒つて、

「お国のためだ。意気地なしめが。」と、盃を膳に投げつけて砕いたのです。

「お父さん、戦争に行けば、卑怯のことはいたしません。けれど、後に残つた、お父さんのことが心配です。」

果して、新吉が、入営すると間もなく戦争が勃発しました。新吉は、現役兵として、戦地へ送られました。ある日の号外は、我が軍の勝利を報じたのですが、この時、新吉は、花々しい戦死を遂げたのでありました。

「お国のために、よく死んでくれた。かうした子を持つて俺も鼻が高いぞ。」

当座、平三は、かういつて、自からの寂寥をなぐさめてゐました。けれど、どこまで行つても、貧乏のため女房を亡したこと、戦争で子供が死んだこと、そして、今も尚ほ自分は貧乏であること、これ以外に何があつたでせう。

秋風の吹く日でした。女房や、息子の永久に眠つてゐる墓場に来て、平三は、白髪のふえた頭を下げて、

「なぜ、俺を独り置いて行つてしまつたのだ。いま、俺は死ぬには死なれない。そのうち神様が、お前だちのところへやつて下さるだらう。その時、いろいろ世の中のことを見て行つて話すとしよう。」

その日から爺さんは、人間は何のために、この世に生れて来たのだかといふことをしみぐ〜考へるやうになりました。

「いつたい人間は、死ぬまでに、どれ程の米を食べ、そして、どれ程着るものがなければならぬものか。」

考へて見れば、それは、贅沢をしないかぎり、幾何《いくら》のものでもないのでした。これまで、自分達は、贅沢をしたことがあつたらうか。しかし、働いても、働いても、足りないといふのは、どういふ訳だか分らないのでした。

「やはり、俺が、意気地がなかつたからだ。」

爺さんは、死んだ不幸の女房や、息子のことを思ふと止め度もなく涙が湧いて来るのでした。

「だが、俺ひとり、意気地がないのでねえ。正直に働いてゐる者を食べさせないといふ、この世の中の者が、みんな意気地がないのだ」

この時、カチ、カチといふ音がして、子供たちが、前をかけて行きました。空地へ、いつもの紙芝居がやつて来たのです。黒眼鏡をかけた男が、何かしきりにしやべつてゐる。小さな子供たちは、押黙つて、ぢつとその男の顔を見上げてお話を聞いてゐる。

「あゝ、あんな正直な子供達の時代になつたら、この世の中は、もう少しは暮しが楽になるかな。」

と、爺さんは、茫然とながめながら思つたのでした。

オ母サン ノ オ喜ビ

昭和9（一九三四）年

アル日 オ母サンハ 誠サンノオ室ヘハイッテ綺麗ニオ掃除ヲシヨウト ナサイマシタ。モウ夏休ミモ終ッテ コレカラ落着イテ勉強ヲシナケレバナラヌ 時節ガ 来たカラデス。

本バコノウシロニ 何カ落チテヰマシタ。オ母サンハ 取リ上ゲテゴ覧ナサルト、一年生ノ時ニ教ハッタ 読本デアリマシタ。

「ア、、コレヲナラッタンデス ネ。」ト ナツカシサウニ 開ケテ見テヰラレマスト活動ノチャンバラノ絵ハガキガ ハイッテヰマシタ。

「マア。」ト オ母サンハ ビックリナサッテ、家デハ 活動写真サヘ 見セナイヤウニシテヰルノニ 外デハ知ラヌ子供ト遊ンデ、イツノ間ニカコンナモノヲ見タリ、聞イタリシテヰタノデスネト 心配ナサレタノデアリマス。

シカシ、ソノ絵ハガキハ 古クナッテヰマシタ。オ母サンハ、コノ頃ノ誠サンガ ドンナコトヲシテ遊ンダリ、マタ考ヘタリシテヰルカ知リタカッタノデス。机ノ抽斗ヲアケルト 誠サンノ作ッタ文章ガ出テ来マシタ。コンド 学校ヘ持ッテ行クノデセウ。一ツハ

「金魚ヲウリニ来タオ爺サンガ ヨソノ 人ト話ヲシテヰマシタ。金魚ヲカアイガッテヤルト、シマヒニナレテ 手ノヒラニ乗リマスヨ トイッテヰマシタ。僕ハ アンナ小サイ魚マデガ、人間ノ感情ヲリカイスルカト 不思議ナ気ガシテ、コレカラ 生モノヲ 殺サナイト思ヒマシタ。」モウ 一ツハ

「オ母サント エンニチヘ行ッテ、ウナギヲ釣ッ

テキルノヲ見マシタ。エヲツケテ釣ルノデナク、イヤガッテ逃ルノヲ　追ヒカケテ、針ニ引カケルノデス。ウナギハ　眠ルドコロカ　少シモユダンガデキマセン。マコトニザンコクキハマルコトデス。」

オ母サンハ、誠サンノ書イタコトガ、正シイトキハレタノデ、安心ナサイマシタ。

ソコへ　外カラ　誠サンガ帰ッテ来マシタカラ「誠サン、コンナ絵ハガキガ　ゴ本ノ中ニハイッテヰマシタガ、イリマスカ。」ト、オッシャイマシタ。

「モウ、ソンナノ　イラナイノ。」ト、誠サンガ手ニ取ラウトモシナカッタノデ、オ母サンハ　本当ニイイ子ニ　ナッタトオ喜ビニナリマシタ。

からす　の　やくそく

昭和9（一九三四）年

「けふ　さとへ　でかけると　はたけのなかにかきの木があつて　まつかな　かきが　いくつもおいしさうに　じゆくして　ゐたから　さつそくおりて　たべて　きました。あなたも　こんどあちらに　でかけたら　たべて　いらつしやい」と　いちはの　めじろが　山へ　かへつて　おともだちに　いひました。

その　はなしを　きいて　もう　いちはの　めじろは　はやく　おいしい　かきが　たべたくなりました。

けれど　おてんきが　わるく　さむい　かぜがふき　つめたい　あめが　ふつて　どこへも　いかれません　でした。

やがて　いい　おてんきに　なりましたのでよく　みちを　きいて　めじろは　でかけました。

やまも　のはらも　はたけも　みんな　あかやきいろに　いろづいて　ゐました。

めじろは　をしへられた　はたけに　きてみますと　どこにも　かきは　なつて　ゐません。

「もし　もし　すずめさん　おいしい　かきのなつてゐる木は　どこに　ありますか」と　めじろは　きき　ました。すずめは

「わたしたちは　あまり　かきに　ようがありませんので　あすこにゐる　からすにきいて　ごらんなさい」と　いひました。

めじろは　からすの　ところに　いつて　ききました。からすは　めを　まるくして

「ああ　あの木に　なつて　ゐた　かきですか。あれは　わたしが　たべて　しまひました。らいねんは　あなたに　とつて　おきますよ」と　わすれんぼの　からすは　らいねんの　やくそくをしました。

しやうぢきな　めじろは　らいねんまで　まつことにして　やまへ　かへりました。

おとした　てぶくろ

昭和9（一九三四）年

ある　さむいひのことです。はなこさんと　よしをさんが　はなしをしながら　がくかうからかへりました。

「よしをさん　ほんたうに　いらつしやいね」

「おかあさんに　おさらひをして　もらつてからすぐにゆくから　まつててね」

ふたりは　なにをして　あそんだらいいかとかんがへて　きました。

さかを　おりて　みちを　まがりました。さうして　おうちが　ちかくなつたころであります。ふいに　はなこさんは

「あら　てぶくろ　なくしてしまつたわ」といつて　なきだしさうに　なりました。

みると　かたはうの　てに　あかいてぶくろがなかつたのです。

「はなこさん　どこで　とつたの」

「さつき　あつたのよ」

「ぢや　きつと　おとしたのだらう」

ふたりは　また　きたみちを　もどりました。したを　みて　あるきましたが　みつかりませんでした。

「たれか　ひろつたのかしらん」と　よしをさんが　いひました。

「わたし　おかあさんに　しかられるわ」と　はなこさんは　めに　なみだをためて　ゐました。

「もういちど　よくみて　あるかうよ」

このときでした。ちゆつ、ちゆつと　よぶやうに　すずめが　おほきなこゑで　なきました。ふたりは　びつくりして　みあげると　かたはらのぽすとのうへに　あかいてぶくろが　かたはうだ

け　ありました。たれか　ひろつて　のせておいてくれたのです。さうして　へいぜい　いしなどなげて　いぢめないから　こんなときに　すずめが　をしへてくれたのでした。
　ふたりは　げんきよく　よろこんで　おうちへかへりました。

いちばん　だこ

昭和9（一九三四）年

たけちやんが　たこを　あげて　ゐました。かぜは　ひがしかぜです。
　ひろびろとした　はらつぱで　たくさんの　こどもたちが　いろいろな　たこを　あげて　ゐました。よく　あがるのもあれば　くるくる　まはつてばかりゐて　あがらないのも　ありました。
「どうして　あがらないのかなあ」と　たけちやんは　なきだしさうに　なりました。
　このとき　じてんしやに　のつて　きた　をぢさんが　あります。ひらりと　くるまから　おりて
「どれ　わたしに　かして　ごらんなさい」といひました。たけちやんは　たこを　わたしまし

た。

「こんな　いとめでは　あがりませんよ」と　いつて　をぢさんは　なほして　じぶんで　あげてみました。

　たこは　よく　あがりました。

「それ　こんなに　よく　あがるでせう」と　をぢさんは　いひました。

　いままで　あがらなかつた　たけちやんの　たこが　いちばん　たかく　あがりました。

「をぢさん　いちばんだこに　なつたね」と　たけちやんは　よろこびました。

「ぼつちやん　をぢさんは　じやうずでせう」

「をぢさんも　ちひさいとき　たこを　あげたことがあるの」

「ありますとも　だから　こんなにうまいのですよ」と　いつて　をぢさんは　わらひました。

　さうして　この　しらない　をぢさんは　またじてんしやに　のつて　いつてしまひました。

「どこの　をぢさんだらうな　いい　をぢさんだなあ」と　たけちやんは　たこを　あげながらおもひました。

かみしばゐ　の　をぢさん

昭和9（一九三四）年

よく　やつてきた　かみしばゐのをぢさんが　このごろ　こなくなつて　ほかのあめやさんがくるやうになりました。

けれど　正ちゃんと　勇ばうは　かみしばゐのをぢさんは　どうして　こなくなつたのだらうとおもひだしてゐました。

「くろんぼ　ぱんぱんの　おはなし　おもしろかつたね」と正ちゃんが　いふと

「海のなかへ　はいつて　たからものを　とるおはなしも　おもしろかつたね」と　勇ばうがいひました。

そのをぢさんは　やさしいひとでした。おとなしく　おはなしを　きいてゐた　こどもには　おかねを　やらなくても　おくわしをくれました。

「勇ちゃんは　どうして　あのをぢさんが　こなくなつたか　しつてゐる」と　正ちゃんがききました。

「どつか　とほくへ　いつたのか　しんで　しまつたのかしれないね」と　勇ばうが　こたへました。ふたりは　あをぞらに　うかぶ　しろいくもを　みて　かなしくなりました。

あるひ　正ちゃんと　勇ちゃんは　おにいさんだちと　いつしょに　えんぱうの川へ　つりにゆきました。かへりに　はらつぱをとほると　せみのなく　すずしい　木立のしたで　かみしばいのをぢさんが　ひるねをしてゐました。ちかづくと正ちゃんは　めをみはつて

「ぱんぱんの　をぢさんだ」と　いひました。

「ぱんぱんちゃんの　おぢさんだ」と　勇ばうもさけびました。

をぢさんは　なんにも　しらず　いいきもちで
ねてゐました。ふたりは　おうちにかへると　こ
のはなしを　おかあさんや　おねえさんにして
をぢさんを　みたことを　よろこんだのでありま
す。

石

昭和9（一九三四）年

思想家の一人であつたSは、ある山間の村から講演を頼まれて、そこへ赴く途中にありました。季節は秋で、渓川に添うて崎嶇《きく》たる道を上り、また下ることは、石を見るにしろ、また紅葉を見るにしろ、自動車よりは、馬車の方がいゝと聞いてゐました。殊に、その渓川には、石が多く、山の奥から流れて来る水が、絹を裂くやうに、淙々《そうそう》として音を立て、石や岩に激してゐるといふことを聞いたゞけでも、Sの遊魂《いうこん》を誘はずには措かなかつたのです。

「石位、見てゐて面白いものがあらうか。」

ちよつと風変りの彼は、日頃から石を愛してゐたし、よく人にもさういつたのでした。彼の説に

従へば、たとへ一見平凡のやうに見える石でも、しばらく、無心にそれに対してゐると、いふにいはれぬ妙味が湧いて来るといふのです。

「あゝ、自然の姿といふものは、何にかぎらずいゝものだが、中にも石は、最も自然の姿をあらはしてゐる」と、彼は、思ひました。

また、その姿は、独り見てゐて面白いばかりでなく、いつかしらず、その形をはなれて、いろ〳〵のことを考へるところにも妙味があるといふのでした。たとへば、何年前にこの石が出来たかといふこと、そして、どうした変化によつて生れて来たかといふこと、またこの後、幾十年、幾百年、恐らく自分達の死後どれ程まで、かうして地上に存在するだらうかといふこと、石にも、生命があるといふこと、永久に、無言ではあるが、死んでゐるとは思へないこと、静かに対し合つてゐると自分に呼びかけるやうな気がすること、さういふ風に、石に関して、彼の愛着は無限であつたのであります。

「ちやうど、石を見たいと思つてゐたところだ。」

彼は、早くも、その渓川に添うて行く道の景色を想像しました。

汽車を降りてから、Sは、はやかれこれ、一時間ばかり馬車屋の軒下で、馬車の出るのを待つてゐました。見るからに痩せて、年をとり、労役に疲れた馬が、半分壊れかけた車台につながれて首垂れながら、出発を控へてゐました。けれど、親方は、先刻から顔馴染の客と煙草を吸つて話をしてゐるのです。

「この有様では、衰微するのも無理はない。」

先刻《さつき》から、たび〳〵前を走つて過ぎた、乗合自動車を見送りながら、Sは思ひました。なぜなら、余程、時間について、経済観念のないものか、また僅かな賃金の低廉を意に介する者の他は、誰しも、わざ〳〵この馬車を択ぶ者はなからうからです。

「親方も剛情だから、すぐには止めもしまいが、いつまで自動車と競争するつもりだかね。」

と、この時、相手の男が、思ひがけないことを問うたのでした。Sは、興味ある質問だと思つて、ついその方を見たのです。

「そのうち、この馬も車も駄目になるだらうよ。長いことお世話になつた車だ。俺の体の血が通つてゐるやうな気がする。この職業《しやうばい》をやめる時は、馬も俺の命もなくなる時だ」

と、親方は、力を入れて、煙管をポンと叩きました。

Sは、ぢつとして、二人の話にきゝほれてゐました。

「お前さんは、どう思はつしやる。車が人間を使つてゐるのか、人間が車を使つてゐるのか分らない世の中になつたもんだ。何しろ、安い金では、自動車だつて買へないからの、考へれば、大事にするのも無理はないが、人間や、馬の命より、命のない機械の方を大事にするちうのは、何といつたつて道理でねえ。」

「全くの話だ。鍬や、鎌だつて、長く使いなれたものは、自分の腕や、足みたいなものだ。いくら便利なものが出来ても、今更鍬や、鎌に代へられないからのう。」

「お前、この馬が、もう役に立たなくなつたといつて、打殺してしめへるか考へて見なせえ。」

「いや、世の中が変つたぞ。俺達の出来ないことを、平気でやるものが多くなつた。義理や人情はどうでも、自分等さへ都合がよければいゝ、といふやうになつた。また、それが通る世の中だからな。」

「時に、親方まだ出さないかの。」

かういふと、親方は、立ち上りました。

「さうお客さんに待つていたゞけねえ。けふは、これで、行つて帰つたらおしめへとしよう。さあ、出かけるべえ。」

かういつて、頑固の親方は、駆者台に上りました。

間もなく、Sは、馬車に揺られて、知らぬ道を通過しながら、いろ〳〵のことを頭の中で考へてゐたのであります。

科学の進歩は、人間の必要以上に、精巧にして、複雑な機械を発明するに至つたのも事実であります。その結果はどうであつたか。より以上の幸福を幾何《いくら》人類の上に持ち来たしたゞらうか。これがために、その機械を自由に使用し得るものは益々富み、栄えたけれどこれを使用するだけの力のないものは、却つて、機械のために使用されるに至つたのでした。

もし、すべてが、昔の手工時代のまゝであつたら、人間の生活は、今日のやうに、かう貧富の懸隔もなく、また大量的な失業者数もなく、比較的平和に、幸福の日を送ることが出来たかも知れません。しかるに人間の貪欲は、生産に対しても、また娯楽に対しても制限することを知らず、いやが上にも利得の増進をはかり、遂には、人間までも犠牲にして顧みないまでに至つたのです。これが果して、人類にとつて、本当の幸福であらうか。

そして、その責《せめ》の一端は、確かに知識階級にあるのを、Sは、感ぜずにはゐられませんでした。彼等は、自己の、そして、民衆の実際の生活からはなれて、知識のために知識を学んだ。そして、それを売物としたのだ。いかなる知識も人間にとつて、必ずしも平和と幸福を齎らすとは限らない。人間は、自からその生活に於て、必要なるものを学び、また必要によつて改善され、ば足りたのであります。

曾て、風の如く来り、風の如く去つた、学者や、思想家や、宗教家等に、果して、いかなる指導的な理論があつたらうか。それは、架空的であり、概念的であり、たゞ、畢竟理論に過ぎなかつたでありませう。流行に対して罵つた馬車屋の親方の言葉に深い真理があるが如く、Sは、また自分の如きものが、何をこれから行つて村の青年に話していゝかに迷つたのでした。

道は次第に渓に迫つて来ました。石塊が多いと見えて、馬車の動揺がはげしくなりました。Sは、前側に腰をかけてゐる男に向つて、

「今年の景気は、いかゞですか。」と、きいた。

「この辺は、お蚕が主ですが、それが見込みが立ちませんので、女まで、この頃山へ出て木を伐る手伝ひをしてゐます。みんなよく働きますが、この先どうなりますか、いまのところ見当がつきません。」

と、男も生活のことを気にしてゐるものか、そのまゝ下を向いて、だまつてしまいました。

すぐ眼下には、急流が渦を巻いてゐました。その水声が手に取るやうに聞えて、噂に聞いたよりも、景色が勝れてゐて、奇岩、奇石が、流を遡上つて泳ぐやうな形をしてゐました。そして、何の木の葉か知らず、沫にぬれて、鮮紅に色づいてゐたのです。

「あゝ」と、思はず、声を上げて、この風景に見とれた彼は、常に平和な自然は、いつたい誰のためにかく美しくその姿を飾るのか。不幸にして、人間は、生活の道程を過つてゐるがために、これを楽しむことが出来ずにゐるのでないかと、そゞろに自からを憐れむの情を禁じ得なかつたのでした。

貰ハレテ来タ　ポチ

昭和9（一九三四）年

コトン、コトン、音ガシタノデ　ポチハ　眼ヲサマシマシタ。

子鼠ガ　皿ノ御飯ヲ　タベテヰルノデス。

「ナンダ　コトハリモセズニ　失敬ナ。」

ポチハ　前足ヲアゲテ、ポント　鼠ノ頭ヲタヽキマスト、ビックリシテ　小鼠ハ　コロゲルヤウニ　逃ゲテ行キマシタ。ポチハ　マタ　横ニナッテ　スウスウ　眠リマシタ。

イヽ朝デシタ。義雄サンガ　ポチノ残シタ御飯ヲ　鶏ニ　ヤッテヰマシタ。ポチハ　尾ヲ振リナガラ　見テヰマスト、イツマデモ　オ友達ニナラナイ　鶏ガ　ポチヲ　ケイカイシテ、コッコ、コッコ、ト　イヒマシタ。

「誰ガ　アンナ　弱虫ヲ　相手ニスルモノカ、鶏ニヤル位ナラ、昨夜　子鼠ニ　食サセレバヨカッタ。」ト　ポチハ　思ヒマシタ。

ポチハ　コノオ家へ　モラハレテ来テカラ、マダ　間ガナイノデス。ダカラ　犬小屋モ　ナク夜ハ　物置ノ中ニ　寝ルノデシタ。イツモハ　夜ニナレバ　物置ノ戸ハ　ピッシリ閉ラレマスガ、ポチガ来テカラ　少シ出入ノ　デキル程　開ケテアリマシタ。

「今夜、鼠ガ来タラ　食サセテヤラウ。」サウ思ッテ　ポチハ　空俵《アキタハラ》ノ上ニ寝マシタ。スルト夜中頃　コト、コト、音ガシマシタ。

「マタ　来タナ。」ポチハ　シヅカニ　眼ヲアケルト、コンドハ　親鼠ト子鼠ノ二疋ガ、棚ノ上ニアッタ　芋ノ子ヲカヂッテヰマシタ。子鼠ハ　タシカニ、見覚ガアリマシタ。

「オ前、犬サンノ　御飯ナド　ダマッテ食ベテハイケマセンヨ。」

ト　親鼠ガ　子鼠ニ　言ヒキカセテヰマシタ。コレヲ　聞イタ　ポチハ　大ヘン感心シテ、

「ナント　利巧ナ　鼠タチダラウ。」

ト　ワザト　知ラヌフリヲシテ　眠ッテヰマシタ。

イツノ間ニカ　日ガ　上リマシタ。

「ポチヤ　番ヲシナガラ、鼠ニ芋ヲタベラレテ知ラナカッタノ。」

ト　義雄サンノ　オ母サンガ　オッシャイマシタ。

「ポチハ　オ馬鹿サンネ。」ト　キミ子サンモ、笑ヒマシタ。ポチハ　ホンタウニ　大事ナオ役目ヲ　忘レテヰタト　気付ト　恥カシクテ　顔ヲ上ゲラレマセンデシタ。

除隊

昭和9（一九三四）年

キノフ　マデ、テッパウヲ　カツイデ　ケンヲサゲタ　兵隊サンタチガ、ケフ　除隊ト　ナッテオウチヘ　カヘリマス。アスカラ　マタ　オミセニ　スワルモノ、コウバデ　シゴトヲ　スルモノ、田ヤハタケヘ　出テ　ハタラクモノ　イロイロデス。

栄吉ハ　二年間　グンタイセイクワツヲ　シテセイシント　カラダヲ　キタヘテ、上等兵ト　ナツテ　村ヘ　カヘッテ行キマシタ。

「ドウカ　ボクノ　カヘルマデ、ミンナ　オタッシヤデ　ヰテクダサイ。」ト　イツタ、ニフエイスル　ジブンノ　コトバガ　思ヒダサレマシタ。

「イモウトハ　ドウシタラウ。」

ト　汽車ノ中モ　カンガヘテ　ヰマシタ。村ハ　イチド　アラレガフッテ、アサバン　ダイブ　サムク　ナリマシタ。太兵衛サンノ　ウチノ　孝行息子ガ、除隊ニナッテ　カヘルト　イフノデ　ニギヤカデス。

イモウトノ　キミコサンハ、キレイニ　カミヲユッテ、戸ロヲデタリハイッタリシテヰマス。父親ヤ　村長サンハ　ハヤクカラ、イクスヂモ　旗ヲタテテ　テイシヤバヘ　ムカヒニ　マキリマシタ。

徒競走

昭和9（一九三四）年

正ちやんは、こないだから学校で徒競走のお稽古をしても、どうしても三番にはなれなかつたので、お家へ帰ると、

「つまらないなあ、僕いつも四番目だもの。」と、いひました。

「どうして、いつも四番目なの?」と、お姉さんは、おつしやいました。

「だつて、三人とも、僕よりずつと大きいのだ。」

「おんなじい一年生でせう。」

「それでも、二年生位の大きさだから。」

「そんなに、早いの。」

「僕どうしても、三番目になれないのだよ。」

「運動会には、一番におなりなさいな。」

「一番の山本は、選手だから。明日の運動会にお姉さん来る?」

「えゝ、行きますよ。」

さうお姉さんは、いつて、何か思ひ出して、

「ほゝゝ」と、お笑ひになりました。

「正ちやんは、幼稚園の運動会の時分、鉛筆拾ひに、自分ひとりであるたけ拾つたでせう。さうしたら、先生は、一人が一本づゝ拾ふんですよと、おつしやつたでせう。あの時のことを覚えてゐて?」

「僕、そんな欲張り?」

「正ちやんは、今でも欲張りよ。」

「欲張りなもんか。」

「トマトは、まあるいの一つでなければ、いけないといふし、お梨もさうでせう。」

正ちやんは、さういはれると、なんとも返事ができませんでした。

いよいよ、運動会の朝でした。

「お父さん、僕、競争で三番になつたら、スパイクを買つて下さい。」

と、正ちやんは、お願ひをしました。

「二番までになつたら、買つて上げやう。」

「三番ぢや、だめですか。」

「まあ、うまくやつておいで。」

と、お父さんは、おつしやいました。

正ちやんは、勇んで出て行きました。いよいよ正ちやんの組の徒競走です。お姉さんは、ぢつと見ていらつしやいました。

「用意、ドン!」

みんなかけ出しました。一番先は、山本といふ子でせう。あと三人が二番、三番を争つてゐました。見ると正ちやんは、顔を真赤にしてかけてゐます。お姉さんは、この有様をごらんになると目から熱い涙が出ました。やはり、他の子のお姉さ

んも、来て見ていらしたのでせう。「……さん、しつかり！」と、いふ声がしました。すると、正ちやんと争つてゐた一人の子は、ふり向きました、その拍子につまづいてころびました。

この時、正ちやんは二番になつて、日頃の願ひが達しました。

先生から二等のご褒美をもらつたので、うれしくてたまらず、正ちやんはおどり上りました。

ミンナ　イイ子デセウ

昭和9（一九三四）年

「オ母チヤン、誠サンガ　ドロンコノ中デ　コロビマシタヨ。」ツネ子サンガ、外カラ　ツレテ来マシタ。

「マア　マア。」ト　イッテ、オ母サンハ　泣イテヰル誠サンノ着物ヲ　キカヘサシテ　アゲマシタ。

「タダイマ。」太郎サンガ　学校カラ　帰ッテ来マシタ。

「オサラヘヲシテカラ、オ遊ビナサイ。」ト、オ母サンガ　オッシヤイマシタ。

ソレガ　スムト、オ母サンハ　三人ノ兄妹ニオイシイオ菓子ヲ　下サイマシタ。

「オ母チヤン　コノオ菓子、叔母チヤンノ　オ土産デチヨ。」

ト、ツネ子サンガ　イヒマシタ。

「ツネ子ノ　七五三ノオ祝ヒニハ、叔父サンモイラッシヤルサウデスヨ。」

「ウレシイナ。」太郎サンモ　ツネ子サンモ　叫ビマシタ。

晩方ニナリマシタ。オ父サンガ　帰ッテ　イラッシヤイマシタ。

三人ハ　ゲンクヮンヘ　オ迎ヒニ出マシタ。

「オ父サン、オ帰ンナサイマシ。」

ト、太郎サンガ　イヒマシタ。

「オ父チヤマ、オカエンナチヤイ。」

ト、ツネ子サンガ　イヒマシタ。

「チヤン！　チヤン！」

ト、一番小サイ　誠サンガ　イヒマシタ。

「オオ、ミンナ　オトナシクシテヰテ　イイ子デスネ。」

ト　オ父サンハ　ウレシサウニ　オ笑ヒニナリマシタ。

太郎サンハ、オ父サンノ鞄ヲ　持チマシタ。ツネ子サンハ、オ帽子ヲ　持チマシタ。

サウシテ　誠サンハ、タダ　アトカラ

「チヤン！　チヤン！」

ト　イッテ、ヨチ　ヨチ、ツイテ来マシタ。

「オ父サン　ミンナ、イイ子デセウ。」ト、オ母サンモ　オ笑ヒニナリマシタ。

「アア、キレイナ　着物ガ出来タネ。」ト、オ父サンハ、オ母サンガ　縫ッテヰラシタ、ツネ子サンノ晴着ヲ　ゴランニナッテ　オッシヤイマシタ。

「ツネ子、チヨット　着テゴラン。十五日ニハコレヲ　着テ、オ宮マヰリニ　行クノデス　ヨ。」

ト　オ父サンハ、ニコニコ　ナサイマシタ。

太郎サンモ　誠サンモ、眼ヲ丸クシテ　美シイツネ子サンノ姿ヲ、ナガメテヰマシタ。

キクノハナ　ト　シヤボンダマ

昭和９（一九三四）年

キミヨサンハ　マサヲサンヤ　ジロウサンヤトシコサンタチト　ゴモンノ　トコロデ　オママゴトヲシテ　アソンデヰマシタ。

オモチャノ　オカッテ　ダウグヲ　モッテキテ、キミコサンハ　マナイタノ　ウヘデ　イロイロノモノヲ　キザンデ　ヰマシタ。

「サア　オキャクサマ、ゴチサウヲ　メシアガレ。」

「アリガタウ　ゴザイマス。」

「モット　タクサン　メシアガレ。」

キミコサンハ　マタ　カキネノ　トコロヘ　ハシッテ　イッテ　キレイニ　サイテヰル　キクノハナヲ　ムシリ　トリマシタ。

マドカラ、コレヲ　ミテヰタ　アネノ　タツコサンハ

「マア　キレイニ　サイテヰル　ハナヲ　トッテワルイワ。」

ト、オモヒマシタ。ケレド、タノシサウニ　アソンデ　ヰルノニ　イケナイト　イハレマセンデシタ。

「ウッカリ　トッテヰルノダカラ、イマニ　キガツクデセウ。」

シカシ、ナカナカ　キガツカナイノデ、タツコサンハ　コマッテ　シマヒマシタ。

「カミサマ　ドウゾ　キミコサンガ　ハナヲ　ムシリトルノヲ　ワルイト　キガ　ツキマスヤウニ。」

ト、イノリマシタ。

コノトキ　アチラカラ、コシノ　マガッタ　オヂイサンガ　テニ　ブリキクヮンヲ　サゲ、ナガイ　タケノクダヲ　モッテ　シヅカニ　アルイテ

キマシタ。

「ナンダラウ。」ト　タツコサンハ　ミテヰマシタ。

オヂイサンハ　ロジヲ　ハイリ、ミンナノヰルトコロヘキテ　アタマノ　ウヘデ　クダヲ　フクト　キレイナタマガ　イクツモ　トビダシマシタ。

「ヤア　シャボンダマダ。」

ト、マサヲサンガ　イヒマシタ。

オヂイサンハ　ダマッテ　アチラヘイキマシタ。スルト　ミンナハ　ソノアトニ　ツイテ　イキマシタ。

　イツシカ　ゴモンノ　トコロニハ　ダレモ　ヰナクナリマシタ。

「カミサマガ　ワタシノ　オイノリヲ　キイテクダサレタノダワ。」

　ヒノ　ヨクアタル　カキネニ　サイタ　キクノハナニ　ミツバチノ　トマルノヲ　タツコサンハナガメナガラ　オモヒマシタ。

自然の素描―大人読的童話―

昭和9（一九三四）年

画家は、毎日のやうに野に出て写生をしてゐました。空は青く澄んで、太陽は朗らかに照らしてゐたけれど、一日一日、冬の忍び寄る足音を聞くやうな気がしたのです。しかし、其処には、たゞ静かな眠りがありました。すべての草の葉は、やはらかな鼠色に変つて、うすく炎の燃えるやうに日の光りを反射してゐます。

「長い間の休息が来たのだよ、もう、根本には、お前方の子供達が、来年の春を待つてゐるではないか？」

と、憐れみ深く、諭すやうに、太陽はさゝやいてゐました。

「さうです、五月の風に吹かれて、無邪気に踊つたこと、八月の焼けた大気の裡に輝きながら、我が壮んな生命を誇つた日のことを考へると、昨夜の霜に一たまりもなくなつたのは、あまりにも意気地がありません。」

かう草は、答へた。しかし、太陽は、もう何も言はずにたゞ笑つてゐました。

「あゝ、何といふ平和だ。何といふ壮麗だ」と、画家は老けて行く晩秋の自然に対して、恍惚としてゐました。そして、手に持つ画筆をぢつと収めて、いつまでも考へ込んでゐたのです。

そこへ、どこからか、一枚の美しい木の葉が飛んで来ました。

顔を上げると、うしろの崖の上に、あらまし裸となつた木が立つてゐるのでした。その木の名は何であるか知らなかつたが、その梢についてゐた一枚の葉でありました。紅と紫の色にくすんで、いかなる種類の絵具を調合しても、これに比する美しさは表現されるとは思はれない程でしたけれど、考へれば、それは、この葉にとつての死の姿でなかつたか?

彼は、最近死といふことを考へるたびに、ある物狂はしいものを心の中に覚えるのでした、それは、ちやうど荒鷲のやうに鋭い爪のある黒い手で、心臓の上をつかまれるやうな感じであり、鉛の棒のやうなものを無理に呑まされるやうな気持でありました。これは彼の年老つた父親が、故郷で、今や死を待つより他にない、その日を送つてゐることが寸時も頭から取れなかつたがためであります。

一生を苦闘に送った父、そして、今まさに静かにこの世から去らんとする父!

生物が、自己の使命を果して、二たび、永久に大地のふところに帰つて行く時は、たゞ安心と喜びと、休息とがあるばかりだとは、生物学者の言葉であつたが、彼は、それにも似た、草の葉や、木の葉のまたとない美しさを見て、或はさうかとも思つたのでした。そして、我が父もまたそのやうな神々しい心境であらうかと？

彼は、画を描くことを忘れて、前に落ちた木の葉を拾つて、いつまでも見つめながら空想を恣まにしてゐました。

「早い頃、虫ばんで、落ちた葉には、気味悪い黄色みが見られるばかりで、こんな美しさはなかつた」

と、不自然であることゝ、自然であることの相違を、こゝに見分けるのでありました。

夕雲が、赤い旗のやうに、西の空に棚曳いて、北風が募つた頃、彼は、宿に帰つたのであるが、その夜、灯火の下で、風の音をきゝながら、故郷の冬を思い、父の身の上を案じてゐました。

芸術家として常に自然に親しみ、万物の生命をいつくしむ彼にとつて、父親が風に揉まれもまれて野路《のじ》を歩いて来たやうな、苦難の一生を考へると、せめて、人として一度なりと慰めるに足りるやうな、楽しい旅行とか、静かな生活とかを共にして、父を喜ばせることが出来なかつたかを悔いたのであります。

頭を深く垂れてゐると、闇の中で、嵐に鳴る木枝の音が、ちやうど彼の魂を鞭打つてゐるやうな気がしたのでした。

一夜、悔恨に明かした彼は、日が上ると、また写生帖を携へて昨日の野原へ出かけなければならぬ運命に置かれてゐました。

自然と生物の関係、そして、生物の有する本能、自由、愛、幸福、それが彼の芸術の上に表はさんとした一切であつたのです。

真心と、細心の観察をもつて接すれば、接する程自然から受くる刺激は、あまりに彼にとつて強かつたのでした。

この日も彼は、無心《そのこころ》になつて、眼前の風景を描くことが出来ませんでした。何かしらん焦燥な気がして、あてもなく独り、枯れた野原の中を歩き廻はつてゐました。

この時、ふと、青白い星のやうな野菊の花が咲き残つてゐるのが、目についたのであります。「かあいさうに」と、思はず、彼は、独り言を言いました。あの、麗らかな春と、さんらんたる夏とに咲き出る華麗な花達の姿が、同時に目の前に浮んだからでした。

しかし、それ等の花たちも、とつくに散つて、朽ちてしまつて跡形をとゞめてゐなければ、その花たちと戯れた、大きな羽のある、奇麗な蝶達も、また蜜を求めた蜂すらももう、みんな死んでしまつてゐることを思ふと、このさびしい、嵐の時代に蕾を開くことが、この花に与へられた特殊の使命である如くにも考へられるのです。

さう思つて見ると、その色は、飽迄《あくまで》、高潔であつて、清らかに冴えた空の色を反映してゐましたし、その香気は風もないのに一脈の清香を大気の裡に送つてゐるのでした。

彼は、真に深い考へもなしに、その菊の花を手折らうとしました。

その時、枯れかけた葉の蔭に、風と雨とを避けるためか、半分体を隠した、その可憐な花は、不意に声を上げて、

「あ、私を折つてはいけません。私は、命を惜しいために、さういふのでない。たゞ、私を必要とするものゝために、まだ、私は生き長らへなければならない。どうか、もう少し私をこのまゝにして置いて下さい。私たちが、やがて、この地上から去つた時には、僅かに私たちの力で生きる、一切のものが、また消え去つて行く時ですから」

と、いひました。画家はしばらく、茫然として、その花を見つめたのでした。

この時、どこからかやつて来た、小さな蝶があります。

「まだ、蝶がゐるのかな」と、画家はさらに驚異の眼を見張りました。さういへば、途中で黄色い小さな蝶を見たのであつた。その小さな蝶は飛んで来ると野菊の花の上に止りました。それは、全く、花と見まがふ程、色から、大きさまでが似てゐました。

「あ、花のいつたことが分つた。花があるために、かうして生れて来た蝶もあるのだ」

春と、夏だけに、生物の幸福があるのでなかつた。さう悟ると、画家は、弾かれたやうに、花の傍から退《の》いて、小さな蝶を驚かさないものと思ひました。

「自然は、万物に決して、優劣をつけなかつた。いつも公平であり、平等であつた」と、考へてゐる彼は、こゝにも自然の意志が表はれてゐるのを悟りました。

やがて、やつて来る苛悚《かれん》な冬の前に、その僅かな間を生命とする是等の花と虫に対してさへ、生を楽しましめるために自然はその用意と保護とを怠らなかつたのです。黄色い蝶は、同じく、この頃咲く、やはり野菊やつはぶきのあるがために、その姿を花に似せて造られたのでした。

「真実なるものにして、無用の存在はない!」と、強く感じた、彼は、自からがこの芸術苦難の時代に、美のために戦ふことは、やがて来らんとする人生の春への支度として使命を果すものであると考へたのでした。そして、そのためにのみ、不幸なる父への不孝の罪もいくらか、許されはしないかと考へるのでありました。


――一九三四、十一月――

正ちゃんと　のぶるさん

昭和9（一九三四）年

ばんがた　から、ゆきが　ちらちらと　ふりはじめました。

「おかあさん、ゆきが　ふって　きました　よ。」

と、正ちゃんは　よろこびました。

「さむいと　思った　が、そう　です　か。」

と、おかあさんは　おっしゃいました。

「ぼく、あした　みんなと　どうして　あそぼうか　な。」

正ちゃんは　その　ばん、たのしみに　してねむりました。

よ　が　あけると、いい　おてんき　です。そうして　ゆうべ　ふった　ゆきが、少しばかりしろく、やねや　みちの　上に　のこって　ゐました。

「つまらない　なあ。」

と、思って　いる　ところへ、年ちゃんと、ゆうちゃんが、あそびに　来て、きゅうに　げんきが　出ました。

「なんか　して　あそぼう　よ。」

「かけっこを　しよう　か。」

「原さんの　門　から、おうらい　までだ　よ。」

三人は、原さんの　おうちの　ご門の　ところへ　来ました。

「のぶるさん、あそばない？」

と　よびました。

おくびょうな　のぶるさんは、門の　中　から、

「あとで。」

と、へんじを　しました。

「ぢや、三人で　しよう　よ。」

「ようい、一、二、三！」

三人は　かけだしました。すると、がらがらと門の　戸を　あけて、のぶるさんと　ミチ子さんが　のぞきました。

三人が、こんど　こちらの　方へ　かけて　来ると、また　がらがらと　戸を　しめました。

「今、年ちゃんが　一ばん　だった　よ。つぎは、ぼくが　一ばんに　なるの　だ。」

と、正ちゃんが　いいました。

「ようい、ドン！」

また　三人は　どんどんと　かけだしました。そうして、三人が　あちら　から　かけて　来ると、がらがらと　戸を　しめました。

三人は　いきおいが　あまって、門の　戸へバタンと　手を　つきました。

みんなが　たのしそうに　笑って　いると、

「やかましい　ね。」

と、門の　中で　のぶるさんが　ミチ子さんにいいました。

これを　きいた　正ちゃんが、

「おしくら　まんじゅ、だされて　ころげて、なく子は　よわむし　いくじなし。」

と、いいました。

すると、年ちゃんも　ゆうちゃんも、

「よわむし　けむし、いくじなし。」

と　いいました。

のぶるさんは　おうちへ　はいると、

「正ちゃんたちが、いじわるを　します　よ。」

と、おかあさんに　つげたので、

「わるい　子ども　です　ね。」

と、おかあさんが　おつしゃって　出た　時には、もう　三人は　はらっぱへ　行って、たこをあげて　あそんで　いました。

よわむしの　のぶるさんは、ねえさんの　ミチ子さんと、こたつで　すごろくを　して　いました。

この　時、空で　おもしろそうに　たこの　うなりが　しました。

「だれ　だろう　な?」

と、えんがわに　出て　見ると、あちらで　正ちゃんや　年ちゃんたちが、たこを　あげて　いるの　でした。

なかまに　はいらぬ　のぶるさんは、なんとなく　さびしく　思いました。

オ宝ヤ　オ宝ヤ

昭和10（一九三五）年

オ正月ノ　アル晩ノコトデス。

佐吉爺サンガ　町ヲ歩イテヰマスト、

「オタカラヤ、オタカラヤ」ト　イツテ、小サナ女ノ子ガ　宝船ヲカイタ　絵紙ヲ　ウツテヰマシタ。

「オヽ、コノ　風ノ寒イ　クライ晩ニ　ドコノ子ダカ　カアイサウニ」ト、思ツテ　オ爺サンハ一枚　カツテヤリマシタ。提灯ノアカリデ　顔ガワカルト、チヤウドトナリノ　花子チヤン位ノ年頃デス。女ノ子ハ

「オ爺サン　アリガタウ」ト　オ礼ヲイツテ　立去リマシタ。

佐吉爺サンハ　オ家ヘカヘツテ　オタカラヲ

枕ノ下ニイレテ寝マシタ。スルト　黒イ箱ノ夢ヲ見マシタ。

明日、オ爺サンハ　押入ノ隅カラ　黒イ箱ヲ見付ケダシマシタ。箱ニハ錠ガ　カヽツテヰマス。フルト　コト、コト、音ガシマシタ。

「ユビヌキカナ、ソレトモ　ハサミカナ」

オ爺サンハ　考ヘマシタ。鍵モナケレバ　錠モサビテヰマス。ケレド　オ婆サンノ　形見ト思フト、コハス気ニ　ナレマセン。

ソコヘ　花子チヤンガ　遊ビニ来マシタ。

「オ爺サン　何ヲシテ　ヰラツシヤルノ」

「コノ　針箱ガ　アカナイノダヨ」

「オ着物ノホコロビナラ、私　オ母サンノトコヘ持ツテ行クワ」ヤサシイ　花子チヤンハ　サウイヒマシタ。オ爺サンハ　笑ツテ
「イヤ、何ガハイツテヰルカ　見タイノダ。イヽモノナラ　花子チヤンニモ　ワケテヤラウ」トイヒマシタ。サウシテ　オ爺サンハ　ドウシタラフタガ開クカト　苦心シテヰマシタ。

「私、アケテ　アゲマチヨウカ」

花子チヤンハ　道端ニ落チテヰタ　棒切ヲヒロツテ来テ　錠ノ穴ヘサシテ　マハスウチニ、パチントイツテ　フタガ開キマシタ。

中カラ　赤イルビーノ耳カザリト　ピカピカシタ金貨ガ出マシタ。

「ヤア、コレハ　私ガ　若イ船乗ダツタ頃、外国カラ　マダ娘ノオ婆サンヘ　土産ニ　モツテキタモノダ」ト　オ爺サンハ　オドロキマシタ。

「コレモ　神様ノオボシメシダ」ト　イツテ　オ爺サンハ　赤イルビーノ耳カザリヲ　花子チヤンノ耳ニ　ツケテクレマシタ。マタ、自分ハ　コノ金貨デ　オ宮ヤ　オ寺ニ　オマヰリガ出来ルトヨロコンデ、初春ノ旅ニ　出カケマシタ。

カンジキ ノ 話

昭和10(一九三五)年

ユウベ カラ、雪 ガ ツモッタ ノデ、オ父サン ハ、納屋 カラ ワラクツ ト カンジキ ヲ オ出シ ニ ナリマシタ。

「オ母サン、東京 ニハ カンジキ ガ ナイ ノ デス カ。」

ト 正雄サン ガ キキ マシタ。

火 ノ モエル カマド ノ 前 デ、朝飯 ノ シタク ヲ ナサッテ ヰル オ母サン ハ、

「雪 ガ タクサン 降ラナイ カラ、ワラクツ ヤ カンジキ ハ ナイ ノ デス。」

ト オコタヘ ニ ナリマシタ。

「オ母サン、東京 ノ オ姉サン ハ、スキー ニ 行ッタ コト ガ アルノニ、カンジキ ヲ 知ラナイッテ ヲカシイワネ。」

ト トシ子サン ガ イヒマシタ。

ソコ へ、オ父サンガ イラシテ

「正雄 モ トシ子 モ、スキー ニハ ノレル ケレド 生レテ カラ カンジキ ヲ ハイタ コト ガ アル カ ナ。」

ト オ笑ヒ ニ ナリマシタ。

「マダ ナイ カラ、僕 ニ ハカセ テ。」

ト イッテ、正雄サン ハ 大人 ノ ワラクツ ヲ ハキ、下 ニ カンジキ ヲ ツケテ 外 へ 出マシタ。タチマチ、自分 ノ 足 ヲ モテアマシテ ドッ ト、雪ノ 上 へ タフレテ シマヒマシタ。

コレ ヲ 見テ、オ父サン モ オ母サン モ 妹 ノ トシ子サン モ 皆ナ ガ 笑ヒマシタ。

ネズミ　ト　オホヲトコ

昭和10（一九三五）年

（1）

カハノ　コチラニハ、武チャンヤ　美代子サンノスム　マチガ　アリマシタ。サウシテ　カハノアチラニハ　善チャンヤ　英チャンタチノ　ムラガアリマス。

　アルヒ、武チャント　美代子サント　イシケリヲシテ　アソンデヰルト

「ミンナ　ハヤク　オイデヨ。ハヤク　ハヤク。」ト　義雄サンガ　オウチノマヘデ　ヨビマシタ。

「ナンダラウカ、イッテミヨウ。」

「エエ　イッテ　ミマセウ。」

　フタリハ　スグニ　義雄サンノ　トコロヘ　ハシッテ　イキマシタ。

「ネズミガ　ゴミバコノ　ナカニ　ハイッテヰルノダヨ。ホラ、オトガ　スルダラウ。」

　義雄サンハ　ゴミバコノ　シタノトコロヘ　ネズミガ　アケテ　ハイッタ　アナヲ　イタキレデオサヘテ　ヰマシタ。

「ホンタウダ、オモシロイナ。」ト　武チャンガワラヒマシタ。

「ドウシヨウカ、ハナセバ　ニゲテシマフシ。」ト　義雄サンハ　コマリマシタ。

「ボク、イヽコトヲ　カンガヘタ。ウチヘ　イッテクルカラ　マッテオイデ。」ト、武チャンハカケダシマシタ。

「テガ　クタビレルカラ　ハヤクキテネ。」ト義雄サンガ　サケビマシタ。

「ワタシ　オサヘテヰテ　アゲマセウカ。」ト

美代子サンガ　イヒマシタ。

「イイヨ、ニゲルト　イケナイカラ。」義雄サンハカホヲ　アカクシナガラ　オサヘテヰマシタ。ゴミバコノ　ナカデ、ネズミガ　ゴトン、ゴトント　イッテ　サワイデ　ヰマシタ。

「オホキイ　ネズミナノ　義雄サン。」ト　美代子サンガ　キキマシタ。

「オホキナ　ドブネズミダ　ヨ。」ト　義雄サンハ　コタヘマシタ。

ソノトキ、フクロヲ　フリマハシナガラ　武チャンガ　カケテキマシタ。

アトカラ　コイヌノ　ポチガ　イッシヨニ　ツイテキマシタ。

「オソカッタ？　ムシトリブクロニ　ヒモヲ　ツケテ　モラッテ、キタノダ。」ト　武チャンハイッテ、フクロヲ　スグニ　アナノトコロヘ　アテヨウト　シマシタ。

「クヒツクカ　シラン。」

「ダイヂヤウブサ、ハナスヨ　イイカイ。」

義雄サンガ　イタヲトルト、ネズミハ　フクロノナカヘ　トビコミマシタ。スグニ　武チャンハヒモデ　フクロノクチヲ　シメテシマヒマシタ。

「ヤア　ハイッタ。ウマク　イッタネ。」

「バンザイ。バンザイ。」

ネズミハ、フクロノナカデ　アバレマシタ。コレヲミテ　ポチガ　ワンワン　ホエマシタ。

（2）

コチラハ　善チャンニ　英チャンデス。テンキガイイノデ　カハヘ　ツリニ　ユキマシタ。
「イツカノ　オホヲトコガ、マタ　ヤッテコナイカナ。」
ト　善チャンガ　イヒマシタ。

「ヒトサラヒカモ　シレナイゼ。キタラ　ドウシヤウカ。」

「ニゲヨウヨ。」

「ツカマッタラ　タイヘンダ。」

「ツカマル　モンカ。」

フタリハ　カハヘ　キマシタ。カハノ　フチニナニカ　オチテ　ヰマシタ。

「ナンダラウ。」

ト、英チャンガ　シタヲ　コゴンデ　ミマシタ。フクロノ　ナカニ　ナニカ　イキタモノガ　ハイッテ　ヰマス。

「善チャン　チヨット　オイデヨ。ナニカ　フシギナモノガ　アルカラ。」

善チャンガ　カケテキマシタ。

「ダレカ　ネズミヲ　フクロニ　イレテ、ステタノダ。タスケテヤラウ。」

「タスケテ　ヤラウ。」

善チャンハ　フクロヲ　トリアゲテ　ミチバタニ　モッテキマシタ。ソシテ　クチヲ　アケテヤリマシタ。スルト　ネズミガ、トビダシテ、ビックリシタ　カホヲシテ　フタリヲミマシタ。ソノウチニ　ヤブノナカニ　ハイッテシマヒマシタ。

「アノ　ネズミハ　オカアサンカモ　シレナイネ。」

「オウチデ　コネズミガ　マッテヰルカラ、タスケテヤッテ　ヨカツタネ。」

ハナシナガラ　クルト、ボロボロノ　キモノヲキタ　オホヲトコガ、アチラカラ　ヤツテキマシタ。

「英チャン　オホヲトコガ　キタ！」

「タイヘンダ、ニゲヨウ。」

フタリハ　ニゲダシマスト、オホヲトコガ　アトヲ　オヒカケテ　キマシタ。カハニ　マルキバシガ　カカッテ　ヰマシタ。フタリハ　ミガルデ

スカラ　ソノ　ハシヲ　ワタリ、タケヤブノ　ナカニ　カクレマシタ。

「善チャン　シヅカニシテ　オヰデ。」

「ミツカラナイカ　シラン。」

「ツカマッタラ　タイヘンダ。」

　フタリハ　ソット　ノゾクト、オホヲトコハマルキバシヲ　ナガメテ　ヰマシタ。ハシノ　マンナカニ　ネズミガ　ヰルノデ、チヨットカンガヘタガ　カマハズ　ワタリカケマシタ。

　スルト　ネズミハ　フイニ　オホヲトコニ　トビツキマシタ。オホヲトコハ　ビックリシテ　カハニ　オッコチマシタ。

「バンザイ！」ト、イッテ　フタリハ　ソノマニオウチノハウヘ　ニゲテカヘリマシタ。

コタツ　ニ　ハイッテ

昭和10（一九三五）年

　マサヲサンハ　コタツニハイッテ　オバアサンカラ　オハナシヲ　キクノガ　ナニヨリモ　スキデ　アリマシタ。
「ネエ　オバアサン　ナニカ　オモシロイオハナシヲ　シテオクレヨ」ト　イヒマスト、オバアサンハ　ヨシ　ヨシ　ト　オコタヘニナッテ　アルシヤウヂキナ　オヂイサント　ヨクフカナ　オヂイサンノ　オハナシヲ　シテ　クダサイマシタ。
ソレハ　ナンドモキイタ　ハナサカヂヂイノオハナシデ　アリマシタ。
　オバアサンガ　シテ　クダサル　オハナシハナンドキイテモ　オモシロカッタノデス。
「ソノ　イヌハ　ドンナ　イヌダラウナ。ポチノ

ヤウニ　カアイイカシラン」ト　オモツテヰルウチニ　マサヲサンハ　カラダガ　アタタマツテイイキモチデ　ネムツテ　シマヒマシタ。

「マサヲガ　ネムツタカラ　ダレカ　ニカイヘダイテイツテ　ネカシテオヤリ」ト　オバアサンガ　オツシャイマシタ。

「ワタシガ　ダイテイツテ　ネカシテヤリマス」ト　オカアサンガ　ドツコイシヨト　オダキニナツテ

「コノゴロ　メツキリ　オモクナリマシタ。ニカイヘ　ダイテ　アガルノガ　ホネデス」ト、オバアサンニ　イハレマシタ。

「キヨネンマデハ　ワシニモ　ダケタノダガ」トオバアサンガ　オワラヒニ　ナリマシタ。

　アクルヒノバン　オカアサンハ

「マサヲサンハ　オコタニハイルト　ネンネスルカラ　キラヒデス」ト　オツシヤイマシタ。

「ボク　モウキツト　ネムラナイカラ」ト　マサヲサンハ　イツテ　ソノバンモ　コタツニハイツテ　オバアサンノシテクダサル　ムカシバナシヲキキマシタ。

　ケレド　ウタタネヲ　シナカツタノデ　オバアサンニモ　オカアサンニモ　ホメラレマシタ。

モノワスレ ノ カラスクン

昭和10（一九三五）年

カラスガ カキヲ トリニ ムラヘ ヤツテキマシタ。

ヒトガ ミテヰルノデ トレマセン。ドウシタラ トレル ダラウト カンガヘマシタ。

ソコデ タンボノ ウヘヲ トビマハリ「ハタラケ、ハタラケ、ユキガ フルゾ。」ト イヒマシタ。

ヒトビトハ イツシヤウケンメイ シタヲムイテ ハタラキマシタ。ソノマニ カラスハ オイシサウナ カキヲ ヒトツ トツテ イナムラノナカニ カクレマシタ。

シカシ リカウダ ケレド モノワスレ スルカラスハ ヒガ クレカケタノデ オドロイテ「イソゲ イソゲ。」ト カキヲ ワスレテ モリヘ カヘリマシタ。

ハツユキ　ガ　フリマシタ

昭和10（一九三五）年

「オオ　サムイ。」ト　コスズメガ　フルヘナガラ　イイマシタ。

「アチラノ　ヤマヲ　ゴラン。アンナニ　ユキガキマシタ。」

ト、ハハスズメガ　コタヘマシタ。

「ヤマニ　ユキガ　フツテ、ヱガ　ナクナツタカラ、アタタカナ　トコロヘ　イキマス。」

ト、ハヤシヘキタ　ウグイスガ　マウシマシタ。

「マタ　ライネンノ　ハルニ　ナツタラ　コチラヘ　カエツテ　オイデナサイ。」

ト、ハハスズメガ　イヒマシタ。

「オカアサン　ワタシタチハ　ユキガ　フツタラドウシマス　カ。」

ト　コスズメガ　シンパイ　シマシタ。

「ナカヨシノ　ニハトリサンノ　トコロヘ　イケバ　ヱガ　モラヘマスカラ、アンシンナサイ。」

ト　ハハスズメガ　コタヘマシタ。

ヨガ　アケルト、ドコモ　アカルク　マツシロデス。ハハスズメト　コスズメハ　ヱヲモラヒニ、ニハトリノ　トコロヘ　イキマシタ。サウシテ、コヤノ　ウヘニ　トマツテ　ハナシヲ　シテヰマスト　アタリガ　ニギヤカ　デス。

ミルト、ヨシヲサンヤ　ハナコサンヤ　ペスガ、ユキガ　メヅラシイノデ、ヨロコンデ　アソンデヰマシタ。

ヒガ　アタルト、ドコノヤネカラモ　アマダレガ　ピカピカ　ヒカツテ　オチマシタ。

コスズメモ　ヨロコンデ、チユン　チユン　ナキマシタ。

テルテル　バウズ

昭和10（一九三五）年

オヂイサンノ　ダイジナ　ミカンノ　ウヱキバチニ　三ツ　オホキナ　ミガ　ナリマシタ。マサチヤンハ、マイニチ　マイニチ　アメガフツテ、ソトヘ　アソビニ　デラレナイノデ　コマツテ　ヰマシタ。

「テルテルバウズヲ　コシラヘヨウカ　ナ」トカミト　スズリヲ　ダシテ　キマシタ。

マサチヤンガ　ガツカウヘ　イツタ　ルスデス。

キムヅカシヤノ　オヂイサンハ　ヱンガハニデマシタ。

「タレガ　カミヲ　ウヱキバチノ　ウヘヘ　ステタノ　ダ」

ト　イツテ　トラウト　スルト、ミカンノ　キニ　シバリツケタ「テルテルバウズ」ガ、メヲイカラシテ　オヂイサンヲ　ニラミマシタノデ、オヂイサンハ　オドロイテ、シリモチヲ　ツキマシタ。

カガシ　ト　スズメ

昭和10（一九三五）年

ヨシヲサント　マサコサンガ　キシャニ　ノッテ　ヰナカへ　イキマシタ。

「アノユミヲ　モッテヰル　ヒトヲ　ゴランナサイ。」ト　オネエサンガ　オッシャイマシタ。

マドカラ　ノゾクト　イネノ　ヨクミノッタタノナカニ　ヤブレタ　カサガ　ミエマシタ。

「カカシ　ダラウ。」

「ハジメテ　カカシヲ　ミタノデセウ。」

「ゴホンデ　ミテ　シッテヰルワ。」ト　マサコサンハ　コタヘマシタ。

オヂイサンハ　テイシャバマデ　ムカヘニ　デテヰテ　クダサイマシタ。サウシテ

「ヨク　キタ。ヨク　キタ。」ト　オッシャイマシタ。

ソレカラ　ヰナカミチヲ　アルキマシタ。

「ヤア　ヘイタイサンノ　カカシガ　アルヨ。」

「マア　ヤウフク　キテ　テッパウ　モッテヰルノネ。」

「ハハハ　アレカ。コノゴロ　スズメガ　リカウニナッテ　ムカシノ　カカシヲ　オソロシガランカラダ。」

ト　オヂイサンハ　ワラハレマシタ。

ウンドウクヮイ

昭和10（一九三五）年

ケフハ　学校ノ　ウンドウクワイデ　アリマス。コトシ　アガツテ　一年生ニナツタ　清サンガ　徒競争ニ　デルトイヒマスノデ　オウチデハ　オ兄サンヤ　オ姉サンガ

「清サン　シツカリ　オヤリ　ナサイ」ト　イハレマシタ。

ソノ　日ハ　イイ　オテンキ　デシタ。

イヨイヨ　コンドハ　清サンタチノ番デス。ミンナハ　ナラビマシタ。手ニ　ツバヲツケルモノ足ニ　チカラヲイレルモノ　マタ　ヂツト　前ノハウヲ　ニラムモノ　ダレモ　自分ガ　一番ニナラウト　イキゴンデヰマシタ。

ソノナカデ　清サン　ヒトリハ　ボンヤリトシテ　ヰマシタ。

ドンナヤウスカ　ミヨウト　オモツテ　オ姉サンハ　見物ニイカレマシタ。

清サンハ　タクサンノ人ノナカカラ　自分ヲミテヰラレル　オ姉サンヲ　ミツケルト　キフニ気持ガ　シツカリトシテ　マケテハ　ナラヌトオモヒマシタ。

「アンナニ　キテハ　イケント　イツタノニ」ト　清サンハ　ココロデ　オコリマシタガ、ヅドン！　ノアイヅデ　ゲンキヨク　カケダシマシタ。カケナガラ　マダ　オ姉サンガ　ミテヰラレルカト　オモツテ　フリムキマシタ。オ姉サンハ「アンナニ　フリムイタラ　ツマヅイテ　コロンデシマフデセウ。ワタシガ　ミテ　ヰテハ　イケナイ」ト　姿ヲ　オカクシニナリマシタ。

清サンハ　オ姉サンガ　ミエナクナツタケレドドコカデ　キツト　ミテオヰデニ　ナルト　オモ

ツテ　マケテハ　ナラヌト　イツシヨケンメイニ走リマシタカラ　タウトウ　三番目トナツテ　先生カラゴハウビヲ　モラヒマシタ。

ヒラヒラ　テフテフ

昭和10（一九三五）年

「勇チヤン　アソビマチヨ」ト　光子サンガサソヒニ　ユキマシタ。

ヲバサンガ　デテキテ

「勇チヤンハ　コトシカラ　ガクカウニ　イツタノヨ。カヘツテ　キタラ　アソンデ　クダサイネ」ト　ワラツテ　オツシヤイマシタ。

光子サンハ　ウツカリ　ワスレタノデ、

「ワタシモ　ライネンカラ　イクノ」ト　イヒマシタ。

サクラノハナガ　キレイニ　サイテ　ヰマシタ。ソノ　キノシタデ　ゴザヲシイテ　光子サンハ　ヒトリデ　アソンデ　ヰマシタ。

ミケガ　イツノマニカ　ソバヘキテ　ヲリガミ

ヤ　オモチヤニ　ヂヤレテ　ヰマシタ。
「イケマセン」ト　光子サンガ　ミケヲ　シカリマシタ。
ミケハ　オトナシク　メヲ　マルクシテ　ヂツト　光子サンノ　スルコトヲ　ミテヰマス。
コノトキ　サクラノハナビラガ　ヒラ　ヒラト、ヒトヒラ　フタヒラ　オチテ　キマシタ。
ミケハ　テフテフト　オモツタノデセウ。トンデイツテ　ソノ　ハナビラヲ　トラヘヨウトシマシタ。
光子サンハ　ワラツテ　ミテ　ヰマシタ。
アチラカラ　勇チヤンガ　カバンヲ　カタカラサゲテ　カケテ　キマシタ。
イツシヨニ　キイロナ　テフテフガ　アトヲオヒカケテ　ツイテ　キマシタ。
「モウ　カヘツタ　ノ」ト　光子サンガ　イヒマスト

「コイ　コイ　シロ　コイ　ナラツテ　キタヨ」ト　勇チヤンガ　コタヘマシタ。
ハルカゼニ　フカレテ　テフテフハ　ハタケノハウヘ　トンデ　イキマシタ。ミケハ　イツマデモ　テフヲ　ミオクツテ　ヰマシタ。

兄弟の子猫

昭和10（一九三五）年

原つぱで遊んでゐる武ちやんは、もうお友達もゐなくなつたので、自分のお家の方へ帰らうとすると、どこかの小母さんが、箱のやうなものを抱へてうろ〳〵としてゐました。

「いま頃、こんなところで何をしてゐるのだらうな」

武ちやんは、怪しみながら立止つて見てゐました。小母さんは、人がゐると気がついたから、あちらへ行きかけました。

「変な小母さんだな」と武ちやんは、思ひながら、歩き出して、もう一度そちらをふり返つて見ると、その女が、往来の傍の、草むらの中へ抱へてゐた箱を置いたやうな気がしました。そして、その女は、大急ぎであちらへ行つてしまひました。

武ちやんは、何んだらうと思つて、草むらのところまで、引返して見ました。すると、蜜柑箱の中に、二疋の子猫を入れて捨てあつたのです。

「かあいさうなことを、するものだ」と、武ちやんは思つて、中を覗くと、小さな猫の子は、かあいらしい声を立てにやあ〳〵と救ひを求めるやうに泣いてゐました。

武ちやんは、その箱を抱へると、夢中になつて、いま去つた女の後を追ひかけました。そして、やつと追ひつきました。

「小母さん、寒くて、死んでしまひますよ。かあいさうぢやないか？」と、息をせきせきいひました。

「もらい手がなくて、困るから捨てたんですの。かあいさうに思ふなら、坊ちやん飼つて下さいな」と、女はいひました。

「僕、お母さんにきいて見なければ分らない。い、といつたら、もらひに行くから。小母さんのお家は何処ですか」

「さうね、もう、夜になると寒くなるから、ぢや明日にしませうか」

と、その女は、武ちやんのいつたことには答へないで、子猫のはいつた箱を受取るとさつさとあちらへ行つてしまひました。

武ちやんは、何んだか女の言葉が気にかゝりました。

「妙な小母さんだな、また明日捨に来るのかしらん」

と、考へながら、お家へ帰つたのです。

その晩、武ちやんは、お母さんに向つて、熱心に子猫を飼つて下さいと頼みました。だが、お母さんは、

「いゝえ、生物を飼ふといふことは、なか〱骨の折れるものです。ちよつと、かあいいから飼つて見たいとか、かあいさうだから飼つてやるとかいへるものでありません。長い間には、犬や、猫のやうなものでも、病気をすることがあります。また雌なら、子供も産むでせう。そんな時、邪魔になるからといつて、昨日の小母さんのやうに捨てしまふ位なら、はじめから、飼はない方がいゝとは考へませんか」

と、おつしやいました。

「僕、その世話をしてやります」と、武ちやんは、答へたのです。

しかし、お母さんは、なかなか承知をなさいませんでした。

武ちやんは、その晩、床に入つても、やはり子猫のことを思つてゐましたが、そのうちに、いつしかぐうぐう眠つてしまひました。

翌日、日のよく当る時分、武ちやんは、原つぱへ行つて見ました。しかし、どこにも、子猫を捨

てある気はひがしなかつたので、

「小母さんは、まだ来ないのかな。それとも、もう捨るのを止したのかな」と、思つてゐました。

往来で、ミヨ子さんに出遇ふと、

「武ちやん、家のおぢいさんが、かわいゝ、猫の子を拾つて来たのよ」と、ミヨ子さんがいゝました。

「ミヨ子さん、ほんたう」と武ちやんは、眼をまるくしました。

「ほんたうよ、嘘なんかいはないわ」

と、ミヨ子さんは、駈けて行つてしまひました。

「どんな猫だらうか」と、武ちやんは、それを見たかつたのです。

けれど、時々、丹下左膳の真似などをして、ミヨ子さんをいぢめたり、泣かしたりしたことがあつたので、すぐに、ミヨ子さんのお家へ行くことは、気まりが悪くて出来ませんでした。そこで、ミヨ子さんと仲よしになつて、行つて見ようと考へたのであります。

「なんで、逃げて行つたのだらう。僕、もういぢめはしないのに」と、武ちやんは、ミヨ子さんが、また外へ出て来るのを待つつもりで、生垣の隙間から、のぞいて見ました。ちやうど、ミヨ子さんのおぢいさんが、縁側へ出て、白い猫の子を膝の上に乗せて頭をなでながら、日向ぼつこをしてゐました。

「昨日の猫のやうだ。やはり捨てたんだ」

と、思ひながら、武ちやんは、ぢつと猫を見て、かあいらしくて仕方がありません。早くミヨ子さんが出て来ないかと待つてゐましたが、いつまでたつても出て来ないので往来の方へ歩いて行きました。

すると、彼方に沢山人が集まつてゐるので、何んだらうと、武ちやんは、急にその方に向つて、駈け出したのであります。

いつも来る紙芝居の小父さんです。酒屋の前の空地のところで、お話をしてゐました。こゝへは、カチ、カチと、ドン、ドンの二人の小父さんがやって来るのでした。カチ、カチといふのは、拍子木を叩いて来るから。ドン、ドンといふのは太鼓を鳴らして来るから。そして、いまお話をしてゐるのは、ドン、ドンの小父さんでありました。

このドン、ドンの小父さんは、怒りつぽくて、よく子供を叱つたりするので、武ちやんや、正ちやんや、年ちやん達は、あんまりこの小父さんを好い人とは思ひませんでした。それより、もう一人の拍子木を叩いて来るカチカチの小父さんがい、やうな気がしてその方をひいきにしてゐました。

ドン、ドンの小父さんは、ちやうど三つ目小僧のお話を終つたところです。いつになく小父さんは、どこか、さびしさうな顔付をしてゐました。

「それで、みなさん私は、けふぎりでお別れでございますよ。こんど、こゝにゐる小父さんが、私のかはりに、明日からこちらへまゐりますから、どうぞ、ごひいきにしてやつて下さいね」

と、いひました。小父さんの傍には上着の襟を立て黒い眼鏡をかけ、そして足駄《あしだ》をはいた若者が立つてゐました。

「あの人かな」

と、武ちやんは、見てゐると、此時若い男はこちらを向いて笑ひながら頭を下げました。

「ドンドンの小父さんは、どこへ行くのだらうか」と中にいつてゐた子供もあります。

武ちやんは、小父さんが、怒りつぽいので、あまり好かなかつたけれど、いよ〳〵今日でお別れになるのかと思ふと、悲しいやうな、淋しいやうな気がしました。そして、ぼんやりと立つてゐますと、不意に「武ちやん、お出でよ」と、正ちやんの声がしましたので、「正ちゃん、一人?」と、いつて、武ちゃんは、其方へ行きました。

「原つぱへ行つて、マリ投《ほ》りをしよう」と、正ちやんが、誘ひました。

「年ちゃんが、来るとい丶なあ」と武ちゃんがいひました。

これを聞くと、正ちゃんは「年ちゃんは、さつき、白い猫の子を抱いてゐたよ」といひました。

白い猫の子といつたので、武ちゃんは、驚いた顔をしました。

「どうしたの? その猫の子を年ちゃんが拾つたの?」と武ちゃんは、正ちゃんにき丶ました。

「きつと、さうだらう。かあいさうだといつて年ちゃんは抱いてあつちへ行つたから」

と、正ちゃんが、見たことを話しました。

武ちゃんは、急に、頰の色を赤くしながら、

「正ちゃんもおいで、年ちゃんをさがして、その猫の子を見たいから」と、あちらへ行きかけると、正ちゃんも、その後からついて行きました。

お宮の前のところに、年ちゃんは白い猫の子を抱いて、ぼんやりと立つてゐました。そしていつ来たものか、ミヨ子さんも、いつしよでありました。

「年ちゃん」と呼びながら、武ちゃんが近づきました。

「どこで、その猫の子を拾つたの?」

「あつちの草の中へ、蜜柑箱に入れて二疋捨てあつたのをミヨ子さんの家のおぢいさんが一疋、拾つて行つたのだよ。残つた、この一疋がかあいさうだらう。僕、誰か飼つてくれるものがないかと思つていろんな人に聞いたのだけれど、誰ももらつてくれないのだ」

と、年ちゃんが、答へました。

「その猫を捨てた、小母さんを僕は見たんだよ」

と、武ちゃんがいふと、

「どこの小母さん」と、年ちゃんと、正ちゃんが、口を揃へてきゝました。

「どこの小母さんだか知らないけれど、昨日原つぱへ捨てに来たのさ。僕、追ひかけて行つて、かあいさうだからといつて、箱を小母さんに渡したのだ。さうしたら、もう夜になると寒いからといつて、持つて帰つたのだよ」

「ぢや、今日また捨てに来たんだね」

「悪い小母さんだな」

「どんな顔をしてゐたい」

と年ちゃんが、きゝました。

「よく分らなかつた」

「だつて、武ちゃんは見たんだらう?」

「いやな顔をしてゐたよ」

四人の子供達は笑ひ出しました。

「年ちゃんの家では、飼はない。だめ?」

と武ちゃんが、きゝました。

「小鳥を飼つてゐるから、いけないつて兄さんがいつたのだ。武ちゃんのお家は?」

と年ちゃんが、いひました。

「僕の家は、お母さんが、生物を飼ふのは、手がかゝるからといつて、いくら頼んでもきいてくれないのだ」

三人の話を、だまつて聞いてゐた、ミヨ子さんが、

「困つたわね」といひました。

この時、其処へ紙芝居のドンドンの小父さんが通りかゝつて、

「皆さん、何をしてゐますか?」と、自転車の上から、声をかけましたから、

「小父さん、猫を飼つておくれよ」と、年ちゃんがいひました。

「猫?」といつて、小父さんは、自転車を止めま

した。そして、小父さんは、

「なる程、かあいらしい猫ですね」と、年ちゃんの手から猫を受取つて、見てゐましたが、

「これは、雄ですが、もらつて行つてもい〻のですか？」

と小父さんは、き〻ました。

「ほんたうに、もらつてくれるの？　小父さん！」

と、年ちゃんは、嬉しさうに叫びました。

「私、猫大好きですよ」

と、いつて、小父さんは、洋服のボタンを脱して、内懐へ子猫を入れると、お礼をいつて、また自転車に乗りました。

「大事にして、飼つてやりますから、ご安心なさい」

さういつて、小父さんは、自転車で、行つてしまひました。

その後から、黒眼鏡をかけた、若い男がつゞき、やがて、二人ともその姿は、小さく遠くなつてしまつたのです。

「好い、小父さんだね」と、年ちゃんが、いひました。

「あ〻、僕、あんなにやさしい、小父さんだとは思はなかつた。いま〻で、きらつて悪かつたなあ」

と、武ちゃんは、何んだかすまなかつたやうに、後悔しました。

「私の家の猫と、あの猫は兄弟でせう」

と、ミヨ子さんが、思ひ出したやうに、いひました。

「あ〻さうだ。しかし、お互にもう遇はれんのだね」

と、正ちゃんが、悲しさうにいひました。

この時、ポケツトから鉛筆削りを出して、手に持つてゐた、武ちゃんが、

「ミヨ子さん、遊びに行つたら、猫を抱かしてくれる？」と、きくと、

「もう、私を、いぢめてはいやよ」

と、ミヨ子さんが、答へました。

原つぱに、日が当つて、枯れた草の色が、あたゝかさうに見えました。それから、みんなは面白く、元気よく、遊んだのであります。

炉辺《ロバタ》ノ兄ト妹

昭和10（一九三五）年

マタ、夕方 カラ 雪 ガ フリ ハジメマシタ。オ父サン ハ 村 ニ 集会 ガ アツテ オ出カケ ナサイマシタ。オ母サン ハ アチラ ノ オ室 デ 赤チヤン ヲ ネカシツケテ イラツシヤイマス。
吉雄サン ト キミ子サン ハ 炉辺 デ スゴロク ヲ シテ ヰマシタ。オ祖母サン ハ 時時 ソダ ヲ クベテ、灰 ノ 中 ニ 埋メタ 馬鈴薯《ジヤガタライモ》 ノ ヤケル ノヲ 見テ ヰテ クダサイマシタ。「ウチ ノ 馬鈴薯 ハ 栗 ヨリ カ ウマイ。」ト オ父サン ハ オツシヤツテ ヰラレマス。フタリ ハ 勝ツタリ 負ケタリ シテ、ソノ タビ ニ 笑ヒ声 ガ 起リマシタ。
　コノ　トキ　カイ、カイ　ト　イフ　啼声　ガ　トホク　ノ　方　デ　聞エマシタ。
「何ダ　ラウ。」「アレ　ハ、昔　カラ　コノ　山　ニ　スンデヰル狐　ダ。餌　ガ　ナクナツテ、里　ヘ　出タ　ノ　ダ。山　ノ　主　ダ　カラ、猟人　モ　テツパウ　デ　打タヌ。」ト　オ祖母サン　ハ　オツシヤイマシタ。
　吉雄サン　ト、キミ子サン　ハ、マタ　狐　ガ　ナクカ　ト、耳　ヲ　スマシテ　ヰマシタ　ケレド、モウ　ナキマセン　デシタ。タダ、山　マタ　山　ヲ　コエテ、アチラ　カラ、海　ノ　鳴リ音　ガ　聞エル　バカリ　デシタ。

坂田金時《サカタノキントキ》

昭和10（一九三五）年

一

ムカシ　アシガラ山ノ　山オクニ、ヤマウバト　金時ガ　スンデ　ヰマシタ。
　ヤマウバハ　マイニチ　金時ニ　人ノ　力デハ　デキサウモ　ナイ　コトヲ　イヒツケマシタ。
「コノ　大マサカリデ、アノ　大木ヲ　キリタホセ。デキナケレバ、カラスガ　ワラフゾ。」トカ、「アノ　高イ　ガケヲ、ノボッテ　ミヨ。デキナケレバ、ウサギヤ　サルガ　ワラフゾ。」トカ　イヒマシタ。
　金時ハ　ヤマウバノ　イフトホリニ　イタシマシタ。ソレガ　スムト、

「サア　コンドハ、クマニ　ノッテ、コノ　山ヲカケテ　ミヨ。」ト　イヒマシタ。

金時ハ、クマヲ　オ馬ト　シテ　林ノ　アヒダヲ　カケメグリ、マタ　谷川ヲ　トビコエテ　見セマシタ。

サウシテ、ドンナ　キケンナ　コトデモ、デキヌト　イフコトハ　ナカッタノ　デス。

ヤマウバハ、金時ノ　コノ　イサマシイ　アリサマヲ　見テ、マンゾク　イタシマシタ。

二

アル日、ヤマウバハ　金時ニ　ムカッテ、

「私ハ　ホンタウノ　ニンゲンデハ　ナイ。コノ山ニ　イク百年モ　スム　ヤマウバダ。大ワシガ、ドコカラカ　オマヘヲ　クハヘテ　来タノヲタスケテ　ソダテタノダ。力ト　イヒ、イクサノワザト　イヒ、オマヘハ　リッパナ　サムライニナレルダラウ。ソノウチニ　ミヤコカラ、キットムカヒニ　来ルニ　チガヒナイ。モシ　出世ヲ　シタラ、私ノ　ヤシロヲ　コノ　山ニ　タテテ　オクレ。モウ　コレガ、オワカレ　デス。」ト、ヤマウバガ　イヒマシタ。

「アナタハ　私ノ　オ母サンデハ　ナイノ　デスカ。」ト、金時ハ　カナシミマシタ。

ヤマウバハ　タイセツニ　シマッテ　オイタモノヲ　モッテ　来マシタ。

「コレハ、オマヘガ　コシニ　ツケテ　キタ　キンチャク　デス。コノ　中ニ　ナマヘガ　カイテアリマス。」ト　イッテ、ヤマウババハ　キンチャクヲ　ワタシマシタ。

「坂田金時。」ト、ナガ　カイテ　アリマシタ。

三

坂田金時ハ、山ノ　中デ　オ友ダチニ　ナッタクマ、シカ、ウサギナドヲ　アツメテ、マイニチスマフノ　ケイコヲ　シマシタ。

「コンドハ、サルクント　ウサギクンノ　バンダ。サア、シッカリ　ヤレ。」

金時ハ　カタハラニ　大マサカリヲ　オキ、クマト　ナランデ　ケンブツシナガラ、

「ハッケ　ヨイヤ　ノコッタ。」ト、イサマシクカケゴヱヲ　カケマシタ。

ミンナハ、ドチラガ　カツカ　ミトレテ　ヰマシタ。ソコヘ、一人ノ　サムライガ　ハイッテ来マシタ。

「私ハ、頼光《ライクワウ》サマノ　オツカヒデ、ミヤコカラ来タモノ　デス。コンド、大江山ノ　シュテンドウジト　イフ　オニヲ　セイバツ　スルニ　ツキ、アナタヲ　メシカカヘラレマス。」ト　申シマシタ。

「ソレハ　アリガタイ。ヤマウバノ　イッタ　コトガ、ホンタウニ　ナッタ。」ト、金時ハ　ヨロコビマシタ。

「シュテンドウジハ、私ノ　父ヲ　コロシタ　ワルイ　ヤツデス。」ト、コノトキ　クマガ　ナミダヲ　ウカベテ、イヒマシタ。

四

イヨイヨ、金時ト　ケモノタチトノ　オワカレデス。

サルモ、ウサギモ、シカモ、ミンナ　ナイテヰマシタ。中デモ、ヨク　金時ト　スマフヲ　トッタ　クマハ、

「シュテンドウジハ　キット　私ト　オナジ　毛皮ヲ　シイテ　ヰマス。ドウカ、私ノ　父ノ　カ

タキヲ　トッテ　下サイ。」ト、タノミマシタ。
頼光サマハ、金時ガ　キイタヨリモ　ツヨイコトヲ　オシリニ　ナリマシタノデ、オニセイバツニ　ツレテ　イク　五人ノ　ユウシノ、カシラトナサイマシタ。
オニタイヂノ　バン　デス。「ドレガ、シュテンドウジダ。」ト　サガシタトキ、「頼光サマ、アノ　クマノ　皮ヲ　シイテ、イビキヲ　カイテヰルノガ、シュテンドウジ　デス。」ト、ヲシヘマシタ。
マタ　金時ハ　メザマシイ　ハタラキヲ　シタノデ、ミヤコヘ　カヘッテカラ、タイソウ　オ天子サマノ　オホメニ　アヅカリマシタ。
金時ハ　ヤマウバノ　ゴオンヲ　ワスレズ、アシガラ山ニ　ヤマウバノ　オヤシロヲ　タテテヤリマシタ。

海軍キネン日

昭和10（一九三五）年

「オ父サン、海軍キネン日ハ　日本ノ　カンタイガ、ロシヤノ　カンタイヲ　ゼンメツシタ　日デスネ。」ト、太郎サンガ　イヒマシタ。

「サウデス。太郎ハ　ソノ　大センサウノ　アッタ　バショヲ、シッテ　ヰマスカ。」ト、オ父サンガ　オキキニ　ナリマシタ。

「ツシマカイケフニ　チカイ　日本海ノ　上デス。学校デ　先生カラ　ヲソハリマシタ。」

「チャウド　イマカラ　三十年前ノコト、私ガ　太郎ノ　年ゴロデ、ワスレモ　シナイ　明治三十八年五月二十七日　デシタ。」

「トウガウ大シャウガ、ミカサカンニ　ノッテ、シキ　サレタノ　デスネ。」

「サウデス。コノ　センサウノ　カチマケデ、日本ノ　ウンメイガ　キマルノダカラ、マケテハナラナイト　トウガウ大シャウガ　オッシャッタコトモ、ナダカイ　ハナシデス。」

「ソノコトモ、先生カラ　キキマシタ。ダガ　ドウシテ　ソンナニ、ロシヤハ　マケタノ　デセウ。」ト、太郎サンガ　キキマシタ。

「ロシヤノ　大シャウ　ロジェストウェンスキーハ、スワロフト　イフ　グンカンニ　ノッテ、シキシテ　ヰタガ、マケルト　トリコニ　ナリマシタ。コノ　心ノ　モチカタデ　デモ、ワカル　デセウ。」ト、オ父サンハ　オッシャイマシタ。

アルヒ　ノ　シヤウチヤン

昭和10（一九三五）年

シヤウチヤンハ　チヒサイ　ガマグチヲ　モッテ　ヰマシタ。

ソノナカニハ　ラウセキト　オカメドングリト一センドウクワガ　ハイッテヰマシタ。

ラウセキハ　オニイサンニ　モラッタノデス。

オカメドングリハ　トナリノ　シンチヤンカラモラッタ　イチバンダイジナ　モノデス。

ソシテ　一セン　ドウクワハ　イッカ　オネエサンカラ　五セン　イタダイテ　ニセンヅツデモチト　モチザヲヲ　カッタ　ノコリデシタ。

　アルヒノ　コトデス。ツネコサンガ　オトモダチト　オウチノ　マヘデ　アソンデ　ヰマシタカラ

「ナニシテ　ヰルノ」ト　イッテ　シヤウチヤンガ　ソバヘ　ユキマスト　アカイ　カキノハト　キイロナ　イテウノハデ　ウリヤゴッコヲ　シテヰマシタ。

「キレイナ　カキノハダネ　ドコデ　ヒロッテキタノ」

「オネエサンガ　ヱンソクニ　イッテ　ヒロッテキタノヨ」

ソノトキ　アチラカラ　アキノ　ヒヲ　アビテオバアサンノ　コジキガ　ヤッテ　キマシタ。コレヲ　ミルト　ツネコサンタチハ　イソイデゴモンノナカニ　ハイッテ　カギヲ　カケテ　シマヒマシタ。

オバアサンノ　コジキハ　タチドマッテ　ウラメシサウニ　ゴモンヲ　ミテヰマシタ。

シヤウチヤンハ　カアイサウニ　オモッテ　フトコロカラ　一セン　ドウクワヲ　トリダシテオバアサンニ　ヤリマシタ。

スルト　オバアサンハ　イクドモ　アタマヲサゲテ　サリマシタ。

シヤウチヤンハ　イツマデモ　ソノ　ウシロスガタヲ　ミオクッタノデ　アリマス。

ジヤツク　ト　小犬

昭和10（一九三五）年

ガクカウノ　コヅカヒサンハ　シンセツナ　イイオヂイサンデシタ。オヂイサンハ　ジヤツクトイフ　クロイ　犬ヲカツテ　ヰマシタ。
ジヤツクハ　ヤサシイ　目ヲシタ　オトナシイイヌデシタカラ　ミンナカラ　カハイガラレテヰマシタ。
アル日　オヂイサンハ　教室へ　センセイノオベンタウヤ　オチヤヲ　ボンニ　ノセテ　モツテ　キマシタ。スルト　アトカラ　ジヤツクモツイテ　キタノデス。
「ジヤツク　ジヤツク」
「ジヤツク　オイデ」
ミンナハ　カハイガツテ　ジヤツクノ　セナカヲ　ナデタリ　カルク　アタマヲ　タタイタリシマシタ。ジヤツクハ　ヲヲ　フツテミンナヲ　ミテヰマシタ。
ソノトキ　正チヤンガ　フクロニ　ハイツタパンヲ　シタニオトシマスト　ジヤツクガ　パクツト　クハヘテ　トツトト　カケテイキマシタ。
「コイツメガ」ト　コヅカヒサンハ　アトヲ　オヒマシタ。正チヤンモ　アノ　オトナシイ　犬ガト　オモツテ　コヅカヒ室ニ　イツテミルト　ソコニハ　ジヤツクガ　夏休ミノウチニ　ウンダシロト　クロノブチノ　カハイラシイ　二ヒキノ小犬ガ　クンクント　イツテ　オ母サンノ　モツテキタ　パンヲ　オイシサウニ　タベテヰマシタ。
「ワルイ　ヤツダ」ト　オヂイサンハ　ジヤツクヲシカリマシタ。ソシテ
「カンベン　シテヤツテ　クダサイ。イマ　パンヲ　カツテキテ　アゲマスヨ」ト　イツテ　正チ

ヤンニ　アヤマリマシタ。
正チヤンハ　ヤサシイ　ジヤツクノ　ココロガワカルト　ワラツテ　ジヤツクノ　ツミヲ　ユルシテヤリマシタ。

ユウダチ　ト　コスズメ

昭和10（一九三五）年

コトシ　ウマレタ　子雀ハ　ヤツト　オ母サンノ　アトニツイテ　トベルヤウニ　ナリマシタ。
アルヒ　子雀ハ　ヤネノウヘニ　トマツテキマスト　イママデ　オウチノマヘデ　オモシロサウニ　アソンデヰタ　太郎サント　花子サンガ　キフニ　ダマツテ　シマヒマシタ。
「ア　クラクナツタワ」
花子サンハ　ソラヲ　ミアゲマシタ。
「ユフダチガ　フツテクルヨ」
太郎サンハ　カケダシマシタ。
子雀ハ　スグニ　オ母サンノ　トコロヘ　トンデ　キマシタ。
「ユフダチツテ　ドンナモノデスカ」

ト　キキマシタ。
オ母サンガ　マダ　コタヘナイウチニ　ツメタイ　カゼガ　フイテ　ゴロゴロト　カミナリガナリダシマシタ。
「サ　ハヤク　スノナカニ　オハイリナサイ」
ト　オ母サンハ　子雀ヲ　セキタテテ　ノキシタニ　カクレマシタ。
ピカ　ピカ　ピカ　ト　イナビカリガシテ　ゴロ　ゴロ　ト　カミナリガ　ナリダシマシタ。ツヅイテ　アメガ　フリダシマシタ。
ウマレテカラ　ハジメテ　コンナ　オソロシイケシキヲミタ　子雀ハ　ドウナルノカト　オモッテ　フルヘテキマシタ。
「ナニモ　コハイコト　アリマセンヨ。コレガユフダチト　イフモノデス」
ト　オ母サンガ　ヲシヘ　マシタ。
ヂキ　アメモハレ　カゼモ　カミナリモ　ヤンデ　アヲイ　ソラガ　デマシタ。
子雀ハ　ヨロコンデ　スカラデテ　チユンチユン　ト　ナキマシタ。
マタ　アチラデハ　太郎サンヤ　花子サンノコエモ　キコエマシタ。

雨

昭和10（一九三五）年

雨 ガ フル ノデ、ソト ヘ デテ アソベマセン。勇《ユウ》チヤン ハ オウチニ ヰテ タイクツシマシタ。

「ハヤク 雨 ガ ハレル ト イイ ナ。」

ト オモツテ ヰマシタ。

ソノ 時 オ母サン ガ

「コノ ハガキ ヲ イレテ オイデ。」

ト オツシヤイマシタ。

勇チヤン ハ カラカサ ヲ サシテ、ハガキ ヲ ヌラサナイ ヤウ ニ シテ イキマシタ。

サカヤ ノ マヘ ニ ポスト ガ アリマス。雨 ニ ヌレテ 赤イ イロガ キレイ デシタ。ハガキ ヲ イレテ、カヘラウ ト スル ト サカヤ ノ 君子サンガ

「勇チヤン、オイデ ヨ。」

ト イヒマシタ カラ、雨 ノ アタラナイ ノキシタ ニ ハイリマシタ。

ミルト ミセ ノ テンジヤウ ニ ツバメ ノ ス ガ アリマス。オヤツバメ ハ 雨 ノ フル 中 ヲ、コツバメ ノ タメ ニ エ ヲ サガシニデカケマシタ。

ス ニハ コツバメ ガ アタマ ヲ ナラベテ、ソト ノ ハウ ヲ ミテ ヰマシタ。

「カアイラシイ ネ。」

ト 勇チヤン ガ イヒマス ト、君子サン モ ウナヅキマシタ。

ソノ ウチ ニ オヤツバメ ガ エ ヲ クハヘテ カヘツテ キマシタ。

スルト コツバメ ハ、ミンナ 小サナクチ ヲ アケテ、

トンデ　イキマシタ。
オヤツバメ　ハ　マタ雨　ノ　フル　中　ヲ
「チイチイ」
ト　ナキマシタ。

日記をつけませう

昭和10（一九三五）年

正《まさ》ちゃんは、今年七つになりました。それで、今年から、日記をつけようと思ひました。このことをお母さんに話しますと、

「自分で、さう感じたのは、たいへんいゝことです。去年は、まだその考へが出なかつたんですね」

と、おつしやいました。

だから、去年は買つていたゞいた日記帳に、ポチの顔を書いたりお姉さんや、お父さんの顔をかいたり、自分でも、わけのわからないものをかいて、めちやめちやにしてしまつたのでした。

それで、正ちやんは、お母さんに向つて、

「ねえ、お母さん、どういふ風に書いたらいゝのですか」と、たづねました。

すると、お母さんは、お仕事の手をやめて、ちやんとなさつて、正ちやんに、

「正ちやんは、もう仮名は、みんな書けるでせう」

と、おき、になりました。

「みんな、書けます」

「それなら、毎日、あつたこと、見て感じたこと、また、思つたことを、書くのです。それは、あとで見て、面白いばかりでなく、また、ためになることが多いのです」

「僕、うまく書けるかしらん」

「正直に思つたことを書くのが、一番い、のです。お姉さんなど、学校へ行つてから、感心によく日記をつけてゐますよ」

「姉さん、見せてくれないかなあ」

「いまに、花子が帰つて来てから見せておもらひなさい」と、お母さんは、おつしやいました。

そのうちに、花子さんが「たゞいま」と、いつて、学校から帰つて来ました。正ちやんより三つ年上で、十になつたのであります。

「花ちやん、正ちやんが、今年から日記をつけるさうですから、お前の小さい頃の日記を見せておくれでないか」と、お母さんがおつしやいました。

「あら、恥かしいわ」

「なにも、恥かしいことなんかありません」

「だつて、きたないのですもの」

さういひながら、花子さんは、本箱の中から、古い日記を持つてまゐりました。

「八つになつてからのよ」

「正ちやん、ごらんなさい。こんなにきれいに、はつきりと書いてあるぢやありませんか。来年になつたら、これ程に書けますか」とお母さんは、おつしやいました。

そして、日記をあけて、ごらんになつてゐましたが、

「さあ、読んであげますから、よく聞いてゐらつしやい」と、いつて、お読みになりました。

△月　△日

オトナリノ　アカチヤンハ　カアイイノヨ。オセンベヲ　アゲタラ　ウヘニ　フタツ　シタニ　フタツ　ハイタ　ハデ、バリ〳〵ト　タベタノ　ヨ。

△月　△日

ウチノ　マサチヤンモ　カアイイケド　クヒシンボウヨ、オクワシ　オクワシト　イツテオカアサンノ　アトニ　ツイテ　ネダツタケレド　ダマツテヰラツシヤルト　オカアサンノナサル　マネヲシテ　シマイニ　シリモチツイテ　ナキマシタ。

「ホヽヽ、面白いのね」

「なんだ、人のことばかり書いて、こんなの日記なの」と、正ちやんは、不平をいひました。

「こゝにも、正ちやんのことが書いてありますよ」

△月　△日

ワタシガ　マサチヤンヲ　シヤセイシテアゲタラ、マサチヤンハ　スマシテ　ヰマシタ。サウシテ　ワタシガ　カキヨゴシシタラ　ジブンデ　ゴムケシヲトツテキテクレマシタ。

「お母さん、もつと他のをよんでおくれよ」と、正ちやんがたまりかねていひました。

△月　△日

タケ子サンヲ　テイシヤヂヤウマデ　オクツテイツタラ　ユキノ　ノツタ　クワシヤガ　トマツテ　ヰマシタ。

「ドコカ　ユキノ　フル　クニヲトホツテキタノネ」ト、イフト

「チユウアウセンダカラ　コウシユウデセウ」ト　タケ子サンガイヒマシタ。

△月　△日

ウグヒスノ　ナクコヱヲ　キキマシタ。モウハルガクルノデス。ダイブ　サクラノツボミガオホキクナリマシタ。ゴゴカラ　オカアサンニツレラレテ　オツカヒニユキマシタ。

「ねえ、正ちやん、日記のつけ方が分つたでせう。これとおなじくなくてもいゝのよ。自分の見たり感じたりしたことを正直に書けばいゝのです。日記をつけておくと、自分の成長して行く姿がよく分ります。二年は、一年より見方も考へ方も進んで行くのですから」と、お母さんは、おつしやいました。

正ちやんは、だまつてうなづきました。

田うえ

昭和10（一九三五）年

春の　はじめに、なわしろに　まいた　いねのたねが　め　を　出して、もう　五六寸にも　なりました。

六月に　はいると、おひゃくしょうさんは　これを　水田に　うつし、きれいに　わけて　うえます。

きょうは、太郎さんの　おうちの　田うえ　です。朝早く　から、しんるいの　人や　きんじょの　人たちが、お手つだいに　来て　くれました。

おひるに　なったので、じゅうばこを　さげていらっしゃる　おばあさんの　あと　から、太郎さんは　おゆの　はいった　やかんを　ぶらさげて、田んぼへ　やって来ました。

みんなが　田の　中へ　はいって、下を　むいて　いそがしそうに、なえを　うえて　いました。およめに　いらした　おねえさんの　赤い　たすきが目に　つきました。

いい　おてんき　です。小川の　ながれが　ちょろちょろと　光って、かえるが　ないて　います。

あぜには　むらさきの　すみれや、きいろな　たんぽぽの　花が　咲いて　いました。

二人の　すがたを　見つけると　おとうさんは、

「さあ、みなさん。ごはん　です　よ。」

と　いって、どろだらけの　手を　して、まっさきに　田の　中　から　あがって　いらっしゃいました。

小さな愛らしきもの

昭和10（一九三五）年

霜が降るやうになつてから、捕へた鶯は、餌附かないといひますが、去年、暮に捕へたのを籠に入れると、ぢきに擂餌《すりゑ》をつゝきはじめました。

「これは、大丈夫かも知れないよ」

と、思はぬ、授物にあづかつたやうに、子供ばかりでなく、大人たちまでが喜んだのです。

これまでにも、新鳥を飼つた経験はあるが、なかには、醜く見える程、籠の中で暴れまはるのもあれば、比較的ぢきに馴れるのもあつて、決して、同じ鳥でも一様でないことは、通性《つうせい》の他に、いろ〳〵その鳥によつて、特別な性質といふものがあるやうに思はれるのでした。

「成たけ、人の傍に置くと、はやく馴れますよ。

そして、籠を持つ時には、何か鳥に言葉をかけておやんなさい。さうすると、却つて鳥は、驚かないのです」

と、ある人は教へてくれました。その人は、カナリヤを永く飼つてゐました。徒然の時には、籠から出して、自由に、室の裡を飛ばしたり、歩かせたりしました。カナリヤは、指に来て止つて、皮をむいてやる麻の実を喜んで食べました。さうした経験を有することから、こんな話をしたのですが、考へると理由のないことでない。

一時、私は、目白と鶯を私の傍に置きながら、仕事をしました。書いたり、読んだりすることに倦きると、鳥籠の方に顔を向けるのだが、さて何を話してい丶ものか？　全く、それは自然であつたが、目白の方へ顔を向けると、

「なあ、目白や」と、話かけます。また鶯の方へ顔を出した時は、

「鶯や」と、呼びかけました。

これ等の小鳥たちに、私の親しみを持つた言葉が、果して、どれ程理解されたらうか。

目白の方は、ずつと前に鳥屋から、買つて来たものです。しかも新鳥としてゞなく、子飼ひでないまでも、馴れている筈なのが、鶯の方が、やさし気に見えて、一層、私たちに親しまれました。袋虫をやるにしても、鶯の方が、すぐに来てとるのに、目白の方は、どことなく注意深く、油断のない様子付きでありました。

鳥には、灯を見せると、早く囀り初めるといひます。春になつたと思ふからです。それで、私は、毎夜、私の傍に籠を置きました。日がだん〱永くなるといふ風に感じさせなければならぬので、時計を見ては、黄昏時刻を正確に定めて、風呂敷をかけて暗くする面倒を見ました。すると、正月早々には、まだ鶯の鳴くのを聞き得なかつたけれ

ど、一月の末から、朗らかに鳴き出しました。それは、大抵午前の九時から、十時にかけて、きまつて鳴くのであります。鶯の鳴く時刻になると、家内の者は、仕事も手に附かず、今か、今かと、耳をすましてゐました。だから、うちの鶯の鳴声の特徴といふものをよく知つてゐたのでした。

子供たちは、目白のことなどは忘れて、

「うぐひすや」と、いつて、顔を籠にくつつけたりしました。鶯も、黒いまるい山椒の実のやうな眼をして、みんなの顔をながめてゐました。

「花が咲いてしまつたら、逃がしてやるんだよ。夏を越させるのは、むづかしいといふから」と、私は、かねて、子供たちにいつてゐたのですが、時々、そのことを思ひ出したと見えて、突然、末の男の子などは、

「お父さん、僕、この鶯がとてもかあいゝのだから、決して、逃がしてやりませんよ」と、わざ〳〵、私の机の傍までやつて来て、言ひました。

それから、ずつと毎日、よく鶯は鳴きました。裏の林へは、藪鶯も来て鳴くやうになりました。けれど、声の節まはしといひ、またその調子の強さといひ、家の鶯の方が遙かによかつたのです。

「やはり、鶯は、生れつき、飼鳥に出来てゐるのかな」と、私をして、思はしめたのであります。

ある時は、自然に成育するより、人間の助けを受ける方が、鶯にとつて、たしかに幸福であらうと解釈をしたのですが、何といつても、花が散りかけて、だん〳〵鶯が山へ帰り行く頃になると、流石に、私たちの良心は、勝手な解釈ばかりで、この可憐な小鳥を籠の中に囚へて置くことが出来なくなりました。

それは、目白だつて、同じことだつたのです。

もはや、藪鶯の声が、裏の林に聞かれなくなつた日のこと、あまり遅くなつてから、独りで山へ

帰してやるのは淋しからうと、子供たちを呼び集めて、籠の口を開けさしめ、二階の窓から放したのでした。鶯は、躊躇なく、飛び立つたが、遠くへは行かず、すぐ、庭先の桜の木に止りました。しばらく、見てゐると、枝から枝を渡つて、自から、小虫を探してゐたやうです。そこには、毎朝もらふ、袋虫のやうなのは、見付からなくとも、他の鳥の見落して行つた小虫は、枝と枝にあつたと見えます。なぜなら、神は、決して、自然を家として棲む生物を飢えしめないものだから。そして、まだ半年と籠の中にゐなかつた鶯には、自から の力で生きて行く、本能を忘れはしなかつたからであります。

その翌日も、翌日も、鶯は、裏の林から、去らずにゐました。

「やはり、こゝのお家が恋しいのだね」と、子供たちは、いひました。

「かあいがつて、やつたからだよ」

「籠を出して置こうよ、また、内へはいるかもしれんから」

しかし、鶯は、目白の籠の上にも来なければ、また、二度と、もとの籠の内へ戻らうともしなかつたのでした。そのうちに、いつしか、鶯の鳴声が、きこえなくなりました。

「あゝ、もうお山へ帰つたんだね」

「いま頃、甲州の山の方へ行つたかしらん」

「かあいゝ鶯だつたね、また秋になると、きつとやつて来るよ」

「さうかしらん」

子供たちは、いろ〳〵空想を逞《たくまし》うしてゐました。いつしか、彼等の眼は、後に残された、目白の上に注がれるやうになりました。

「目白だつて、かあいさうぢやないか？　ね、お父さん」

「これは、鳥屋から買つて来たのだし、鳥屋にゐるよりか、こゝへ来たのが仕合なのだから、まあ飼つて置かうよ」

しかし、子供は、それは不公平だと言ひ張るのでした。そして、本当に逃がす前に、先づ、室の内で放つて見ることにしました。

だが、籠の口を開けても、目白は出ようとはしなかつたのです。何となく、外へ出るのが不安さうに見えて、とまり木に止つて、ぢつと小頸を傾げてゐました。

子供は、それをば無理に籠から出すと、覚束ない飛び方をして、本箱の上まで行つたが、心臓をどき〳〵とさせてゐました。こんど、どこへ飛ぶであらうかと見てゐると、室内を二三べん廻はつてから、また、自分の籠の内へ入つてしまひました。彼は、自分に、自由を求めるだけの力のないのを悟つたのでした。

「それごらん」と、私は、偶然にも不幸な運命に置かれた、小鳥の一生を憫みながらいつたのでした。

「大事にして、飼つてやらうね」と、子供等はいひました。

ところが、五月の末でした。珍らしく、二日もつゞいて、午後から雹《ひよう》の降つた時であります。急に寒冷を催うしたが、その晴れた翌日、裏の林に、鶯が来て鳴きました。まがふことなき、家で飼つてゐた鶯でした。

「あ、うちの鶯だね」

「さうだ、あの鳴声は、うちの鶯だ。どうして帰つて来たんだらう」

「いまゝで、どこへ行つてゐたのだらうか」

みんなは、それを不思議がりました。親しいものが帰つて来たやうに、子供等は、もう一度、籠の内へ戻るようにと、わざ〳〵籠の口を開けて、二階の濡縁へ出して置きました。鶯は、三日ばかり、つゞけて鳴いたが、また何処へ行つたものかゐなくなつてしまつた。

これは、最近の事実を、そのまゝ記したものであります。

（十年六月）

やさしい母犬

昭和10（一九三五）年

どこから、追はれて来たのか、あまり大きくない雌犬がありました。全身の毛が黒く、顔だけが白くて、狐か猿に似た形は、かあいげがないといふよりは、なんだか気味悪い気がしたのであります。だから、子供たちは、この犬を見ると、石を拾つて投げつけたり、何もしないのに、追ひかけたりしました。犬はます〳〵おど〳〵として、人の顔を見れば逃げるやうになりました。

☆　☆

ペスやポチは、みんなから可愛がられてゐるのに、なぜ、この犬だけ、みんなから嫌はれるのだらうかと、敏ちやんは、ふと、犬を見た時に考へたのでした。自分だつて、このあはれな犬をいぢめたことがあるのですが、考へると、わるいことをしたやうな気がしたのでした。

「こんどから、僕は、もう、あの犬をいぢめないことにしよう」と、敏ちやんは、思ひました。

☆　☆

ところが、偶然にも、ある日、敏ちやんのうちのお勝手許へ、その顔だけ白い犬がやつて来てのぞきました。余程、おなかがすいてゐたと見えて、何かたべるものを探してゐることが分りました。

「まあ、なんて、気味のわるい犬でせう」と女中がいつて、水をかけようとしたのを、敏ちやんは、止めさせました。そして、

「まつておゐで！」と、犬に向つて、いひながら、奥へ入つて、昨夜、食べ残してあつたパンを持つて来ました。

パンは、もう堅くなつてゐましたが、このおなかのすいた犬にとつては、どんなにかおいしいご馳走であつたでせう。犬は、敏ちやんの、親切にいつてくれた言葉が分つたやうにぢつとして、待つてゐました。

「さあ」と、いつて、敏ちやんはパンの一切れを犬に投げてやりました。

犬は、喜んで食べると思ひの他、それを口にくはへると、あわただしく、逃げて行つてしまひました。

☆　☆

「それごらんなさい、坊ちやん、まあ、なんて、にくらしい犬でせう?」と、女中は、あきれました。

「ほんたうに、いやな犬だね」と敏ちやんもあんな犬に、何もやらなければよかつた。ああいふ犬だから、みんなに、いぢめられても仕方がないのだといふ考へが起つたのであります。

「もう、来たつて、何にもやるものか」と、敏ちやんは、いひました。

☆　☆

ある日、敏ちゃんは、学校から帰りに、この犬が、やはり何かくはへて、脇目もふらずに原つぱをかけて、あちらの杉林の中へ行くのを見ました。

「どこへ行くのだらうか」と、敏ちゃんは、思ひました。

この時、林の中から、わん、わんといふ、犬の啼き声がきこえて来ました。敏ちゃんはきつと犬同志のけんくわが起つたのだらうと思ひましたから、すぐに行つて見る気になつてかけ出しました。そして、林に近づくと、そつと中の様子をうかがひました。

☆　☆

すると、何うでせう。そこには二疋の小犬がゐて、いま母犬のもつて来てくれた、魚の骨を争ひながら、小さな尾をぴち〳〵とふつて、喜んでたべてゐるのでした。

「あ、分つた！　この間のパンも、自分がたべずに、小犬のところへ持つて行つたのだ」と、敏ちゃんは、知りました。

母犬は、自分がたべずに、子供のたべるのを見て、さも満足してゐるやうでしたが、この間にも、たえず、林の外の方へ気をくばつてもしや、どこからか、敵がおそつて来はしないかと、注意を怠りませんでした。

敏ちゃんは、これをみて、母犬の子供に対するやさしい愛情は、人間のお母さんが、子供に対するのと、少しも変りのないのに、ひどく感心しました。

☆　☆

敏ちゃんは、この平和な犬たちをおどろかしてはならないと、そつと、その林からはなれました。

それから、敏ちゃんは、この黒犬を心から愛するやうになりました。他の子供等が、この犬を見て石を投げようとすると、敏ちやんは止めさせました。

「君、この犬は感心なんだよ」と、自分の見たことを、話しました。これをきくと他の子供たちも「利巧な、いい犬だね」と、感心しました。もう子供たちは、この犬をいぢめなくなりました。敏ちやんの家の女中も、敏ちやんから話をきいて、感心して、その後、ペスやポチにやらなくても、魚の骨などを、この宿無しの、かあいさうな犬の来るまでとつて置いてやりました。

「子供があつて、どんなに、おなかが、すくでせう」と、女中は、同情しました。

カガシ

昭和10（一九三五）年

兄 ト 妹 二人 デ、叔母サン ノ トコロ ヘ アソビ ニ 行キマシタ。ヒトバン トマツテ、イマ オウチ ヘ 帰ル ノ デス。
「近道 ヲ シヨウヨ。」
ト 誠サン ハ 往来 カラ、ホソイ ハタケミチ ニ ハイリマシタ。今年 ハ 作 ガ イイ ト 見エテ、ナンデモ ヨク デキテ ヰマシタ。稲 ノ ホ ハ オモサウ ニ タレテヰマシタ。
小川 ノ フチ ヲ トホル ト、蛙《カハヅ》 ガ オドロイテ ポチヤント 水 ノ 中 ヘ トビコミマシタ。
「ア、ビツクリ シタ ワ。」ト ヨシ子サン

ガ　イヒマシタ。

「ハテナ、ドウ　イツタラ　イイ　ノ　カ　ナ。」

ト　二筋道　ノ　トコロ　デ　誠サン　ハ　マヨヒマシタ。

「アスコ　ニ　オ爺サン　ガ　ヰル　カラ、キキマセウ。」

二人　ハ　オ爺サン　ノ　トコロ　ヘ　来マシタ。

「オヂイサン　町　ヘ　出ル　ニハ、ドノ　ミチデス　カ。」

　オ爺サン　ハ　ダマツテ　ヰマシタ。ソレ　ハミノ　ヲ　キテ、笠　ヲ　カブツタ　案山子　デシタ。

「アスコ　ニ　ヰル　ノ　ハ、ホンタウ　ノ　人ラシイ　ワ。」

「イヤ、カガシダラウ。」

二人　ハ　トホク　カラ、コヱ　ヲ　カケテ見マシタ。

「モシ、モシ、オ爺サン！」

「ハイ、ハイ、ナンデスカ？」

　ソレ　ハ、ヤハリ　オヂイサン　デシタ。二人ハ　ヤツト　町　ヘ　行ク　道　ニ　出マシタ。

みのり

昭和10（一九三五）年

朝　早く　から、ほらがいが　なりました。それは　村中の　ものに　しごとを　やすめと　いう　しらせです。
「まことに　けっこうな　お年で、なんでも　みのりが　よく　できました。」
と、おじいさんは　ニコニコ　しながら、来る人の　かおを　見ると　おっしゃいました。
ちんじゅの　おやしろでは、ドンドンと　たいこを　たたく　音が　しました。きょう、けいだいで　おいわいの　すもうが　ある　そう　です。
武ちゃんは　じゅうばこに　入れた　あんころもちを　さげて、しんるいへ　行きました。田んぼみちを　通ると、こがねいろの　いねの　ほが、さも　おもそうに　たわんで　いました。
おばさんの　うちには　なん本も　かきの木が　あって、すずなりに　なって　います。めじろが　たかい　えだに　とまって、中の　一ばん　赤い　かきを　つついて　いました。
武ちゃんは　いそいで　かえると、まつたけと　ぶどうが、たくさん　おぼんの　上に　のせて　ありました。
「どこ　から　もらった　の？」
と　武ちゃんは、いもうとの　アヤ子さんに　ききました。
「私が　おつかいに　行って、おとなりで　もらって　来たの　よ。」
と、アヤ子さんが　こたえました。
アヤ子さんは、おねえさんに　きれいに　かみを　ゆって　もらって、うつくしい　きものを　きて　いました。

くひしんぼうの花子さん

昭和10（一九三五）年

ある日曜の朝のことでした。年ちやんは、叔父さんの家へ遊びに行きました。従妹の花子さんは、年ちやんの顔を見ると、

「まあ、よかつた。いまお迎ひに行かうと思つてゐたのよ。けふお父さんが、どこかへ連れて行つて下さるつて」と、いゝました。

「いゝなあ、どこへ行くの？」と、年ちやんも喜びました。

花子さんのお父さんは、にこ〳〵として、二人の様子をご覧になつて、

「年坊は、どこへ行つて見たいな」とおきゝになりました。

年ちやんは、不意にかう問はれても、どこがいゝか、すぐにはお答へが出来なかつたのです。

「私、自動車に乗つて、遠い処へ行つて見たいわ」と花子さんが、いゝました。

「あゝ、それがいゝね」と、年ちやんも、賛成しました。

「はゝゝゝ、ぢや、彼方の山の方まで、自動車に乗つて行つて見ようか？」と、お父さんはおつしやいました。

「うれしいなあ」と、年ちやんも、花子さんも、手を叩いて、をどり上らんばかりに喜びました。

花子さんのお母さんは、お弁当や、お菓子や、果物など、いろ〳〵車の中へ入れて下さいました。

やがて、自動車は、一時間四十キロ位の速力で、田舎道を走つてゐました。

稲は、もう黄色くなつて、重さうに頭を垂れてゐました。柿の実が、赤く沢山なつてゐた村がありました。遠くに見えた山がだん〳〵近くなつて

来ました。年ちやんと花子さんは、方々の景色に見とれてゐますうちに、ふと自分達の走つてゐる道に気がついて、

「花子さん、どこまでもアスフアルトの道がつゞいてゐるのね」と、年ちやんは、いゝました。

「ほんたうだわ」と、花子さんも、驚いて、いつの間に、こんな田舎道までアスフアルトになつたのかと思ひました。二人が、お父さんにおきゝすると

「この道に気がついたのは感心だ。日本の道がよくないといつたのは、昔のことで、殆んど国中こんな立派な道が走つてゐる、えらいものだらう」

と、おつしやいました。

いつしか、十四五哩《マイル》も来てゐました。自動車を止めて傍の雑木林の中に入り、そこでみんなは、草の上で、お弁当を食べました。木々の葉は紅葉して、美しかつたのです。かあいらしい小鳥が、頭の上の枝に来て、不思議さうにみんなを見てゐました。そのうち、小鳥は下りて、赤い木の実をつゝいてゐました。

「あの山をごらん、雪が来てゐる」と、お父さんが、遠方の山をお指しなさつたので、運転手さんまでが、立上がつて、その方を眺めたのでした。

しばらく遊ぶと、花子さんは、

「もう帰りませう」と、いゝました。花子さんは、急にさびしく感じたからです。今頃お家にゐれば、チンドンヤの笛の音が聞えたり、お隣のよし子さんが遊びに来る時分だらうと思ふと、都会が恋しくなりました。年ちやんだけは、いつまでも、田舎の景色に見とれてゐたかつたのです。

その帰り途のことでした。

「このアスフアルトの道、板チヨコ見たいね」と、花子さんが、いゝました。

自動車の窓から、つる〳〵として、気持よく滑

る道をながめてゐると、そんな気がしたのでした。

これを聞いて、お父さんも、年ちやんも、運転手さんも、みんなが、くひしんぼうの花子さんを笑ひました。しかしながら、花子さんは、此時ほんたうに明治の大きな板チヨコを思ひ出して、急に食べたくなつたのであります。

にぎやかな笑ひ

昭和10（一九三五）年

おぢいさんは、さつきから、お机に向つて、なにか考へてゐらつしやいました。硝子戸をとほして、赤い南天の実が、おもさうに頭を垂れて、風の吹くたびにゆれてゐるのが見えます。そして、うす紅い夕空に、差出た梅の木の蕾が、もう大分大きくなつてゐました。

外は、かなり寒さうであつたが、室内はストーブが焚いてあるので暖かでした。この時、にぎやかな笑ひ声がして、お客様がお帰りの様子でした。つゞいて小さな足音が、トントンとして、

「おぢいさん、小母さんから、お菓子をもらつたんですよ。いまお茶をいれますから、はやくいらつしやいつて、お母さんが、いつてゐます。」

と、兄の信ちやんが、呼びに来ました。

「あ、さうか、どんなお菓子だな。」

と、おぢいさんは、筆を下に置いて、早速子供の後からついて来て、みんなのお仲間入りをなさいました。

テーブルのまはりには、信ちやんのお姉さんの陽子さんや、弟の広さんなどが、もうちやんと坐つてゐました。

「おゝ、たいさう立派なお菓子だな、西洋菓子かな。」

と、おぢいさんが、おつしやいました。

「おぢいさん、明治のシヨートケーキよ。街は、売出しで、たいへん賑やかなんですつて。」

と、陽子さんが、いひました。

「どれ、よく私に見せておくれ、なか〳〵きれいだな。信坊に、広坊、このお菓子を文章に作つて見せんか。」

と、おぢいさんが、おつしやいました。

「やだ、それよりか、早く食べたいな。」

と、信ちやんが、いひました。

「おぢいさんは、お前方の綴方がごらんなさりたいのだよ。さあ、上手に作つてお見せなさい。」

と、お母さんが、いはれました。

「ぢや、僕と広さんと二人で作らう。」

と、信ちやんがあちらへ駆け出すと、あとから、広さんも飛んで行きました。五分と経たぬうちに、二人は、字を書いた紙を持つて来ました。

おぢいさんは、眼鏡をお直しになつて、

「どれ、これは、信坊のか、なんと書いてあるな――」

「僕は、おいしさうなシヨートケーキを見てゐると、雪に埋れた、寒い北国の平和な村をさうざうする。家々の窓には、赤い灯火がついて、空には、ピカ〳〵とした星が輝いてゐます。」

「なる程な、これは、よく出来てゐるな。」

と、おぢいさんは、おつしやいました。お母さんも、お姉さんも、感心してきいてゐらつしやいました。

「次に、広さんは、なんと書いたでせう。」

と、お母さんが、いはれました。

「どれ、広坊のは――」

と、おぢいさんは、お読みになりました。

「お母さんは、お菓子を分けて下さる時に、いつも公平だとおつしやいます。けれど、兄さんや、姉さんが、いつも沢山取るやうです。このショートケーキを分けて下さる時は、物差を持つて来て、はかつて下さい。」

「はゝゝ、これは、また面白い。おぢいさんの句よりか、どちらも、うまいものだ。」

と、いつて、おぢいさんは、二人の孫達の頭をなでゝ下さいました。この時、お母さんは、

「そんなら、公平に、ショートケーキを分けて上げませうね。」

と、いつて、お立ちなさると、

「お母さん、物差を取りに、いらつしやるの?」

と、陽子さんが、いつたので、おぢいさんと、お母さんは、大笑ひをなさいました。

お父さんは、ちやうど、旅をなさつて、お留守でした。

解説・資料

小埜裕二

解説

童話のスペシャリスト

大正一四年、未明は日本プロレタリヤ文芸聯盟設立に参加するが、翌年一一月の大会でマルキスト派と対立、未明らアナーキスト系の作家は、別に日本無産派芸術聯盟を組織する。階級社会の矛盾を資本家の利益追求の結果と考え、社会や経済の抜本的改革を目指そうとするものと、人間の心の問題をより重視し、社会改造を目指そうとするものとの対立であった。

小説「彼と三つの事件」(大正一五年五月)には、後者の側から社会問題を捉えようとする未明の思いが示されている。「人間の無智や、不注意のみが、悲劇を生むのであつた。あるものは、懶さから……、そして、あるものは、残忍性から……しかし、それは、たゞ強い者が、弱い者に対して、また勝手にできる地位にある者が、抵抗力を持たない哀れな者に対してだけされたことです。」とある。「弱い者」の側に立たないかぎり、「強い者」は誤った態度をとってしまう。「強い者」と「弱い者」の対比は、大人と子供の対比でもあろう。童話に専心することを決意した未明は、「弱い者」の代弁者となった。

だがそうして決意された〈童話作家宣言〉後の未明童話は、それ以前の童話に比べ、十分評価されることはなかった。戦前の生活童話や戦争童話、戦後のヒューマニズム童話は、大正期のネオ・ロマンチシズム童話や社会主義童話に比べ、単調で、野蛮で、旧套だと捉えられた。しかし、昭和初年代に発表された未明童話には、すぐれた童話が多いことを指摘しておきたい。

昭和二〜六年に『未明童話集』1〜5が丸善か

ら刊行される。『未明童話集』は各巻五〇編近い童話を収めるが、そのうち4・5巻には昭和に入って書かれた新しい童話が収められ、〈童話作家宣言〉後の童話にかける未明の思いが集約された良質の童話が揃っている。都会のほほえましい生活風景を背景に、子供のやさしい心や家族の愛、小犬や子猫の話が多く登場する。

未明にとって童話は、特殊な意味をもっていた。未明は、童話を子供の姿に立ち返って、ある感激を訴える文学、子供時代に抱く自然に対する驚異、不思議の感じと敬虔の気持ちを述べる文学だと言う。昭和初年代には、さまざまな年齢層に向けた童話が書かれた。子供向けのもののなかには、幼年向けに書かれた童話もあり、大人向けのもののなかには、女性向けに書かれた童話もある。それぞれの読者を意識して童話を書き分ける自信と能力が、この時期の未明には備わっていた。

幼年向けに書かれたカタカナ童話・ひらがな童話には、子供の心の純粋性を印象的に語ったものが多い。出来事の小説的展開や虚構は控えめで、ある感情の純粋な表白に集中している。未明の詩的精神が見事に結晶したものである。『コドモヱバナシ』（昭和一〇年一月）に収められた童話は、文学史に残る成果といえよう。

一方、大正期後半に談話体小説で試みられた小説の童話化が〈童話作家宣言〉後の、童話の小説化を促すことになる。小説的主題を童話的表現で表すことができるなら、童話的主題を通して、大人を満足させる高尚な童話を創ることができると考えたのであろう。残念なことに、こうした〈大人の童話〉は、「民政」や「真理」等の雑誌に発表された十数編ばかりで、未明童話の中心となるものではないが、この時期の未明童話の優れた成果の一つとなっている。

本巻には昭和三年から一〇年の間に発表された童話一〇三編を収めた。未明四六歳から五三歳の間に発表された童話である。童話集には、昭和三年～五年刊行の『未明童話集』3～5の他、七年刊行の『青空の下の原っぱ』『童話雑感及小品』、八年刊行の『雪原の少年』、九年刊行の『童話と随筆』、一〇年刊行の『コドモヱバナシ』『小豚の旅』がある。この時期の有名な童話には「なまづと、あざみの話」「ガラス窓の河骨」「赤いガラスの宮殿」「青いランプ」「春風と王様」「雪原の少年」「二人の軽業師」「平原の木と鳥」「空へのびる蔓」「ナンデモハイリマス」「青空の下の原っぱ」「深山の秋」などがある。

本巻の収録童話数が他巻に比べて多いのは、短い幼年童話が多いためである。講談社版『定本小川未明童話全集』では、第一五・一六巻に幼年童話を収めるが、その数は一一二編である。未明が残した幼年童話の半数近くが全集に収められなかった。本童話集によって幼年童話の全容を知ることができる。本巻に収録した「雲、雲、イロイロナ雲」「秋ノ野」「帽子ノ日オホヒ」「ナツノアル日」「除隊」「ミンナイイ子デセウ」「キクノハナトシャボンダマ」等の優れた童話を味わってほしい。「秋ノ野」（昭和八年九月）は、昼から夜へ移り変わる時間のなかで、秋の野を舞台に、かわいい小さな命たちが次々にクローズアップされる。誰もいなくなった野原に光る「チョコレートの銀紙」は、印象的である。

〈大人の童話〉も、童話全集においては積極的に収められなかったものといえよう。これらの童話は、昭和八～九年に「民政」という立憲民政党の機関紙に掲載されたものがほとんどである。本巻に収めた「曠野」「酒場の主人」「土を忘れた男」「偶然の支配」「後押し」「研屋の述懐」「石」

「自然の素描」等は、未明山脈の一つのピークをなすものとなっている。「研屋の述懐」は、息子を戦争でなくした父親のさびしい胸のうちが明かされ、反戦的なメッセージが強い。「自然の素描」では、未明父子の関係がうかがわれる。

未明は、童話を通して、社会正義について語った数少ない作家の一人である。本巻にも多数、そうした童話が収められている。「彼等の悲哀と自負」「野鼠から起つた話」「都会の片隅」「彼と木の話」等は、数年後に未明が戦争協力的な姿勢を示すことを考えると、とりわけ興味深い。

本巻をひもとくと、未明がこの時期、童話のなかで八面六臂の活躍をしていたことが分かる。大正期後半の未明が小説と童話の双方でバランスをとっていたように、昭和初年代の未明は、童話というジャンルのなかで、社会正義を訴え、幼年の無邪気を謳い、大人の童話を創っていた。それは両極に引き裂かれる危うい均衡というより、童話のスペシャリストとしてあらゆる方面で童話の力を示そうとする獅子奮迅の働きであった。

ちなみに本巻と次巻に収めた作品の掲載紙誌のうち、「スヰート」は製菓会社のPR誌であり、その掲載童話は洋菓子の宣伝用という性格がある。また「台湾日日新報」という台湾の日本語新聞にも未明は多数、童話を発表している。大正期後半に刊行された童話雑誌が昭和初年代、次々に廃刊に追い込まれるなか、未明はさまざまな紙誌を童話の掲載先として開拓していかざるをえない事情もあった。

なお、本巻には、使用した底本の関係で、一部、カタカナ童話がひらがな童話になっているものがあることを付記しておく。

初出・底本一覧

初出誌紙（不明の場合は初収童話集）、底本の順に示した。

冬のない国へ　〈初出・底本〉「週刊朝日」昭和3年11月18日

橋の雛　〈初出・底本〉「童話運動」昭和4年1月

冬から春へ　〈初出・底本〉「童話文学」昭和4年1月

波と赤い椿の花　〈初出・底本〉「国民新聞」昭和4年1月1日

正月のある晩の話　〈初出・底本〉「大阪毎日新聞」昭和4年1月1、3日

街の時計　〈初出〉「スキート」昭和4年4月15日、〈底本〉『童話雑感及小品』文化書房　昭和7年7月

紅い花　〈初出・底本〉「令女界」昭和4年7月

別れて誠を知つた話　〈初出・底本〉「小学校」昭和4年7月

彼等の悲哀と自負　〈初出〉「現代」昭和4年9月、〈底本〉『小川未明作品集第4巻』大日本雄弁会講談社　昭和29年10月

野鼠から起つた話　〈初出〉「若草」昭和4年11月、〈底本〉『童話雑感及小品』文化書房　昭和7年7月

M少年の回想　〈初出〉「小学校」昭和4年11月、〈底本〉『童話雑感及小品』文化書房　昭和7年7月

霙の降る頃　〈初出・底本〉「キング」昭和4年12月

木と少年の愛　〈初出・底本〉「教育研究」昭和5年3月

今年ノ春ト去年ノ小鳥　〈初出〉「コドモアサヒ」昭和5年4月、〈底本〉『青空の下の原っぱ』六文館　昭和7年3月

見事な贈物　〈初出・底本〉「スヰート」昭和5年4月20日

汽車の中　〈初出・底本〉「北陸毎日新聞」昭和5年4月27日

田舎と都会　〈初出・底本〉「教育研究」昭和5年6月

雲、雲、イロイロナ雲　〈初出・底本〉「コドモアサヒ」昭和5年7月

ハナ　ト　ミヅグルマ　〈初出〉「コドモアサヒ」昭和6年6月、〈底本〉『青空の下の原っぱ』六文館　昭和7年3月

田舎のおぢいさんへ　〈初出・底本〉「スヰート」昭和6年7月

りんどうの咲くころ　〈初出・底本〉「国民新聞」昭和6年8月9日

ペスの一生　〈初出・底本〉「新愛知」昭和6年8月15日

みんなかうして待つ　〈初出・底本〉「帝国教育」昭和6年11月

冬の休日　〈初出・底本〉「スヰート」昭和7年1月

おねえさんと勇ちゃん　〈初出〉「コドモアサヒ」昭和7年5月、〈底本〉『雪原の少年』四条書房　昭和8年8月

チヨコレートノ、ニホヒガシマス　〈初出・底本〉「スヰート」昭和7年5月

都会の片隅　〈初収録・底本〉『童話雑感及小品』文化書房　昭和7年7月

彼と木の話　〈初収録・底本〉『童話雑感及小品』文化書房　昭和7年7月

幸福　〈初収録・底本〉『童話雑感及小品』文化書

房　昭和7年7月

三階のお婆さん　〈初収録・底本〉『童話雑感及小品』文化書房　昭和7年7月

金めだか　〈初収録・底本〉『童話雑感及小品』文化書房　昭和7年7月

涯しなき雪原　〈初収録・底本〉『童話雑感及小品』文化書房　昭和7年7月

シヤメと武ちやん　〈初出〉「コドモノクニ」昭和7年9月、〈底本〉『雪原の少年』四条書房　昭和8年8月

明治節　〈初出〉「コドモアサヒ」昭和7年11月、〈底本〉『雪原の少年』四条書房　昭和8年8月

たまとうぐひす　〈初出〉「コドモノクニ」昭和7年12月、〈底本〉『雪原の少年』四条書房　昭和8年8月

かぜのない　あたたかい日　〈初出〉「コドモノクニ」昭和8年3月、〈底本〉『童話と随筆』日本童話協会出版　昭和9年9月

モウヂキ　サクラノ　ハナガ　サキマス　〈初出〉「コドモアサヒ」昭和8年3月、〈底本〉『小川未明　コドモ　ヱバナシ』東京社　昭和10年1月

アマリリス　ト　駱駝　〈初出〉「コドモノクニ」昭和8年4月、〈底本〉『小川未明　コドモ　ヱバナシ』東京社　昭和10年1月

ツユ　ノ　イリ　〈初出〉「コドモアサヒ」昭和8年6月、〈底本〉『小豚の旅』四条書房　昭和10年5月

草原で見た話―だから神は愛を与えた―　〈初出・底本〉「人類愛善新聞」昭和8年7月上旬号、中旬号

秋ノ野　〈初出〉「コドモアサヒ」昭和8年9月、〈底本〉『小川未明　コドモ　ヱバナシ』東京社　昭和10年1月

柿　〈初出・底本〉「人類愛善新聞」昭和8年7月

上旬号、中旬号

生存する姿　〈初出〉「報国」昭和8年10月、〈底本〉『童話と随筆』日本童話協会出版　昭和9年9月

酒場の主人　〈初出〉「民政」昭和8年11月、〈底本〉『童話と随筆』日本童話協会出版　昭和9年9月

鼠　ト　タンク　〈初出〉「コドモノクニ」昭和8年11月、〈底本〉『小川未明 コドモ ヱバナシ』東京社　昭和10年1月

土を忘れた男　〈初出〉「民政」昭和8年12月、〈底本〉『童話と随筆』日本童話協会出版　昭和9年9月

雪ニ　ウズモレタ　小学校　〈初出・底本〉「コドモアサヒ」昭和8年12月

狼とチヨコレート　〈初出・底本〉「スヰート」昭和8年12月25日

カド松ノ　アル　ヰナカマチ　〈初出〉「コドモアサヒ」昭和9年1月、〈底本〉『オ月サマト キンギヨ』愛育社　昭和21年4月

オレンヂノ　実　〈初出〉「コドモアサヒ」昭和9年2月、〈底本〉『小川未明 コドモ ヱバナシ』東京社　昭和10年1月

チチザル　ノ　オハナシ　〈初出〉「幼年知識」昭和9年2月、〈底本〉『小豚の旅』四条書房　昭和10年5月

こぶしの花　〈初出〉「民政」昭和9年4月、〈底本〉『童話と随筆』日本童話協会出版　昭和9年9月

天長節　〈初出〉「コドモアサヒ」昭和9年4月、〈底本〉『小豚の旅』四条書房　昭和10年5月

学校の帰り道　〈初出〉「子供のテキスト」昭和9年5月、〈底本〉『日本の子供』文昭堂　昭和13年12月

春蚕ガ　カヘリマシタ　〈初出〉「コドモアサヒ」昭和9年5月、〈底本〉『オ月サマト キンギヨ』愛育社　昭和21年4月

晩春　〈初出〉「民政」昭和9年5月、〈底本〉『童話と随筆』日本童話協会出版　昭和9年9月

銀狐　〈初出〉「民政」昭和9年6月、〈底本〉『童話と随筆』日本童話協会出版　昭和9年9月

帽子　ノ　日オホヒ　〈初出・底本〉「コドモアサヒ」昭和9年6月

偶然の支配　〈初出・底本〉「民政」昭和9年7月

ホシ祭　ガ　チカヅキマシタ　〈初出・底本〉「コドモアサヒ」昭和9年7月

後押し　〈初出・底本〉「民政」昭和9年8月

行水　〈初出・底本〉「コドモアサヒ」昭和9年8月

ナツノアルヒ　〈初出〉「セウガク一年生」昭和9年8月5日臨、〈底本〉『小川未明 コドモ ヱバナシ』東京社　昭和10年1月

研屋の述懐　〈初出・底本〉「民政」昭和9年9月

オ母サン　ノ　オ喜ビ　〈初出〉「コドモノクニ」昭和9年9月、〈底本〉『小川未明 コドモ ヱバナシ』東京社　昭和10年1月

からす　の　やくそく　〈初収録・底本〉『童話と随筆』日本童話協会出版　昭和9年9月

おとした　てぶくろ　〈初収録・底本〉『童話と随筆』日本童話協会出版　昭和9年9月

いちばん　だこ　〈初収録・底本〉『童話と随筆』日本童話協会出版　昭和9年9月

かみしばゐ　の　をぢさん　〈初収録・底本〉『童話と随筆』日本童話協会出版　昭和9年9月

石　〈初出・底本〉「民政」昭和9年10月

貰ハレテ来タ　ポチ　〈初出〉「コドモノクニ」昭和9年10月、〈底本〉『小川未明 コドモ ヱバナシ』東京社　昭和10年1月

除隊〈初出〉「コドモアサヒ」昭和9年11月、〈底本〉『小川未明 コドモ ヱバナシ』東京社　昭和10年1月

徒競走〈初出・底本〉「子供之友」昭和9年11月

ミンナ　イイ子デセウ〈初出〉「コドモノクニ」昭和9年11月、〈底本〉『小川未明 コドモ ヱバナシ』東京社　昭和10年1月

キクノハナ　ト　シヤボンダマ〈初出〉「幼年の友」昭和9年11月、〈底本〉『小川未明 コドモ ヱバナシ』東京社　昭和10年1月

自然の素描—大人読的童話—〈初出・底本〉「民政」昭和9年12月

正ちゃんと　のぶるさん〈初出〉「カシコイ1年小学生」昭和9年12月5日、〈底本〉『幼年童話集　まあちゃんと　とんぼ』国文館　昭和22年8月

オ宝ヤ　オ宝ヤ〈初出・底本〉「コドモノクニ」昭和10年1月

カンジキ　ノ　話〈初出・底本〉「コドモアサヒ」昭和10年1月

ネズミ　ト　オホヲトコ〈初収録・底本〉『小川未明 コドモ ヱバナシ』東京社　昭和10年1月

コタツ　ニ　ハイツテ〈初収録・底本〉『小川未明 コドモ ヱバナシ』東京社　昭和10年1月

モノワスレ　ノ　カラスクン〈初収録・底本〉『小川未明 コドモ ヱバナシ』東京社　昭和10年1月

ハツユキ　ガ　フリマシタ〈初収録・底本〉『小川未明 コドモ ヱバナシ』東京社　昭和10年1月

テルテル　バウズ〈初収録・底本〉『小川未明 コドモ ヱバナシ』東京社　昭和10年1月

カガシ　ト　スズメ〈初収録・底本〉『小川未明 コドモ ヱバナシ』東京社　昭和10年1月

ウンドウクヮイ　〈初収録・底本〉『小川未明　コドモ　ヱバナシ』東京社　昭和10年1月

ヒラヒラ　テフテフ　〈初収録・底本〉『小川未明コドモ　ヱバナシ』東京社　昭和10年1月

兄弟の子猫　〈初出・底本〉「日本少国民新聞」昭和10年1月1日・11日（上〜中）

炉辺ノ兄ト妹　〈初出・底本〉「コドモアサヒ」昭和10年2月

坂田金時　〈初出〉「コドモアサヒ」昭和10年4月臨、〈底本〉『モウ　ヂキ　春ガ　来マス』アルス　昭和18年3月

海軍キネン日　〈初出〉「コドモアサヒ」昭和10年5月、〈底本〉『モウ　ヂキ　春ガ　来マス』アルス　昭和18年3月

アルヒ　ノ　シヤウチヤン　〈初収録・底本〉『小豚の旅』四条書房　昭和10年5月

ジヤツク　ト　小犬　〈初収録・底本〉『小豚の旅』四条書房　昭和10年5月

ユウダチ　ト　コスズメ　〈初収録・底本〉『小豚の旅』四条書房　昭和10年5月

雨　〈初収録・底本〉『小豚の旅』四条書房　昭和10年5月

日記をつけませう　〈初収録・底本〉『小豚の旅』四条書房　昭和10年5月

田うえ　〈初出〉「コドモアサヒ」昭和10年6月、〈底本〉『幼年童話集　まあちゃんと　とんぼ』国文館　昭和22年8月

小さな愛らしきもの　〈初出・底本〉「動物文学」昭和10年7月

やさしい母犬　〈初出・底本〉「台湾日日新報」昭和10年7月25日

カガシ　〈初出・底本〉「コドモアサヒ」昭和10年9月

みのり　〈初出〉「コドモアサヒ」昭和10年10月、〈底

本〉『幼年童話集　まあちゃんと　とんぼ』国文館　昭和22年8月

くひしんぼうの花子さん　〈初出・底本〉「スヰート」昭和10年10月25日

にぎやかな笑ひ　〈初出・底本〉「スヰート」昭和10年12月15日

作品名索引

本童話集に収録した作品中には、障がい者や社会的弱者に対して、また戦時中のアジア諸国をはじめとする世界認識において、今日からは不適当と思われる語句や表現がありますが、作品成立時の時代背景を考慮し、そのまま掲載しました。

編者紹介
小埜 裕二（おの・ゆうじ）
1962年、奈良県生まれ。筑波大学大学院博士課程文芸・言語研究科退学。
金沢大学助手を経て、現在、上越教育大学教授。
著書等
『小川未明全童話（人物書誌大系 43）』（編、日外アソシエーツ、2012）
『文学の体験 近代日本の小説選』（編、永田印刷出版部、2012）
『新選小川未明秀作童話 50 ヒトリボッチノ少年』（編、蒼丘書林、2012）
『新選小川未明秀作童話 40 灯のついた町』（編、蒼丘書林、2013）
『解説小川未明童話集 45』（編著、北越出版、2012）
『童話論宮沢賢治 純化と浄化』（蒼丘書林、2011）など

小川未明新収童話集
3 昭和3–10年

2014年2月25日　第1刷発行

著　者／小川未明
編　者／小埜裕二
発行者／大高利夫
発行所／日外アソシエーツ株式会社
〒143-8550 東京都大田区大森北 1-23-8 第3下川ビル
電話 (03)3763-5241(代表) FAX(03)3764-0845
URL http://www.nichigai.co.jp/
発売元／株式会社紀伊國屋書店
〒163-8636 東京都新宿区新宿 3-17-7
電話 (03)3354-0131(代表)
ホールセール部(営業)　電話 (03)6910-0519

電算漢字処理／日外アソシエーツ株式会社
印刷・製本／株式会社平河工業社

《中性紙三菱クリームエレガ使用》
ISBN978-4-8169-2454-5
Printed in Japan,2014